只有静不下来的心
没有静不下来的世界

时间开的花

毛国聪———— 著

作家出版社

目录

春

夏

秋

冬

春

每次到青城山居，我就感觉到了春天。

每次到青城山居，我就感觉到了春天。

青城山居的春天并没有什么特别与众不同，它跟我在其他地方感受到的春天差不多：温暖、生机勃勃、花红柳绿、蜂飞蝶舞。但是，青城山居的春天也有它的异乎寻常：它与冬天的界限比较模糊，与夏天的界限非常清晰。当我还在为如何享受春光明媚动脑子时，夏天就着急急地掺和进来，上午穿春秋衫逛街子古镇，中午就得换成夏装。

春天来了，冬天却恋恋不舍，不愿意立马退群，冷不丁地来个倒春寒。阳光灿烂几天，引诱迎春花、红梅花、海棠花尽情绽放，之后就恶作剧地不管不顾。恰若陆游的《卜算子·咏梅》："无意苦争春，一任群芳妒。零落成泥碾作尘，只有香如故。"

不是每个地方都有四季分明的春夏秋冬，但是，每个地方都有春夏秋冬一样的人物和事情。万事万物在春夏秋冬里年复一年的重复轮回着新生、成长和死亡。与其说春夏秋冬是一种自然现象，还不如说是人世间的阴与阳、白与昼、温暖与冷漠、繁荣与枯萎、美丽与丑陋、死亡与新生、黑暗与光明……的比喻、象征和希冀，是我们的心态和人生的自然反映。从这个角度而言，每个人都烙满了春夏秋冬的痕迹，每个人都是由春夏秋冬雕塑出来的生命。

在喜欢的地方和喜欢的人过春夏秋冬，何须他求？

懒 病

只要决定去山居，阿宓立马秒变，两眼放光，哪怕手里正攥着电脑鼠标，也会毫不犹豫地丢开。到了山居，阿宓浑身是劲，总是任劳任怨地干家务活：打扫卫生，冲洗阳台，擦桌子，拖地板，洗衣服，拆换被套，侍弄花园，买菜做饭……好像要实证"家务事都是那个看不下去的人做的"这个网络真理。而我的懒病也会实时发作，躺在沙发上戳手机，抄着双手打望凤栖山、笔架山，盯着仁立在树梢的斑鸠，连水池里的两条一红一白的金鱼都嫌我游手好闲，拽着婚纱，婀娜摇曳而去。

为了医治我的懒病，阿宓忙不过来的时候会叫我做点力所能及的小事。可她叫我换被套时，我说换不来。要我洗衣服时，我说洗衣机的按钮和功能太复杂，不会用。要我叠衣服，我说害怕把它们叠成皱巴巴的腌菜。好不容易帮忙晾了一次衣服，阿宓又得重新晾一遍，因为衣肩没在衣架上、裤子挂得七扭八歪，活像家里来了一群歪瓜裂枣的外星人。

在阿宓看来，我这是得了懒病。在我看来，它还有一个绰号，或者别称——男人的尊严。如果让我弯腰拖地，跪在地上抹地板，我不在乎，可我的尊严不答应。男人的尊严是无价之宝，非寻常之物能交换，有些得用黄金，有些得用烟酒，有些得用爱情，有些得用国王……我的要价没有国王那么高，但是，少说也得一个酋长。而且，我相信山居是包容的、多元的、开放的，既喜欢勤奋的情影，也不会嫌弃闲散的懒身。

阿宓说我到了山居，不仅有"懒病"这个老毛病，而且有了"赖皮病"这个新毛病。

当然，也有一种情况例外，如果不小心用茶水、果皮、花生壳之类的东西把地板给弄脏了，为了及时销毁证据，我会主动拖地。这个时候，男人的尊严就非常识趣地溜掉了。

阿宓曾经忧心忡忡地跟我说：你这也不想做那也做不来，我不在的时候你可咋办啊！你这是让我死都死不下去的节奏啊。阿宓为此总结出了一个长寿秘诀：责任，放不下的责任。

但是，即使阿宓"以死相逼"，也没有治愈我的懒病。

其实，我不是没有劳动，也不是不想做事，只是懒得干体力活而已，脑力活却没少干。比如，此时此刻，我就绞尽脑汁地琢磨一个棘手的问题：到了山居，我为什么会变懒，而阿宓会变勤快？同样的环境，同样的作用力，为什么结果却大相径庭？

今天上午，在阿宓屋里屋外忙乎的时候，我在客厅的大饭桌上嗑瓜子，嗑着嗑着，突然，一个瓜子壳电光石火般地射向我的左眼，我左眼一眨，一招"条件反射"就把这突如其来的瓜子壳给防住了，一点儿没有受伤。我及时向阿宓报

3

告说：其意义不在"美国爱国者导弹防御系统成功拦截俄罗斯超音速导弹"之下。而且，这引发了我一系列思考，有些思考甚至可能成为现实社会的重要研究课题和人类未来可能的进化方向——

瓜子壳被成功拦截，是大脑的功劳，还是眼皮的成就？瓜子壳射向眼皮的时候，大脑有没有捕捉到这个信息，何时捕捉到的？大脑有没有向眼皮发出拦截指令？眼皮成功拦截住瓜子壳，是不是一种本能反应？我偶尔炒菜，脸上被火爆的菜油袭击，但是，袭击眼睛的菜油全都被眼皮给成功拦截了。我的眼睛从来没有被热油伤害过。我相信老天爷给我的眼睛安装有"反导系统"——天性、直觉和本能。

这些问题，阿宓不屑思考，花园里的玉兰树、水池里的锦鲤和山居里的麻雀思考不了，只好由我来思考了——谁在决定人类的行为？人类有没有自由意志？怎么来理解因果关系？我们的努力对结果有多大的作用和影响力？人的直觉是不是分布在人的全身，也就是说，人体部位是不是都有各自的直觉和本能？大脑与人体的其他部位是什么关系？我与大脑是什么关系？我与大脑存在着引力波和量子纠缠吗？我是谁？我是不是被控制的部分与非控制的部分的组合体？我是一个完整的整体，还是分裂的、游离的？我为什么经常感到身不由己、心猿意马、心烦意乱？生物学上的我与精神概念上的我有什么不同？自我、无我、忘我是一种什么意识和境界……

这些问题在阿宓把山居变得干净整齐之后仍然困扰

4

着我。

据说，宇宙大约由70%的暗能量和26%的暗物质组成，余下的人类可见宇宙只有4%。是不是可以这样认为，我们人类直觉和本能到的宇宙达96%，也可以这样认为，人类对宇宙的无知达96%。人类真是厉害，把宇宙算得如此清楚、精准、不容置疑。就凭这点，说人类渺小无知的家伙就是对人类的无端诬蔑。

看自己用手机拍的照片时，也有这种感觉。拍照时，我聚焦的东西与照片最后呈现的东西差异巨大，也就是说，我想拍摄的东西占4%，而最终拍下来的东西却占了96%。这是我不喜欢摆拍，不喜欢一本正经照相的原因。无论用手机还是相机，我喜欢不停按快门，把好照片拜托给直觉、本能和运气，用直觉和本能去捕获最美的东西。

就这点而言，我相信人是有灵魂的，相信自己的直觉更灵敏，相信本能到的东西更有魅力。理性判断也许更加准确而实用，但太过理性的生活一定会失去许多惊喜和乐趣。

瓜子壳的袭击，好像击中了我的某根脑神经，给了我对自己年龄无感的答案。我20多岁才有了比较明确的自我意识，之前的自我意识非常模糊。最初的自我意识深刻、持久，很难遗忘。也许，这就是我老认为自己被岁月定格在了20多岁的原因。

后来了解到我国"千手观音"系统的奥妙与威力后，我相信，未来某天，人工智能也会拥有神经、意识、直觉和本能。

5

"抬头三尺有神明。"大脑也许不是我们身体至高无上的唯一统治者，因为它无法绝对控制我们。美国著名思想家、进化心理学教授罗伯特·赖特在《洞见》一书中说："我们越了解大脑，就越会发现它是由许多不同的玩家组成的，不同的玩家之间有时合作，有时互相争夺控制权，获得胜利的是某种意义上最强的那一个。换言之，大脑好似一片丛林，你并非丛林的国王。有个很矛盾的好消息：意识到你不是国王，可能会成为你获得真正权力的第一步。"

这段文字给了我另一个答案：我控制不了我，我支配不了我。我既不是我的主人，也不是我的奴隶。我既存在又不存在。我的首席执行官已经失踪。我是不受我控制的"五蕴"。我懒，不由我……

我相信，懒病不是我所独有，而是自古有之。

堂而皇之把"懒"上升到哲学高度、最具说服力和辩证法的，是老子的"无为"学说。"道常无为而无不为。侯王若能守之，万物将自化。化而欲作，吾将镇之以无名之朴。无名之朴，夫亦将不欲。不欲以静，天下将自定。""治大国，若烹小鲜。""不知常，妄作，凶。"等等。这些话可概括为两个字"不为"，本质上就一个字"懒"。"太上，不知有之。其次，亲而誉之。其次，畏之。其下，侮之。"伟大的统治者尚且如此，何况我辈乎？

许多作家诗人深谙"悠闲自在"的重要性，视"无所事事"为救世良方。英国诗人华兹华斯认为，"世间再也没有什么比无所事事地凝视大自然更能使人心灵净化，更能使人

健康了。"英国天才作家王尔德最妙趣横生的随笔《作为艺术家的批评家》的副题是"论无所事事的重要性"。活得匆忙的人，容易错过生活中的许多美好，也很难"仰望星空"。一个人如果能够做到专注欣赏云雾缭绕、观察一朵花的盛开、一枚嫩芽的绽放，就能保持天真和纯粹，成为一个真正的诗人、艺术家。懒病不算病，而是治愈身心和屏蔽繁杂世事的一剂良方。

"想饿没？"阿宓冷不丁地问我道，"吃饭啦！"

听到阿宓的问话，我突然感到饿了。我看了看时间，比平时吃饭时间迟了近一个小时。我发现，思考也耗体力，想多了也会让人饥饿。

饭后，阿宓毫不客气地直言，天底下的懒人很多，像你懒得这么振振有词的，还真是少见。你可记住啦，太懒的人，容易错过吃饭时间。不过，只要你说得顺耳动听，能让我心情愉悦，懒就懒吧。不管我说啥，你也懒得跟我吵架，是不是？

在阿宓洗碗刷锅收拾厨房时，我懒懒地说，我喜欢智力劳动，但并不蔑视体力劳动，它们都是人类向好的驱动力。英国作家戴安娜·阿西尔就认为："人类有 70% 是野蛮，30% 是智慧，虽然那 30% 永远不会赢，但总能影响大众，足以让我们继续前行。"勤奋地创造，勤勉地忙碌，固然是一种美德。但放慢脚步或驻足停留，用心去感受万事万物，回归到事物本身，又何尝不是一种珍贵的品格。

每当弄明白了一个问题，又有更多的问题需要弄明白。

也许，这就是思考必须付出的代价。就像打扫屋子，只是暂时干净了而已。每天打扫和隔几天打扫，并没有什么本质差别。

我虽然在城里生活了几十年，但我的血管里仍然流淌着乡下人的血液。我与山居有一种与生俱来的、割舍不掉的情结。如果把松懈当成懒病症状，我确实患了严重的懒病。每一次从山居回城，我就有一种紧张感。一到山居，我就自然而然地松懈下来。

为自己的所作所为积极寻找理由，至少不算懒病症状吧。

8

隔了八百年的遇见

在红梅花盛开的一天下午，我和阿宓逛街子古镇，发现味江边上有座陆游诗歌园，让我们惊讶不已：陆游，一个浙江绍兴人，竟然常来街子、古寺闲游作诗？

上小学时，我就知道了陆游，至今还能背诵他的诗《示儿》。我曾经为陆游与唐婉的爱情悲剧叹息过，被他的"山重水复疑无路，柳暗花明又一村"这样的诗句打动过，也为他"王师北定中原日，家祭无忘告乃翁""位卑未敢忘忧国"的家国情怀感动过，但在街子古镇的味江河畔相遇，却让我感到十分意外。

阿宓站在陆游的石刻雕像前，好一会儿没说话。两个绍兴人，隔了八百多年在几千里之外偶遇，确实算得上一件新奇事。

味江的潺潺水声、凤栖山的风声、街子古镇隐隐而来的人声，在宁静的陆游诗歌园里缭绕不绝。我嗅到了"香如故"的红梅花香，我感受到了一缕从宋朝吹来的凉幽幽的风……

我用手机为阿宓与陆游雕像拍了一张合影，我梦想把陆游的诗、宋朝的味道、远古的风云也一起拍进去。

回山居的路上，经过银杏广场，我就在想，如果银杏广场上的五株千年银杏树会说话，一定会告诉我陆游在这里游玩的情景，诉说史料里没有记载的陆游故事。它们一定见过陆游，记得陆游。一千多年来，它们可能是本地唯一活着的生命，而能与之同寿的只有陆游。

我在高德地图上查询了一下，从成都到绍兴，乘飞机在空中需要两个半小时，乘高铁需要 12 个小时，驾车需要 22 个小时，乘绿皮火车需要 40 个小时，骑摩托车需要 47 小时 17 分钟，骑自行车需要 177 小时 47 分钟，步行需要 503 小时 34 分钟。我估计，高德地图显示骑行和步行所需要的时间，是指不吃不喝不停地一直走下去的时间。我请高德地图再帮我测算一下，乘八百年前的马车、骑八百年前的小毛驴需要多少个小时？这可把高德地图给难住了，至今没有帮我测算出来。我由此禁不住畅想，八百多年前，陆游是怎么靠双脚、骑马、骑小毛驴、乘马车、坐船去丈量这遥远的路途的……

一

陆游在蜀地（现在的大成都）待了六年，其中在蜀州（现在的崇州市）两年多。加之他在夔州（现在的重庆市奉节县）等地待的时间，加起来有九年左右。公元 1178 年，陆游出蜀东归后，生活半径主要集中在江南，晚年闲居故乡绍兴。

历史上与成都渊源最深、最爱成都的大文人，非陆游莫属。他可不是一般的喜欢，而是真爱，爱到了骨子里，爱到了梦里，爱到了想归隐于此。他入蜀之后就没有把自己当过外人，离开蜀地后，终生都在思蜀。在他的诗文中，频频见到"吾蜀""思蜀""梦蜀""归蜀""念蜀""还蜀"等字眼。他对蜀州更是情有独钟。他为成都写的270多首诗，蜀州就占了144首。"襞笺报与诸公道，罨画亭边第一诗"（《初到蜀州寄成都诸友》），"自计前生定蜀人"（《梦蜀》），"不死扬州死剑南"（《东斋偶书》）等等。

在陆游漫长的一生中，蜀地生活无疑是浓墨重彩的华章，他的仕途、他的文学创作、他的生活、他的性格、他的人生、他的爱情，都可以在蜀地找到烙印。在陆游东归后的三十二年里，每年都要写诗作文怀念蜀地生活。蜀地烙满了他难以磨灭的印迹。他在成都有了响彻千年的"放翁"名号。他的诗歌创作的成熟期在蜀地。他晚年把自己的诗歌统一编辑后取名为《剑南诗稿》。他的《入蜀记》是中国第一部长篇游记……

陆游把蜀州当成第二故乡，极尽赞美之能事。蜀州人也把陆游当成自己的亲人，虔诚供奉。位于崇州市文庙街的罨画池（崇州市罨画池博物馆），是国内罕有的几处保存至今的唐宋衙署园林之一，馆内建有绍兴之外唯一的一座陆游祠。在街子古镇上，有一座雅趣横生的陆游诗歌园，一块巨石上用草书镌刻着陆游的名词《卜算子·咏梅》：

驿外断桥边，寂寞开无主。已是黄昏独自愁，更著风和雨。

　　无意苦争春，一任群芳妒。零落成泥碾作尘，
只有香如故。

　　这阕词在什么地方创作的，写的是什么地方，历来颇有
争议。有人说是在成都创作的，有人说写的是绍兴的梅花。

　　据进哥考证，陆游的这阕词是在蜀州（现在的崇州市）
创作的，具体地点就是现在的街子古镇，灵感来自现在的街
子古镇上的御龙桥，当时是一个吊桥，驿站就在吊桥边。御
龙桥是去凤栖山古寺（现在的光严禅院）的必经之路，也是
茶马古道的起点，进藏的茶税，都在御龙桥附近的街子茶马
司交，过御龙桥，古道两边都是梅花，古寺上面是梅花寨。
古镇到梅花寨有 4000 米，到古寺有 6500 米。"驿外断桥边"

12　意境的原型，就在过御龙桥上山的山道旁。那条山道地处现
在的古寺村，多年前建成了一条 6 公里长的健康步道——漂
亮幽深的凤栖山康道。在宋时，梅花寨有近千亩梅花，花开
时节，呈现"十里梅花香雪海，千树万枝浮暗香"之美景。
而现在，漫步在街子古镇，随时随地都可能跟梅花不期而
遇。梅花是冬天的阳光，冬天的温情。有了梅花，冬天就有
了诗情画意的慰藉。

二

　　"少不入川，老不出蜀。"我不知道这句亦褒亦贬的俗话

是何时流传开来的，但我觉得，这句具有警示意义的俗话在八百年前的陆游身上就有了充分体现。

公元 1173 年春，48 岁的陆游被贬到蜀州任通判，很快又被调往嘉州（现在的乐山市）。1174 年，陆游再度出任蜀州通判。1178 年，陆游被皇帝召回南宋京城临安（现在的杭州市）。

南宋时代的"通判"，相当于监事，其职能既要监察官吏，又要参与州郡的行政管理，属于皇帝为了削弱州府权力派出的官员，级别相当于现今的常务副市长。这"通判"，既可以借助皇威"以小制大"，与知府形成掣肘，也可以自由自在的当"闲官"。

从陆游在蜀地的足迹来看，他在蜀地没有一刻闲着，游遍了蜀地的山山水水，读他的诗文，不得不承认他是四川最早的金牌导游。让我惊奇的是，他骑着小毛驴、甩着两条"火腿"，居然比我走的地方还多。现在的交通条件和交通工具，可不是国破山河碎的南宋能相提并论的。相比陆游，我觉得自己就是氡氖氪，又懒又惰。

作为"通判"的地方长官，陆游既可以说是"微服私访"，也可以说是下乡调研，在我看来，他更多的是"公费旅游"，说他游山玩水、拈花惹草也不为过，因为他写的不是向上级汇报的"内参""调研报告"，而是吃喝玩乐的诗词歌赋。搁现在，即使没人举报，也可以以"不务正业"为由给他来个严重警告处分。如果说他生活作风有问题，定他个拈花惹草罪，让他吃不了兜着走，也不算冤枉他。我考证不了陆游喜不喜欢打麻将（那时候叫马吊），但是，即使他不喜欢打麻将，也没有打麻将时被抓现场，却完全可以给他安个上班时间打麻将的罪名来个撤职查办，反正那时候时兴"莫须有"罪。

当然，陆游根本不会在乎这些，不仅敢吃敢喝，而且敢白纸黑字声情并茂地写下来。窃以为，一方面是因为蜀地太多美酒佳肴，不吃不喝就是浪费，与暴殄天物同罪。另一方面因为陆游算是奉旨写诗，跟奉旨作诗的李白、奉旨填词的柳永差不多。朝廷重新起用陆游为严州知州时，孝宗皇帝于延和殿亲自勉励他说："严陵山青水美，公事之余，卿可前往游览赋咏。"

最重要的是，"重文轻武"的宋朝对文人和官员特别好。

越了解陆游，我对宋朝越是好奇。我认为，历朝历代对文人和官员最好的就是宋朝，宋朝绝对是一个值得津津乐道的时代。宋朝对官员最大的惩罚好像除了贬谪，就是"奉旨作诗填词"，而且，被贬谪的地方没有"宁古塔"，几乎都是南方、西南方，即便天涯海角，那也是温暖、有充足阳光和蓝天的地方。被贬谪的官员还有"祠禄"可领，"祠禄"相当于现在公务员的"退休金"，就是说，不做事也领工资。跟动不动就搞文字狱、株连九族和诛杀文人的其他朝代，如明朝、清朝相比，宋朝是无可争议的最好时代、最有大国气度的时代。

我查找了陆游在成都的一些资料，作为被贬官员，我几乎没有发现他干过一件"正事"，好像都在到处"闲逛"。

1177 年 5 月，范成大被朝廷召回临安，陆游一路相送。十里长亭相送已经够夸张的了，陆游居然腻腻歪歪送了十几天才依依惜别。范成大离开后，陆游便到浣花溪躬耕去了，甚至动了久居成都的念头："客报城西有园卖，老夫白首欲忘归。"无奈"退休金"不多，加之孝宗"念其久外"，不久后命他返回临安任职。1178 年春暮，陆游出蜀东归。

自然宜人的成都，冬暖夏凉，春华秋实，没有台风袭扰，没有冰天雪地，到处都是美酒美食美人。徜徉在"天府之国"，陆游一不留神就成了"馋嘴猫"和"花痴"。看啥都觉得新鲜，都要写诗作文以记之。喝到美酒要写诗（《池上醉歌》），看到萤火虫要写诗（《四月五夜见萤》），品到好茶要写诗（《九日试雾中僧所赠茶》），与友人宴聚当然更要写诗（《小宴》《饮酒》）。

成都四季花卉多，尤其是海棠花、梅花，不管是在庭园还是在公园野外，不管是在过去还是现在，如火如焰般的绽放，使萧瑟的冬日变得十分可爱迷人。皇帝不让陆游成为"抗金英雄"，陆游就让自己成为"花痴"。皇帝不让他写伐金檄文，他就写花诗艳词。他先后为海棠花、梅花、荷花、彭州牡丹写了上千首诗词，回到绍兴后依然念念不忘。有一次，我和阿宓路过青城山脚下的问花村，停车准备进去，看到蜂拥而来的"花痴"们，我就为陆游感到高兴，他后继有人了。

陆游到大蓬岭（现在的街子古镇凤栖山）寻访杜秀才山庄，写了两首诗《过大蓬岭度绳桥至杜秀才山庄》《野饭》

15

来详细记录他的游踪和所见所闻所感。

杜秀才是诗圣杜甫的后人。公元765年5月，杜甫携家眷离开成都。距他759年到成都，在浣花溪畔一共住了五年半有余。他离开时，留下一个儿子留守草堂。怎奈唐朝末年，战乱频起，留下的儿子没能守住草堂，为避战乱，先是迁居到乐山，后又迁居到了大蓬岭深山中。

走过惊险陡峭的山路，跨过深深的沟壑，在一片云遮雾绕中，便是杜秀才山庄。虽然一路艰辛，进了杜秀才山庄却别有洞天，这是一处兼具风雅与野趣的地方，"亭观参差见，阑干诘曲通。柳空丛筱出，松偃翠萝蒙"（《过大蓬岭度绳桥至杜秀才山庄》）。陆游当时的心情，不亚于发现了一个世外桃源。他虽然对诗圣后代的命运感叹不已，"可怜城南杜，零落依涧曲"，但更多的却是羡慕和向往，"何由有余俸，小筑此山中"。

当陆游在主人的盛情邀请下，吃了一顿原汁原味的"野饭"后又激动得"何必怀故乡，下箸厌雁鹜"。闲云野鹤般的山居生活，再佐以新酿的美酒，平常的菜蔬也如食肉般滋味无限了。要不是有公务在身，身不由己，要不是囊中羞涩，陆游也想在山中修一个房子，久居此地了。即便回到绍兴，晚年的他仍然念念不忘，"江湖四十余年梦，岂信人间有蜀州。"（《夏日湖上》）。

凡是生命都离不开吃喝，无论是人还是神仙。喜欢吃喝的人不一定有趣好玩，但不喜欢吃喝的人肯定无聊乏味。善待肠胃，是尊重生命的表现。食欲不是贪婪，而是生命的

16

必需。

吃喝玩乐是生活的真谛，越早明白越快乐幸福。

我在凤栖山漫游时，看到不少农家乐，我敢肯定其中一家是杜秀才山庄的原址，只是不敢肯定具体是哪一家。因此可大胆猜测，农家乐最早起源于崇州市街子古镇，杜秀才山庄是其鼻祖。

有篇网文，讲述出国留学生看到没吃过没见过的蔬菜、水果、禽肉时，以为很棒，一品尝才发觉难以下咽。因此很感慨，他们不知道，张骞出使西域，郑和下西洋，早把全世界好吃的东西都带回来了，"永远要相信老祖宗的严选，他们当年没带回中国的食物，一定是不好吃的。因为要是带回的东西不好吃，那是要掉脑袋的。"

几百年前，地球上大部分地区的人仍然在茹毛饮血，而两千多年前，孔子就在享受"食不厌精，脍不厌细"的生活了。

我们一定要相信老祖宗的眼光。一个地方好不好，不要看风水，也不要看宣传片，看老祖宗的诗词歌赋就行了。如果一个地方能让人一而再再而三地写诗作文来赞美，这个地方一定是个美丽宜居的好地方。古人吟诗作文，多半有感而发，真心喜欢才写，不像某些现代人，就为了几个铜板，昧着良心歌功颂德。

陆游为成都写诗、想定居成都，完全出于真心，甚至偏爱。

17

三

2024 年 2 月 2 日，我和阿宓专程到罨画池拜谒陆游。
那天细雨霏霏，从成都下到崇州，要下进梦里的样子。
罨画池经过五个多月的闭园改造，第一天开园。

我们到罨画池大门口，已是上午十一点五十分。我问售票员里面有没有吃饭的地方？售票员说没有，建议我们吃了午饭再进去。还给我们指了一下，说旁边的小东街全是美食。

小东街上的美食店，一家接一家，每经过一家，我们就想进去大快朵颐，每次想进去的时候，又犹豫不决，觉得下一家可能更好。

最后，在罨画池院墙边，我们走进了一家名为"南街杨记"的麻辣烫饭馆里，我点了一碗重庆小面，阿宓点了一碗酸辣粉，一大碗白菜豆腐汤，总共花费 22 元。阿宓边吃边说味道好，我也觉得不错。

我们之所以选择这家馆子，可能与招牌广告有关。

南街杨记始于 1998。

麻辣烫的灵魂在于味道，而味道取决于锅底。

南街杨记火锅底料自主研发，不断创新，秉承老重庆传统火锅的厚重口感，以牛油为主，精选茂汶花椒、石柱辣椒、贵州黄姜，手工炒制，色泽红亮，香醇柔和，口感馥郁且有层次，为嗜辣重口味人士的不二选择。

安全、健康是我们敬畏的原则。

……

这家馆子，店面不大，算是"苍蝇馆子"，但招牌广告却写得文采飞扬、派头十足。我不知道是重庆小面太辣了，还是充满了诗情画意的广告文字让我感到汗颜，没吃几口我就浑身冒汗。

阿宓说得好，这条街与罨画池只隔了一堵院墙，陆游的才情早已溢了出来，香满了大街小巷。

如果陆游生活在现代，一定是个网红吃货。

阿宓说，绍兴的竹笋自带甘甜，陆游吃到崇州带苦味的笋子，新奇之余，写了一首诗记录，记录之时又不忘生发一番人生的大感悟，就像你一样，刚刚欣赏了风景，就忙不迭地给我布置小作文，既要饱口欲眼福，又要从中升华出精神盛宴来。"藜藿盘中忽眼明，骈头脱襁白玉婴。极知耿介种性别，苦节乃与生俱生。我见魏征殊媚妩，约束儿童勿多取。人才自古要养成，放使干霄战风雨。"（《苦笋》）。

我说，看到美景，吃到美食，写篇小作文，那是必须的。

今年第一次开园，又是下雨，来罨画池的游人却络绎不绝。有家长带着孩子来的，有扛着相机专门来拍照的，有穿汉服的女孩在陆游祠里拍照的，还有像我们这样专程前来游玩拜谒的。

罨画池果然名不虚传。抬头回眸都是风景，一草一木都是趣味。庭院里、屋檐下、回廊旁，海棠、红梅花开得正

19

艳，玉兰正含苞欲放。还有银杏、水杉、古楠、古柏等名贵花木，既有江南园林移步换景、景随人移的美感，又有川西园林的疏朗、古朴和清新。亭台楼阁、小桥流水、曲径通幽、别有洞天，处处充满了诗情画意。据说，1987版电视连续剧《红楼梦》曾在这里取过景。

陆游祠在文庙一侧，刚进大门，就是长廊，长廊右边的围墙刻有由当地书法家书写的陆游写崇州的诗词。长廊尽头是过厅，上书"梅馨千代"，左右对联镌刻着陆游《游山西村》里的诗句："山重水复疑无路，柳暗花明又一村。"然后是序馆"香如故堂"、两庑、正殿"放翁堂"等。总共占地面积约4亩，建筑面积900多平方米。

陆游爱梅花，祠内梅树最多，与假山、亭台、楼阁和参天古木相映相衬。"一树梅花一放翁"。陆游写梅花诗词，就是要借梅花来比喻自己的品性和志趣。

八百年的时光，早已物是人非，只有梅香如故，诗意悠长。

四

1174年6月初，范成大从桂林到成都任四川制置使兼成都知府，陆游成为其下属。范成大比陆游小一岁，江苏吴郡（苏州）人，两人早就相识。1170年，范成大出使金国，遵陆游所嘱写了"旅行日记"，将一路所见所闻写成了一本流水账似的《揽辔录》，其中隐藏了许多军事间谍信息，将重要的城楼名字都做了标注。两人都是主战派，都是诗人，虽然是上下级关系，却时常不拘礼节，一起喝酒写诗，发发牢骚。时间一长，就有主和派讥讽陆游颓放，举报到朝廷去了。

1176 年夏天，陆游被罢了官，理由是"嘲咏风月""燕饮颓放"。从此之后，陆游开始对朝廷感到失望，此后陆游虽然多次被起用，却都是些不重要的闲官、冷官。陆游索性给自己取了"放翁"的名号，尽情挥洒作为一个诗人的性情，还自嘲"冷官无一事，日日得闲游"（《登塔》）。在《宋史·陆游传》中，记载有"范成大帅蜀，游为参议官，以文字交，不拘礼法，人讥其颓放，因自号放翁。"

在纵情俊山秀水、寄情花草竹木途中，陆游遇见了除唐婉之外，真正深爱的女人杨氏。因此，蜀地成了陆游仕途的重要转折点和伤心地，再获爱情的温柔乡和挥洒才情的豪纵地。

在宋代陈世崇撰写的笔记小说《随隐漫录（卷五）》中记有这样一段八卦："陆放翁宿驿中，见题壁云：'玉阶蟋蟀闹清夜，金井梧桐辞故枝。一枕凄凉眠不得，呼灯起作感秋诗。'放翁询之，驿卒女也，遂纳为妾。方半载余，夫人逐之。妾赋《卜算子》云：'只知眉上愁，不识愁来路。窗外有芭蕉，阵阵黄昏雨。晓起理残妆，整顿教愁去。不合画春山，依旧留愁住。'"

陆游在公务途中将杨氏纳为妾，上级没有因此处分他，可他的夫人王氏却没有放过他。仅过了半年，杨氏就被陆游的夫人从罨画池赶走了。陆游与杨氏感情很好，1174年，杨氏为他生了一个儿子，即陆游的第六子子布。杨氏第一次与陆游分手时，曾唱《折柳词》为他送行。1177年，陆游在成都蜀王宫旧址上的"张园"（据我考证，张园就在现成都市区的摩诃池。陆游以摩诃池为题写了两首诗《水龙吟·春日游摩诃池》《摩诃池》），与杨氏再次相遇。这次相遇，让陆游再也舍不下杨氏。回绍兴时，陆游让杨氏化装成女尼随行。回绍兴后，专门修了别院安置杨氏。直到陆游第二任妻子王氏过世之后，杨氏才正式嫁到陆家。这就是陆游"挟蜀尼以归"故事的由来。

杨氏能写诗作赋，又愿化装成女尼随陆游东归，可见是一个有才有情、敢爱敢恨的女子。陆游诸多《示儿》诗中，写给杨氏所生的幼子子遹（子聿）的诗最多。子遹生于1178年，陆游53岁之时。钱钟书在《谈艺录》里评述陆游："有二痴事：好誉儿，好说梦。儿实庸才，梦太得意。"

在南宋周密撰的《齐东野语》卷十一中又录有这样一段话："蜀娼类能文，盖薛涛之遗风也。放翁客自蜀挟一妓归，蓄之别室，率数日一往。偶以病少疏，妓颇疑之。客作词自解，妓即韵答之云：'说盟说誓，说情说意，动便春愁满纸。多应念得脱空经，是那个先生教底？不茶不饭，不言不语，一味供他憔悴。相思已是不曾闲，又那得工夫咒你。'或谤翁尝挟蜀尼以归，即此妓也。"

有现代专家考证，陆游的《钗头凤》或许并非为唐婉而写，而是为杨氏。证据之一，唐婉离婚后嫁给仰慕她的赵士程，再在前夫陆游面前露出"红酥手"斟酒，在礼教森严的南宋时期是不合实际的。但是，无论是杨氏或蜀妓为陆游斟酒陪侍，更符合当时风俗。当然，事实如何，都已消隐在历史的烟尘之中难以考证了。

从陆游对待自己的爱情婚姻可以看出，入蜀之前的陆游，性格不是那么刚强，情感上也不是那么勇敢，母亲叫他休妻，他就休了自己深爱的唐婉。娶第二任妻子王氏也是母亲做主。我觉得，陆游可能是最早的"妈宝男"。王氏不同意他纳妾，他也没有公然反抗。他的不反抗，估计有"自咎"因素。他到蜀州任通判时，把妻子家眷安顿在罨画池署衙门后就"上班"去了，带着小妾游山玩水，他的第六个儿子就是在荣州通判任上生的。

陆游的不刚强不勇敢，并不说明他是懦夫。从他的人生经历来看，无论是面对吃人的猛虎，还是面对黑暗的官场，他从未退缩过。他有根深蒂固的儒家思想，梦想建功立业。他信奉道家，深谙《逍遥游》。蜀地是道家的发源地。我觉得，陆游在情感上的"柔弱"是对老子"贵柔守雌"哲学思想的认可与尊重。蜀地盛产"耙耳朵"，但不乏雷霆万钧的"雄起"声。

23

五

1169 年，陆游赴夔州任通判，1172 年 2 月，陆游壮怀激烈地从夔州出发至当时抗金前线南郑（今陕西省汉中市），在川陕宣抚使王炎幕府中履新，官衔是"左丞议郎，川陕宣抚使干办公事、兼检法官"，自此开始了陆游唯一的一次军旅生涯，短短九个月左右的军旅生涯结束后，陆游黯然入蜀，从一线到了二线。

当时，南宋在秦淮防线上自西向东分布着川陕、荆襄和两淮三大战区，川陕战区位于三大战区的最前沿。南宋文人普遍崇尚"文能提笔安天下，武能上马定乾坤"，渴望着收复中原，愿意为收复失地战死沙场，像英雄那样死去。陆游虽然出身书香之家名门望族，却不是文弱书生，而是铁血男儿，他文武双全，有强烈的"英雄情结"，属"英雄人格"型。他自幼习武，熟读兵书，剑术高超。在南郑，陆游根本不在乎军中生活的艰苦枯燥，只为能投笔从戎为国效力，他经常亲临大散关和骆谷口前线执戈巡查，梦想着实现"上马击狂胡，下马草军书"的志向。在南郑，在抗金第一线，到了最接近他理想抱负的地方，他岂能不全力以赴？

24

在偏安一隅的南宋，陆游自始至终都是鹰派，主张北伐，满腔爱国热血，誓要收复山河，至死不渝。他的绝笔和遗言是一首感人肺腑的《示儿》诗："死去元知万事空，但悲不见九州同。王师北定中原日，家祭无忘告乃翁。"

川陕宣抚使王炎和幕僚们都希望尽早驱逐金人、收复中原。陆游内心燃烧的激情也是前所未有的高涨，他结识了很多不甘做亡国奴的抗金义士，发动他们穿过重重封锁，冒着生命危险为南宋将士送来一封封情报。陆游专门建立了一个搜集传送情报的机构，亲自执笔写了《平戎策》上报朝廷，提出"整饬吏治军纪、固守江淮、徐图中原""先取陇西、再取关中"的北伐政策。天时地利人和，南宋大军都有了，只待朝廷应允，北伐即可开始。

在等待朝廷批示下令的日子里，陆游和同僚们只能饮酒狩猎，打发让人焦灼无奈的等待时光。在一次与将士们骑马围猎时，因天气太冷，一行人下马饮酒，突然，从山林中蹿出一只老虎。这只老虎凶猛无比，吼声震裂山崖，同行的将士们一时都被惊立在原地。只有陆游十分淡定，拔出长矛，刺向猛虎。在众目注视中，猛虎被刺死，血溅陆游一身。这件事在军中影响甚广，很是鼓舞士气。这是陆游人生最为高光的时刻。后来，陆游写过多首诗来记录这一刺虎事件。

"刺虎腾身万目前，白袍溅血尚依然。圣时未用征辽将，虚老龙门一少年。"（《建安遣兴》）

然而，陆游们终究没有等来"北伐"诏令，主和派占了上风，南宋朝廷和那些懦夫们只想苟且偷安，不愿意背水一战。同年9月，一纸诏书将王炎调回临安。11月初，陆游也被贬往蜀州任通判，陆游的军旅生涯仅仅九个月便终结了。

从南郑经剑门关前往蜀州的路上，陆游怀着报国无门的痛苦和惆怅。入蜀之前，他对蜀地有所"误解"。在他的想象中，蜀地安逸的生活与他向往的金戈铁马的生活相差太大。"渭水岐山不出兵，欲携琴剑锦官城。"他甚至对"习尚奢靡"的蜀地颇为排斥，与他建功立业的理想相去太远。陆游这一生，可谓"长命而短运"，始终郁郁不得志，而这一切的根源，则是他秉性刚毅，始终以家国为怀，宁愿战死也不愿苟且偷安，与朝廷中那些主和的精致利己主义者背道而驰。

经济发达、文艺繁荣的大宋王朝，命运却令人唏嘘，它就像没有筋骨的胖子，辽、金、元这些小国都想来吃一口肉，吞并它。而宋朝英勇善战的将士不是被奸臣迫害，就是冷落一边不予起用，从岳飞被莫须有的罪名迫害致死后，南宋试图收复失地的可能性开始不断丧失。像陆游这样坚持抗金的主战派，注定了坎坷、倒霉的命运。

历史自有其运行的发展规则，看似偶然的事件，往往隐含着某种必然。否则，太多的历史都将被改写。陆游的万丈豪情在南郑被迫戛然而止，但命运馈赠他的，却是另一重生命的境界。南宋少了一个抗金英雄，却多了一个伟大的诗人。

此后的五年间，他先后在蜀州、嘉州、荣州、成都等地任职，游历了蜀地的山川形胜，品尝了当地的美食美酒。他也许没有料到，当他踏入罨画池的那一刻，他将再也无法忘怀这片土地，这里将成为他此后半生都在追忆怀想的"诗与远方"。

六

蜀地是一个自带魔法的地方。但凡入蜀的文人，无论宦游还是避世，只要来了，无不被它独特的地理人文、风土人情所吸引，不惜用最好的诗词歌赋去赞美它。杜甫、高适、白居易、范成大、岑参、刘禹锡、李商隐、陆游……在唐宋时期，甚至有一种"自古诗人例到蜀"的现象。在陆游身上，我发现，自古以来，蜀地就是一个来了就不想离开的地方。

蜀州作为蜀门重镇，历来备受朝廷重视。唐武则天垂拱二年（686年），崇州被武则天赐名为蜀州。蜀州的建立，一是为在成都西部建立起一道安全屏障，二是西御吐蕃。担任蜀州刺史的，一般都是皇帝倚重的重臣。在唐宋时期，有一说法是"蜀州安，则成都安，成都安则天下安"。蜀州被誉为"蜀中之蜀"，其重要性不言而喻。

罨画池是蜀州衙署后园，是蜀州地方官生活和宴请会客的地方。

在未到蜀地之前，陆游的生活中只有"国家""天下"这样宏大的字眼，即使像唐婉这样他深爱的女人，在唯父母之命为上的社会环境中，他也没有反抗意识。在他的心目中，女子、个人情感与国家情怀比，或许是轻盈的，都需要靠边，都没到必须去抗争的地步。

入蜀之后，陆游在不知不觉中被这片土地滋养了，重塑了，在他的宏大视野之下，有了日常的一饭一蔬。虽然他还时不时为不能上前线抗金而苦闷，但他开始去体味平常日子的美好。蜀地的美景美食美人，培养了陆游乐观豁达豪放的生活态度和生活情趣，使他在青山秀水间发现了诗词，找到了慰藉。他勤奋写诗，几乎每天都在用诗眼去观看、用诗心去体味、用诗笔去书写。"凡一草、一木、一鱼、一鸟，无不裁剪入诗"。他写《入蜀记》来详细记录1170—1178入蜀出蜀的所见所闻。即使隔了八百年，循着陆游用文字铺设的路径，我们依然可以去感同身受。

"竹里房栊一径深，静悄悄。乱红飞尽绿成阴，有鸣禽。临罢兰亭无一事，自修琴。铜炉袅袅海南沉，洗尘襟。"（《太平时》）

"大如芡实白如玉，滑欲流匙香满屋。"（《薏苡》）

"淋漓诗酒无虚日，判断莺花又过春。"（《自蜀州暂还成都奉简诸公》）

"饮如长鲸海可竭，玉山不倒高崔嵬。半酣脱帻发尚绿，壮心未肯成低摧。我妓今朝如花月，古人白骨生苍苔；后当视今如视古，对酒惜醉何为哉？"（《池上醉歌》）

蜀州不仅让陆游诗情勃发，而且性情大变。陆游自小家教严，规矩多，受的是"正统""规范"教育，养成了严肃认真的为人处世态度，缺乏幽默风趣，而在蜀文化中，既有"事了拂衣去，深藏身与名"的超然，又有在关键时刻敢作敢为的担当。恰如李白《日出行》中所述："草不谢荣于春风，木不怨落于秋天。谁挥鞭策驱四运？万物兴歇皆自然。"

陆游受蜀文化影响之深，从他诗中爱用蜀人口头禅"老子"便可见一斑。"老子今年懒赋诗，风光料理鬓成丝。青羊宫里春来早，初见梅花第一枝。"（《城南寻梅得绝句四首·其一》"老子从来薄宦情，不辞落魄锦官城。"（《遣兴》）"老子馋堪笑，珍盘忆少城。"（《思蜀·老子馋堪笑》）

读到这些诗，作为成都土著的我，也禁不住哑然失笑。

阿宓平时说一口流利的川话，不明真相的还以为她是四川土著。我一方面为此很高兴，一方面又很担心。高兴的是，与川人交流时不用带翻译，不像我，每次到绍兴，他们说绍兴话，阿宓不给我翻译，我一句都听不懂。担心的是，方言复杂，有特别意义的个别方言，非资深当地人不懂也不会用，如果"来者不拒，照单全收"，很可能闹笑话。读了陆游的"老子"诗，我觉得自己的担心纯属多余。一个人喜爱一个地方，可能有气候、地理、人文等因素，但真正的喜爱，往往始于语言。当喜欢上当地语言，并能熟练运用，就说明他真正与这个地方融为一体了。

陆游心怀壮志，空有一身武艺，一颗拳拳爱国心，却始终怀才不遇，报国无门。周恩来评价陆游说："宋诗陆游第一，不是苏东坡第一。陆游的爱国性很突出，陆游不是为个人而忧伤，他忧的是国家、民族，他是个有骨气的爱国诗人。"但比起南宋末年，文天祥"人生自古谁无死？留取丹心照汗青！"（《过零丁洋》）的悲壮，陆游仍是幸运的。他处在风雨飘摇的南宋中期，尽管屈辱却相对平静的一个时期。更重要的是，陆游在蜀地生活九年左右，让他体会到了另一种生命的状态：从容。有人说过，"我们曾渴望命运的波澜，到最后才发现：人生最曼妙的风景，竟是内心的淡定与从容。"

个体生命在历史的车轮面前，实在太微不足道。假如不幸生在战争年代又是力量弱小一方，那么，除了英勇赴死，几乎没有更多的选择。陆游活到了那个年代罕有的 85 岁，创作了 9300 多首诗词，这不能不让我认为，蜀地生活对他的影响太大了。

29

七

我写陆游，引子是阿宓，他们是老乡，每次跟着阿宓回老家，我都会去绍兴沈园，伫立在沈园那堵充满了岁月沧桑的粉墙前默诵陆游的千古绝唱《钗头凤》和他的第一任妻子唐婉的和词。那时候我就想，如果写古代文人，陆游是我的首选。

直接让我动了写陆游念头的是山居，我在山居遇见了陆游，这隔了八百年的遇见让我感觉到，我与陆游有了关联。在陆游诗歌园，我觉得陆游每天都在那里等我。在罨画池，我与陆游多次合影。漫步在距我家直线距离一千米左右的摩诃池公园、青羊宫、浣花溪公园、少城、杜甫草堂、散花楼等，我就会不知不觉地想起陆游写的诗词。在山居周围散步时，我想大口呼吸陆游呼吸过的空气，仰望陆游仰望过的蓝天和星辰，渴望踩到陆游曾经走过的脚印，哪怕踩中他所骑毛驴的蹄印……

纵观陆游的一生，不算悲剧，但很悲情。在仕途上，他郁郁不得志。他"收复河山"的政治主张不仅没有实现，而且让他屡遭贬谪。去世前，他都没有盼来"九州同"，算是含恨而去。撇开历史现实等客观因素，如果只从陆游自身找原因，我认为有两个，一是才华，二是性格。

中国文人，大多命运多舛，即便有天纵之才的苏轼也逃脱不了。他们有个共同点，才华惹的祸。才华给他们带来声望，声望给他们招来牢狱之灾、杀身之祸。有人问苏东坡的弟弟苏辙，苏东坡为什么会遭此厄运，苏辙一针见血地说："东坡何罪？独以名太高。"嵇康无辜被杀，声望太高是重要原因。才高八斗的中国山水诗的开创者谢灵运，49 岁被当街问斩，主要罪名是恃才傲物。每次看到那些才华横溢的倒霉蛋，我就唏嘘感叹：才华是个好东西，但几乎都是期货，供他人和后人享受的期货。对一个人而言，才华是最招嫉妒的。才华是一种责任。才华就像太阳的光芒，很难掩住。"除了才华，我一无所有。"敢这样说话的英国天才作家王尔德也难免牢狱之灾。"嫉妒是最大的恶。"在世俗社会中，才华往往是一宗罪。在国破家亡的南宋，勇敢也是一宗罪。陆游除了才华，还要勇敢，注定了时运不济。1153 年，朝廷举行"锁厅试"，陆游考了第一名，因此得罪了秦桧。秦桧要他的孙子秦埙得第一名，指使主考官取消了陆游的第一名，而且以后三年都不准录取陆游。直到秦桧死后，陆游才被赐"同进士出身"。

　　命运多舛的根本原因是：世俗社会几乎就是文人的宿命。路德维希·冯·米塞斯就说过："无论在哪个时代，大多数人都没有公正地对待过当时的思想和艺术。对伟大的作者和艺术家的尊敬，始终只局限于小部分人之中。"

　　一方水土养一方人。一个人的性格跟他生活成长的地域环境密切相关。陆游年近半百才离开江南，他身上既有江南柔和的一面，也有江南刚强的一面。陆游之所以喜欢成都，就因为他性格里的柔在成都找到了对应的契合点。但是，他刚的一面却始终没变。在政治主张上他与把持朝政的主和派不对付，在现实生活中也表现得不合时宜，而且固执。重文轻武的宋代，流传着这些俗话："好铁不打钉，好男不当兵"、"满朝朱紫贵，尽是读书人。"如果陆游稍微变通一点，不那么固执己见，也许就官运亨通了。他刚的一面还表现在他的真性情上。这些都说明了陆游本质上是一位诗人。

生活在国破家亡的南宋，陆游是不幸的，但作为一位诗人，陆游又是幸运的。"国家不幸诗家幸"。陆游成了这句诗的又一个不幸的证据和注脚。其实，评价历史人物，不能简单地用"幸"与"不幸"来说事。不管陆游幸与不幸，我们都是幸运的，因为我们能够享受陆游创作的优美诗文，让我们通过他的诗文和足迹了解那段历史。

诗文是发自内心的感触和思想，它最接近于真实的作者，甚至与作者浑然一体。"文如其人"。要了解一个人，懂得一个人，特别是历史人物，最好是借助他的诗文，而不是历史资料、遗迹，更不是野史、传说。许多诗文就是历史生动形象的文墨佐证，许多秘密就藏在文人墨客的诗词歌赋里。刘邦写的《大风歌》虽然只有三句，但比很多史料传说更能表达刘邦是个什么样的人物。"大风起兮云飞扬，威加海内兮归故乡，安得猛士兮守四方！"因此，走近陆游，他的诗文是最佳通道。在我的心目中：陆游是英雄诗人，是诗人英雄。

一年之计在于春节

腊月二十三日（小年）过后，世界便开始动荡不安，连空气颜色都变了。睁开眼睛就能闻到年味，腊肉香肠味、火锅味、炒板栗味、春联的墨香味……年的脚步声盖过了城市的喧嚣聒噪。城市音量调成了振动模式。大街上的行人车辆一天比一天减少。一些饭馆商铺关门停业。早上去上班，穿过整条东马棚街，都没见到一个人。昔日人来人往的中医院、三医院门口行人寥寥。过年了，病人都痊愈回家了。地铁站的安全文明检查员却多了。拖着行李箱、一家子、几个朋友一起乘地铁的人多了。街头巷尾卖春联、福字、中国结和手工制品的流动小贩多了。

聊天的时候，大家说话的语调变了。无论说啥，都会扯上过年。许多东西的待遇也发生了明显变化。门面有了贴福的待遇。门框有了贴春联的待遇。窗户有了贴窗花的待遇。栾树、梧桐树、榕树和银杏树有了挂红灯笼和霓虹灯的待遇。公交车、地铁、手机、电视机、报纸杂志上充满了喜庆的春节广告、视频。春节期间的成都市区，比平时清静了许多。有一年，我们在雅居过春节，整个成都好像都是属于我们的了。

街灯、路灯更明亮了。赖在赭色枝丫上不肯飞走的梧桐树叶，在霓虹灯的映照下，活像一个个诱人的红包。

只有看手机的人没有受到影响。

一个月前，我们跟玲姐东哥约好今年在山居过年，阿宓就开始精心筹划除夕年夜饭的菜单。我说，有东哥玲姐在，估计你这菜单根本派不上用场。阿宓说，那我就只做一个拿手菜。

不知道阿宓哪来的大厨勇气，也不知道阿宓何时有了拿手菜。所谓拿手菜，也就是自我感觉不错、有胆量端上饭桌的菜。不少宾馆饭店的拿手菜，味道和名声跟预制菜差不多。

六年前，我们在家里接过一次"大驾"，请阿宓的家人莅临成都过大年。我们提前三个月就开始做准备：大搞家庭基础设施建设，把杂物间改建成榻榻米房，粉饰墙壁，整治书房卧室，买床垫，换饭桌，添置消毒碗柜，网购二十套碗碟杯盏……那年春节过后，我不得不感慨：国家和家庭确实有大不同，国家搞基础设施建设能拉动经济增长，而家庭却不一定；幸好封建王朝早已覆灭，否则，我们说不定会因为"接驾"而破产。

阿宓一直有一颗繁荣家族的野心，总想把宓家人热热闹闹地团聚在一起。但要计划安排二十来个人一个星期的吃住行，我光是想想就头大，她却完全不怵。我主张"服务外包"，至少外包一部分，她却像个独裁者，坚决一票否决。她一意孤行地要大包大揽，绝不容他人插手。在我的多次恳求下，她才答应我的侄儿侄女们开三个车随行当助手和服务生。

阿宓豪迈地说，就当组织一次文学采风活动。她殚精竭虑地提前安排每天的行程，出行目的地，车辆，住宿，一日三餐，谁住家里，谁住宾馆，既要照顾到老的，也得照顾好小的，要让他们品尝到美食，看到美景，要让他们每天保持心情愉快，还要尽可能避开大假的拥挤……那段时间，我发现阿宓一有空就偷看《红楼梦》。我认为，她有关注天气预报的嗜好，就是那年春节留下的"后遗症"。

第一个让阿宓大伤脑筋的，是除夕年夜饭。我建议到宾馆饭店订一桌，或者两桌，她坚持要在家里吃，认为这样才有团年的气氛。

她反复修改年夜饭菜单，以为已经做到万无一失，可当她端起酒杯发表热情洋溢的新年贺词时，觉得年夜饭没有她想象中的丰盛，味道没有她期望的那样让我们馋涎欲滴。事后，她跟我坦白说，做菜确实麻烦，光是一盘虾仁炒芦笋就得花费大把时间，买活虾剥壳、挑虾线，还要剁蒜泥、切姜丝……以这种慢工出细活的方式做的菜，口味、营养、安全性自然一流，唯一不足就是太费事、太累人。好在都是一家人，不会计较做得味道好不好、菜品丰不丰富。

后面的出行更麻烦，阿宓以为考虑得十分周全，但扛不住一个接一个的"意外"。吃饭的时候，川菜多以麻辣为主，她老家的人大多不能吃麻辣，而且有老有小，众口难调，好在点了一大桌菜，各取所需，吃饭问题算是勉强过得去。最难的是住宿，因为是春节期间，订不了统一的房间，有大床有标间，分配起来，出现一点"意外"，不是因为大人，而是小孩。在青城山下住宿那晚，因为只剩一套小别墅，小孩子为抢一张榻榻米吵了起来。都江堰、街子古镇早已人满为患，阿宓既担心家人被挤，又担心小孩走丢……正应了那句"计划不如变化快"，她以为能万无一失，实际上却状况不断。家族团聚不同于她组织采风笔会，前者更复杂更不可预测，没一点随机应变的能耐，很可能把一件好事办成坏事。

那年春节结束，等我们把家人们送上返程的飞机，阿宓休息了好几天才逐渐恢复元气。

后来，她想在家里请客，或组织那样的家族大聚会，我会直接掐断她的念头："你适合在文字中铺排张罗，请客吃饭旅行这种事，最好交给专业的宾馆饭店旅行社。"

阿宓却不以为然，组织一次聚餐还是容易的。那些认为"治大国若烹小鲜"的，要么是纸上谈兵，要么是没有治过国。比起写作，做菜容易多了，即使不知道怎么做，在网上一搜就能搜出全套做菜方案，还配有视频，照着做就是了。

虽然阿宓的每一次"容易"都不咋地，可她仍然乐此不疲。

但是，有两次在家请客的经历，狠狠地刺激了阿宓，让她不得不正视自己"厨艺欠佳"这个基本事实，相信我对她的基本判定：可努力做一位随园老人袁枚那样的"口头厨师"。

一次是侄儿侄女们来家吃饭，他们买了鸡、鱼、猪肉和蔬菜，侄女红英主厨，阿宓不得不退出厨房。当侄女问阿宓要调料时，问这没有，问那也没有。侄女只好到超市买了一大堆调料。同样的猪肉，阿宓做的与侄女做的，味道确实不一样。侄女直言不讳地说，你们不放调料，当然没啥味道，不好吃。

　　一次是梁兄夫妇来家做客，阿宓在厨房忙乎，梅姐去帮厨，发现咱们家的厨房里只有油、盐、酱、醋，大为吃惊，她从来没有见过比我们家厨房还"寒酸"的厨房。我们去他们家吃过梅姐做的菜，那真是大厨级别的，色香味俱全。阿宓虚心向梅姐请教厨艺，梅姐的说法跟我侄女的说法差不多，关键是调料。后来，梅姐专门为阿宓配了一堆八角、茴香、香叶、桂皮、干辣椒、辣椒面、花椒面、豆瓣酱等调料，还用盒子整整齐齐分装好，并手写了一张使用说明书，什么菜放什么调料，放多少等等。

　　没有比较就没有伤害，没有比较也就没有味道。两次在家请客，阿宓确实受伤不轻，但是，两次请客却给阿宓免费上了两趟厨艺课，让我们家的菜品稍微改善了一些，上了点档次。我们平时在家做菜，以清淡为主，几乎只用菜油、酱油、盐、醋。我一直觉得咱们家的菜品太可怜，经常为它们打抱不平，它们的福利待遇真是太差，完全处于"贫困线"以下，也就是只能享受一点基本的油、盐、酱、醋，最多搭配一些姜、葱、蒜。就我们家的菜品备受"虐待"这件事，阿宓是这样为自己辩护的：我从小生活在江南，江南菜以讲究原汁原味为主，不同于川菜，麻辣烫，太注重调料调制出来的舌尖上的味道……最后总是以"我厨艺差，但我态度好"为结束语。

对阿宓的辩护，我不置可否，只是再次提醒她，在请人来家里吃饭之前，先估摸一下自己的厨艺后再作决定。哪知道，我每次提醒，阿宓只是"哼"一声，仍然一副无所畏惧的样子。今年的年夜饭，阿宓居然要做"拿手菜"，还动员我积极参与。

除夕前一天下午，我们回到山居，发现小区里早已车满为患，许多车简直就是故意违规停放。

我在小区里转了两圈半，才在平时散步的路边发现一个可以停车的地方，好在我的车不是劳斯莱斯，否则，车技再高超，也不可能安全地把它塞进去，即便如此，车屁股还是羞涩地歪在一辆白色宝马车车头前，而我的车头却侧身翘在一辆黑色大众的车屁股后面，好像在专注打望有没有车位空出来，好立马冲进去。

如果交警可以到小区里贴罚单，那就发达啦！

阿宓认为，车满为患，充分说明了小区的入住率高，房地产商宣布小区房子已经全部售罄不是吹牛的！

玲姐买了春联、红灯笼、窗花、霓虹灯，还从成都家里搬了一盆满天星、一盆挂果的金弹子、两盆盛开的牡丹花……把山居打扮得花枝招展、喜气洋洋。

家门上贴上窗花春联后，过年的氛围更浓了。

除夕早上，我和阿宓还赖在床上就闻到了满屋飘香。

平时觉得山居还算比较宽敞，现在才发现它的局促，连装过年的香味都不够。

拉开窗帘，温暖的晨曦斜身而来，满室生辉。蓝得一望无际的天空，连一丝白云都找不到。又是一个艳阳天。

我们起床时，玲姐已经忙乎了大半天。

东哥说，玲姐早晨六点过就起床开始准备除夕宴了。

玲姐穿着红色印花小棉袄，系着白底碎花厨房围裙，戴着袖套，正在切鸡块。好一会儿，我都没法把美丽的大厨玲姐与美丽的职业女性玲姐、手握菜刀的玲姐与手握签字笔的玲姐、我记忆中的玲姐与我眼前的玲姐联想成一个人，也许是我反应迟钝，思维切换慢，也许是玲姐给我的反差太大，也许是我醉氧了……

望着摆在桌上煮好的腊肉、香肠、鸡块，地上的萝卜蔬菜，我好像回到了小时候，小时候才有这样香喷喷的过年味道。

每次跟玲姐东哥在一起，我和阿宓就会变懒。不是我们不想做饭做菜，而是我们没有机会做饭做菜，我们做的饭菜连我们自己都要质疑，何况是玲姐。每次跟玲姐东哥在一起，我就懒得理所当然，还大言不惭地说，这叫勤者多劳，能者多干。我可不想给玲姐添乱，我袖手旁观狼吞虎咽大快朵颐就是对玲姐最好的支持。

但是，过年了，我和阿宓也想有所作为，我准备做一道最拿手的招牌菜——毛氏流氓兔。阿宓要做萝卜丝饼，绍兴人叫油墩果，她信心满满地请我们吃她小时候的味道。

有一次，我酒后吐真言，跟玲姐东哥吹嘘我会做毛氏流氓兔，还大言不惭地说，这道菜得到了阿宓的长期肯定和高度赞扬。在玲姐惊奇的眼神里，我有天没日地说，阿宓只有三样东西不吃：骨头，最后滞留在盘子里的油腻，盘子。骨头，阿宓吃不了；油腻，阿宓不好意思吃；盘子，阿宓不愿意吃，因为还需要下次用它来装毛氏流氓兔。

多年前，赖总请我去一家名叫"流氓兔"的农家乐午餐，老板亲自做了一大盆流氓兔，我吃了觉得味道不错，敬了老板三杯酒，说这是我吃过的最好兔肉。老板一高兴，毫无保留地给我详细解说了这道菜的做法，他之所以没有知识产权保护意识地口无遮拦，也许是因为我油爆爆的表扬，也许是因为酒的怂恿，也许是因为他笃定我不会投资农家乐跟他成为竞争对手。

当时，我只顾喝酒嗨吃流氓兔，忘了问老板为什么要把这道菜命名为"流氓兔"。后来觉得，最有想象力的解释可能是：兔子吃了窝边草。

回家后，我不动声色地按照老板的做法做了一盘流氓兔，阿宓吃后大惊失色，问我是不是最近秘密参加了什么大厨培训班。当时，我没告诉阿宓真相，而是得意扬扬地说，我是无师自通，自学成才。只要我吃过的东西，都能亲自做出来。后来，我经过多次试验改进，使这道菜越来越合阿宓的口味，吃了四五次之后，我正式给这道菜命名为"毛氏流氓兔"。

我没有"流氓兔"老板那样的身材和肚量，就不在这里详写毛氏流氓兔的配方、用料和炒制流程了。

现在的年轻人对过年好像无感。小毛不声不响地待在自己的房间里玩手机，直到叫他出来吃饭。海归不久的小杨时不时地出来晃一下，关心她妈做菜，问需不需要帮忙。

现在的许多年轻人是吃货，但是，对父母做的东西却兴趣不大，也许是他们没有饿过肚子的缘故，也许是他们习惯了妈妈味道的原因。就选择而言，他们比与他们同龄时的我们选项更多，选择空间更大。

阿宓做油墩果的时候，居然成功吸引了小杨。小杨第一次听说油墩果，好奇地想要见识油墩果的诞生过程，自告奋勇要当阿宓的助手。阿宓当然高兴，毫无保留地示范了油墩果的制作流程。

阿宓切好萝卜丝，用一定量的水、鸡蛋、盐、葱花调好面粉，再加上萝卜丝，慢慢捏成八月炸的形状，装好盘，放在一边备用。

阿宓凭记忆做了两种油墩果：用菜油炸出来的油炸油墩果，用烤箱烤出来的烧烤油墩果。

阿宓做好油墩果，小杨甘当服务生，一一端给我们品尝。

品尝之后，我们纷纷表示味道不错，但是，跟大家对毛氏流氓兔的评价差不多，也就是没有做进一步的评价。我猜想，主要原因可能在于两点：其一，除了阿宓，我们都是第一次见识油墩果，油墩果的评价标准、评价权和评价体系都掌握在阿宓一个人手里，与只有我一个人掌控毛氏流氓兔的标准是一样的情况。当今世界，谁掌控了标准，谁就是大哥大。其二，对食物的评价分三个层面（一个是眼评；一个是嘴评；一个是脑评）。眼评最表层，主要看色泽；嘴评主要通过味蕾，味蕾只能接收酸甜苦辣麻单一层次的信息；大脑不会满足于这些浅表信息，而是通过对比、记忆、知识、营养等进行综合评价。食材烹饪过度，作料过多，食材的营养会丢失，简单烹饪才能最大程度地保持食材的原味和质感。

对我和阿宓的"拿手菜"，大家的综合评价都是一个字：好。弄得我们还没喝酒，脸就红了。

阿宓说，油墩果是绍兴的一道名小吃。

我认为，油墩果相当于餐前小点心，为我们喝酒之前垫底。

让阿宓失望的是，我们没有一次性把她精心制作的油墩果吃个精光。她借此成为厨神的梦想算是破灭了。阿宓也承认，她做的油墩果跟她想象的油墩果存在较大空间，首先是形状不一，没有定型的模具，品相不好看；其二，正宗油墩果的味道应该是外脆里嫩，咬一口满嘴生香。她做的油墩果明显没有这个口感。我对此表示理解。世上最无私的人，可能是厨师。他们做的东西，巴不得食客一口气吃光。如果让他们打扫厨房卫生，连做过饭菜的痕迹都不会留下。因此，我大胆认为：光盘行动的关键在于厨师，光盘度与厨艺成正比关系。

中午一点半，我们六个人，在暖融融的小花园里热热闹闹地吃除夕饭。我和东哥喝"品味时间老酒"，阿宓和玲姐、小杨、小毛喝红酒。除了满桌的炊金馔玉，还有一道开胃菜：聊天。我们菜下酒，酒下话，话下菜，菜下话，话下酒……直到大家容光焕发，直到衣服裤子熠熠生辉，直到我脸红筋胀，晕晕乎乎。

像平时聚会一样，只要喝酒，第一个倒下的肯定是我。

当我从阳光房的地板上醒来时，太阳已经躲到了凤栖山背后，我也才醒悟过来：我中午烂酒了。平时烂酒，我还有些内疚，现在却理直气壮地认为，过年了，不烂几回酒都不好意思说过过年。

闻着自己浓郁的酒气，我觉得，过年是从午餐开始的，春节是从团聚开始的。一年之计在于春节。春节是当之无愧的全民节日。春节是书面语，有一股纸味。日常生活中，我都说过年。说过年，更好玩。过年是俗话，口头语，想起来就口舌生津，满脑子的腊肉香。那是妈妈的味道，儿时的记忆。每个中国人都是在温暖、快乐、团团圆圆的过年中长大的……

阿宓问我酒醒没，有没有力气出去散步。

我说，当然没问题。

经过花园时，我才发现，在我睡大觉时，阿宓和玲姐又把花园折腾了一番，把绣球花、牡丹花、栀子花来了一次乾坤大挪移。

玩家，是我给山居取的别名，调和一下"三不闲人居"的一本正经。

我们来山居，书面语是度假，说白了就是玩。逛街玩。打乒乓球玩。放鞭炮玩。喝酒玩。品茶玩。聊天玩。散步玩。写作玩。看书玩。玩手机。玩扑克牌……每天吃饭睡觉都是闹着玩的。早餐不一定早上吃，午餐不一定中午吃，晚餐不一定晚上吃。不是非得按部就班地早上七点起床，晚上十一点就寝。躺在阳光房的地板上，能睡着当然要睡着，睡不着就仰望星空。夜梦不多，白日梦倒不少……在山居做正经事是玩，不做正经事也是玩……每次在山居，我们都玩得晨昏颠倒，不知魏晋。

进哥说，高级的人生都是玩出来的。

散步，也是玩。

夜幕还未完全降临，鞭炮声已此起彼伏，空气里的火药味也越来越浓。所有的白云乌云都躲开了，为烟花让出了荧光绿的舞台。星星若隐若现。还未丰满起来的月亮欲走未走的羞涩样子。它们是第一批前来欣赏烟花表演的天外来客。我们时不时停下脚步，仰天打望，评价哪朵烟花最美丽，猜测惊天动地的鞭炮声来自哪里。烟花爆竹是即时消费品，仅饱耳福眼福，但大人孩子却乐此不疲了上千年。

在烟花爆竹声中，我有了老夫聊发少年狂的冲动。

春节期间，整个世界都放松了，包括我们的个人道德准绳，在夜色朦胧中，我和阿宓成了采花大盗：偷剪了小区里的四枝红梅花插在咱们家小花园的餐桌上。

叫花鸡能治脚疼

每次到街子古镇，我都会买新鲜的土鸡蛋，除了在山居享用，还顺便带些回成都家里。

卖鸡蛋的大多是老婆婆老大爷，他们说是土鸡蛋，很新鲜，我跟阿宓一样，会毫不犹豫地相信。我可以怀疑鸡蛋的土和新鲜，但无法怀疑风霜雪雨光临过的沧桑面容。

我不识货，而且鼠目寸光。我只能看清楚鸡蛋的外表颜色，隔着蛋壳厚的东西我就看不透了。只有打破鸡蛋，才分辨得了土鸡蛋和洋鸡蛋：土鸡蛋的蛋黄像充血的朝阳，洋鸡蛋的蛋黄像失血的月亮。

到底是土鸡蛋好还是洋鸡蛋好，这进一步的问题，我就更加搞不清楚了。但是，搞不清楚，我仍然喜欢吃鸡蛋。

小时候，每年生日那天早晨，母亲都会煮一个鸡蛋，偷偷放进我的裤包给我吃。这有多层意思：生日待遇，补充营养，希望我平安成长的寓意。

在我的记忆认知里，鸡蛋是一种贫富标准，也可以说是贫富分水岭，有鸡蛋吃的人与没有鸡蛋吃的人。那时候，鸡蛋少、金贵，除了生日、节庆、生病等特殊日子，平时很少吃鸡蛋。现在能每天吃上鸡蛋，而且经常吃土鸡蛋，当然有

45

一种富起来的感觉。

鸡蛋是鸡生的，鸡蛋尚且如此，鸡就更不用说了。

鸡是美食，是补品，也是一味治病的良药。

三十年前看83版《射雕英雄传》，至今还记得黄蓉给洪七公做的叫花鸡，馋出了黑白电视机，馋到了现在。

跟阿宓逛街，经过江城街上一家卖叫花鸡的门店，我突然停下来说走不动了。阿宓诧异地问我怎么啦。

我一本正经地说，脚痛。

阿宓问，哪里痛？严重不？要不要去医院？

我说，不用去医院。

阿宓说，给我看看。

我说，痛，你咋看得到？

阿宓说，那我们现在回去吧。

我斩钉截铁地说，不。

阿宓不知所措地问怎么办。

我笑嘻嘻地说，吃个叫花鸡腿就不痛了，花生糖也行。

阿宓这才反应过来。我不是脚痛，是想买零食吃。

阿宓大方地说，过年了，你想吃啥都行。

阿宓慷慨地花了20元钱给我买了一只喷香的叫花鸡腿。

我边吃边回忆往事：小时候赶场，特别是过年上街，只要小孩不想走了，说脚走痛了、肚子饿了，肯定是想买糖果、麻花、甘蔗、鞭炮、胀死狗、爆米花……竹竿长的一条街，半天都走不到头。

我还喜欢喝鸡汤，从不鄙视喜欢心灵鸡汤的人。我们的身体需要营养，鸡汤的营养非常丰富。拒绝心灵鸡汤，至少在某个年龄阶段是违背天性生理的。

"鸡"与"吉"谐音，有吉祥、好日子的意思。远古的时候有鸡吃，当然是好日子。法国人被称为高卢雄鸡，但是，最早驯养鸡的是中华民族。八千年前的甲骨文就有"鸡"这个字，河南省信阳市固始县建有中国第一个"中国鸡文化博物馆"。鸡与人类的关系可谓源远流长。有实物证明，四千年前，鸡类已经完全被人类驯养和控制，鸡生蛋本来是为了繁衍、传宗接代，但是被人类驯养控制之后，鸡生蛋的宗旨就变样了。有人说："历史大部分靠猜测，剩下的则是偏见。"我不知道这句话适不适用人类历史，但觉得非常适用鸡类历史。鸡类有没有新历史，完全取决于人类。

因为人类，鸡类形成了两极分化，一类是野鸡，一类是驯养鸡。

驯养鸡分为三类，一类是土鸡。传统的、一家一户小规模养殖。这类稀少，在鸡类中受人类欢迎程度最高，接近野鸡的价格。二类是肉鸡。工业化、规模化养殖。肉鸡的毕生事业就是为人类牺牲。三类是蛋鸡。蛋鸡的毕生事业比肉鸡多一条：为人类生蛋，无法生蛋之后再像肉鸡一样为人类光荣牺牲。

鸡繁衍着鸡和鸡蛋，也繁衍着丰富多彩的鸡文化。

鸡这个字既可作名词，也可作动词、形容词，还可作比喻、象征。

关于鸡的故事传说和文艺作品比鸡毛还多。鸡被远古人

47

类神话誉为太阳的使者。"黄帝之时，以凤为鸡。"（《太平御览》）。风雨如晦，鸡鸣不已。三更灯火五更鸡。一人得道，鸡犬升天。古人歃血为盟，用的多半是鸡血。雄鸡一唱天下白。黄鼠狼给鸡拜年。半夜鸡叫。成都地区有在门楣上贴鸡的春节习俗。各地都有"鸡王镇宅"的年画。"斗鸡"游戏在我国久盛不衰……

我所知道的最有名的一封信叫"鸡毛信"。

小品《策划》中的"公鸡下蛋""公鸡中的战斗机"为亿万观众带来了欢乐。

……

鸡从来没有主动为难过人类，但有个问题却让人类困惑至今：是先有鸡还是先有蛋？这既是一个科学问题，也是一个哲学问题。

48

阿宓的牡丹花

2月16日上午，龙年春节假期结束前一天，阿宓在给牡丹除草时突然惊叫起来，牡丹开花了。我凑过去看了半天都没发现花在哪里。阿宓小心翼翼地拨开牡丹翠绿的叶子，指着两个叶轴的节点说，在那里。我又凑近了一些，都闻着牡丹浓郁的叶香了，仍然没有看到牡丹花。牡丹花以个儿大名世，不可能小气得让我看不见。我从来没有听说过要用放大镜欣赏牡丹花的事，也没有听说过"袖珍牡丹"这品种。这时节，牡丹还在开枝散叶，怎么可能开花？阿宓认为牡丹开花了，不是她眼花误视的结果，就是她心心念念牡丹开花太久的幻觉。

这株牡丹，是玲姐从成都家里搬来的，两三年来，我们只看到一个漂亮花盆里的枯枝败叶，从来没有看到过牡丹开花。后来才觉得，也许不是它没有开花，而是开花时我们不在现场。这几年，我们平均一两个月来一次山居，多半错过了"花开花落二十日"的牡丹花期。

去年秋天改造花园时，玲姐以为这株牡丹死了，叫阿宓扔掉，阿宓舍不得，就把它和花盆藏在一边，等花园弄好后，就从花盆里把牡丹移栽到了花园里。阿宓对这株收养的

49

牡丹"弃儿"格外上心，严格按照网上的牡丹栽培方法，怕积水，专门垒了一个小土包来栽种，小心翼翼地浇水、施肥，想"死马当活马医"。当发现牡丹被救活时，阿宓异常兴奋，豪言壮语要养出一株百年牡丹来。当看到牡丹发芽、长叶、抽枝时，阿宓就成天盼望着牡丹开花。

我知道牡丹不好养。要让"起死回生"的牡丹第一年就开花，不是奇迹，也算奢望。但阿宓坚定地说"牡丹开花了"。最后，在阿宓的耐心指点下，我才看到两个芽苞一样的东西。这哪是什么花，连花蕾都算不上，在我看来，多半是叶芽。我虽然没有发现阿宓所谓的牡丹花，却发现了自己跟阿宓的差距：她比我眼尖，眼光比我犀利，比我具有穿透力，她不仅看到了牡丹花的前身，而且看到了牡丹花的未来。

50 盯着两个芽苞，我突然想为它们命名，一个叫"理想"，一个叫"梦想"。阿宓说好啊。此后，我们经常称呼它们理想和梦想，但始终没有听到它们回应。当牡丹花繁开的时候，我才明白：命名是一种痛快行为，但最有魅力的却是不可名状。

本来打算当天下午回成都，准备上班的事，因为发现了牡丹花，阿宓决定在山居再待一天。她扩大了给牡丹除草的范围，恨不得把牡丹周围的花草全部清除，只给牡丹生存空间。她又开始培土，专门上网查询牡丹花期的养护方法。她认为，牡丹正处于关键的孕花期，应该增加营养，施加一次氮磷钾肥。她要我马上开车跟她一起去花市买花肥。

我没有立即答应阿宓。我觉得牡丹长势良好，没有营养不良的任何症状，不必给它施肥。

　　阿宓问我是不是"懒病"发作了。我坚决予以否认。

　　养花养草，我向来主张自然主义。对一般花草，把它们从花盆里解放出来，把它们从剪刀下拯救下来，已经足够了。对动不动就爱心泛滥的阿宓而言，过分"溺爱"说不定会适得其反。我相信植物们顽强的生命力和适应能力。"野火烧不尽，春风吹又生。"花园里的土，大换过两次，加之我们经常把树叶、花朵和果皮埋在土里沤有机肥，算得上肥沃的黑土，足够供养它们。如果再施加花肥，我担心"营养过度"，把它们变成打了激素的速生植物，也许会带来短暂的繁荣，但肯定会透支它们的生命力。

　　听我说得有道理，阿宓没再坚持去买花肥，但是，她要我答应两件事，一是上街买猪肉，二是每周至少来一次山居，她怕错过牡丹开花。

　　我说，牡丹开花还早呢，少说也得十天半个月。哪怕是霸道的武则天，也不是要牡丹什么时候开花，牡丹就得开。

　　阿宓向牡丹靠近一点说，武则天已经死了一千多年，可牡丹年年都在开花。

　　我现在已经管不了武则天牡丹花什么的，我只是纳闷，为什么阿宓会第一次主动提出买猪肉。她平时就极少买猪肉，何况是在几乎天天大鱼大肉的春节期间。

　　她笑嘻嘻地说，为牡丹买的。

　　我更加好奇了。难道牡丹要吃猪肉？

有时候，我会自以为是地觉得自己见多识广、想象力丰富、有创新意识和追求，但跟阿宓相比，我常感自愧弗如。她过去给花草喝酒、喂酱油，我还能勉强接受，她现在居然要给牡丹吃肉，不得不让我惊诧。

阿宓不无得意地说，你不晓得牡丹是"吃荤不吃素"吧？为了增加牡丹肥力，要给它们浇有油的水，就是油水。我们用猪肉做回锅肉，用油汤给它们施肥，保证它们长得壮实，早点开花。过去给它们喝酒、喂酱油，你是知道的，效果很好。我们在街子古镇上买的非遗酱油，是黄豆做的，富含蛋白质，比花肥有营养。酒是粮食做的，也有营养，给花草喝绍兴黄酒最好，啤酒也行，红酒也不错，白酒要稀释一下，怕烧了花草的根……我相信，这次给它们喝肉汤，牡丹花会开得更大……

我不置可否，只当世上又多了一个可怜的试验品。

阿宓喜欢花草，对牡丹情有独钟。有一年四月初，阿宓到安徽参加笔会，恰逢牡丹花期，肥东县张集乡河湾村的刘氏宗祠有两棵已有一百六十多年的牡丹，主办方专门安排了去参观这两棵牡丹开放的盛景。据说，这两棵牡丹是李鸿章于咸丰三年（1853 年）赠送给同乡刘福庆的寿礼，共一红一白两棵，红的叫"魏紫"，粉白的叫"姚黄"，原植于刘福庆宅内。同治元年（1862 年），刘氏宗庙改建为宗祠，刘福庆遂将两株牡丹移植于此。刘氏宗祠虽历经风霜，并于2008 年重建，但两株一百六十多年的牡丹却保存完好，芳名远播。每年清明谷雨之间，牡丹竞相开放，紫的如霞，粉白的像云，附近村民纷纷前往观赏。

一天早上，阿宓看着正在茁壮成长的牡丹，说，也许几十年后，整个花园里都是这棵牡丹的天下了。看她满眼期待的神情，我就想起《小王子》里的那朵玫瑰，"也许世界上也有五千朵和你一模一样的花，但只有你是我独一无二的玫瑰。"把小王子的玫瑰替换成阿宓的牡丹，同样是独一无二的。因为阿宓的悉心照料和倾注的热爱，我相信这株牡丹会与众不同。

之后每个周末，我们都会到山居，为了牡丹。

山茶花开满枝头的时候，阿宓想象着她的牡丹盛开的样子。

紫玉兰盛开的时候，阿宓说，我的牡丹花苞透出一抹粉红了，说不定明天就开放了呢。

好像这个春天里所有的花朵，都不及她的牡丹让人期待。

终于，在三月末，阿宓生日那天，牡丹绽放了。

那天早晨，我刚起床，就听到阿宓在花园里惊呼，牡丹开花了。

在厨房里，我就看到牡丹花了，好像花园里升起的一颗朝阳。

是"理想"开花了，"梦想"仍然是花苞。

鲜嫩、娇艳的花瓣层层叠叠，被绿叶环衬着，仿佛无穷无尽的宇宙已经打开，令人着迷。唐代诗人刘禹锡在《赏牡丹》诗中写道："唯有牡丹真国色，花开时节动京城。"连我这样平时对鲜花无感的人，也忍不住惊叹：牡丹被誉为"花

53

中之王""国色天香"，果真名不虚传！

那天，我和阿苾不可救药地成了"花痴"，从早到晚，我们都在为牡丹花忙乎，它们让我们牵肠挂肚，我们给它拍照、录像、跟它合影，恨不得为它建一个 T 形台，让它走秀。我们成了它的摄影师、观众和粉丝。不得不出门时，只想把它带在身边！

每隔一个小时，牡丹花就有明显的变化，它在慢慢绽放，慢慢绽放国色天香。下午四点，"理想"就开繁了。傍晚时，已经完全盛开。层层叠叠的绛红色花朵，浮在绿叶之上。我拿了一个饭碗来跟它对比，它比碗口还大。"梦想"也更加鼓胀饱满，真担心它一不小心撑破了。

"理想"太美了，美得有些失真，美得无须粉饰、美颜、滤镜，美得拒绝任何修辞。如果有人只给我看它们的照片和影像，我不一定相信那是真的。可它们就是真的，是阿苾收养的、是阿苾养护的，我们亲眼见识了它从花骨朵到繁花的过程。

我终于理解阿苾为什么会这么认真虔诚地守着一朵花的绽放。这份期待、守候，只有牡丹才配拥有。网上资料显示，牡丹花期也就一个月左右的时间，繁花期只有一周，可这一周，值得三百六十天的漫长期待。

我们为牡丹花拍了一百多张写真照，录了五段影像，制作了两个小视频，就差在网上张扬了。

晚上九点半，突然下起了雨，我们不约而同跑去看望牡丹。在灯光照耀下，牡丹花、雨水、一只半大的青蛙、山茶花、玉兰树，花园里的所有东西都一清二楚。牡丹花瓣上的水珠，牡丹花叶片上的水珠，晶莹剔透，与娇艳欲滴的牡丹花相映成趣。"梦想"还是含苞欲放的样子，在雨点里只是摇晃，一副不怕风吹雨打的骄傲模样。而"理想"却垂在叶片下，好像要躲进枝叶里。它不是害怕雨水，而是雨水灌入花朵，让花枝不胜重力。阿宓怕雨水淋落花瓣，找了一把大伞撑在牡丹花上面，看到雨水再也淋不着"理想"之后，我们才放心地回房睡觉。

第二天离开山居时，我们最不舍的是牡丹。

离开前，我们在牡丹花前磨蹭了好一阵子，拍照、录像、合影、欣赏、感叹……"梦想"绽放了一层花瓣，而"理想"开始低垂、颜色开始暗淡，如果昨晚没给它撑伞，也许已经凋零。

阿宓不想走，她要保护牡丹。

55

我说，我们不想离开，但是，我们应该离开，必须离开。我们不在这里，它们会怎么样——任凭风吹雨打？寂寞开无主？零落成泥碾作尘？即使我们在山居，又能怎么样？除了为它们撑伞，给它们拍照录像，还能做什么？我们能为它们挡风吗？我们能阻止它们变色吗？我们有本事不让它们凋零吗？我们能够保护牡丹吗……我建议，这次回去，过一段时间再来，希望我们来的时候，它们已经消失得无影无踪，因为我不想看到它们凋零的过程。你见过了它们的绽放和美丽，还忍心见它们的衰败和凋零？

也许，我最后这句诘问触动了阿宓，阿宓不再坚持留

春

下来。

其实，只要美过了，就不应该有遗憾！

回家路上，阿宓跟我说，别看牡丹驰名天下，美得无与伦比，它最初靠的可不是"颜值"，而是它的药用价值和食用价值。

牡丹的根皮为中药丹皮，是一味名贵中药材，主要药用成分是丹皮酚。早在秦汉时期，医书《神农本草经》中就有记载，丹皮具有清热凉血、活血化瘀、清肝降压、抗炎、抗过敏、抗病毒、提高免疫力、祛斑美白等诸多功效。据统计，我国有 1300 多个药方涉及丹皮，它是诸如"六味地黄丸"等著名中成药的主要原料。

作为一个美食之国，牡丹花的食用价值更不会被忽视。宋代，《复斋漫录》就记载了牡丹花的食用方法。用牡丹的根、茎、叶、花为原料，制作糕点、花酒、菜肴和茶，品类繁多。

"不过，"阿宓严厉警告我，"我们家的牡丹，只许欣赏，绝不允许拿来吃，你要是敢偷吃我的牡丹花，你就得吃不了兜着走。"

异于禽兽

　　在山居前面的水池里，活跃着漂亮的锦鲤、金鱼、草鱼和鲤鱼，它们从小长到大，几乎都一个样子。而水池里的蝌蚪，长着长着就消失不见了，蜕变成了青蛙。

　　今年初夏，我连续几天在水池边观察蝌蚪，想看到蝌蚪的变化，看清它们卑微、尴尬、纠结、矛盾的灵魂世界，结果却大失所望。从外形来说，蝌蚪和青蛙是完全不同的物种。从生物学的角度来说，青蛙是蝌蚪成长的一个阶段，蝌蚪是一种"变态发育"的生物。但是，我选择性地认为，青蛙是蝌蚪进化来的，即使进化时间太过短暂剧烈。

　　西方进化论的观点，人是从猴子进化来的，也就是说，人是动物之一种，猿猴是人类近亲。如果达尔文活到二十世纪，多半会因此获得诺贝尔生理学或医学奖。

　　虽然达尔文没获诺贝尔奖，但比许多获奖者更有名，比如，1973 年因发现"印刻效应"而获奖的奥地利动物行为学家康拉德・柴卡里阿斯・洛伦兹（Konrad Zacharias Lorenz）、德国昆虫学家卡尔・冯・弗利（Karl Ritter von Frisch）和荷兰裔英国动物学家尼可拉斯・廷贝根（Nikolaas Tinbergen），2022 年因对已灭绝古人类基因组和人类进化的发现而获奖

57

的瑞典科学家斯万特·帕博（Svante Pääbo）等。

阅读这些科学著作，我经常会产生这样奇怪的感觉：我们都是"裂脑"实验品及其后裔。与西方进化论相比，我更喜欢充满哲理和浪漫情怀的中国进化论：破茧重生，凤凰涅槃。

人与动物的微妙关系，在文学作品中表现得特别充分。魏尔伦在给兰波写的第一封信里就说兰波"你有点变兽妄想狂的味道"。变兽妄想狂是精神病学名词，患者精神错位，想象自己变成了一只狼。

德波顿认为，"一个人的怪异行为，从本质而言，往往是简单的动物性目的——食品、居住和后代繁衍的复杂化体现。"

畅销小说《沉默的羔羊》的扉页上有一句摘自《哥林多前书》的引言："倘若吾以人之姿态与以弗所之兽类相搏，而死者不能更生，则于吾何益？"

人类关注动物，除了吃它们、玩它们，还有两大原因，一是基于最初的恐惧和自身的安全，二是为了发现做人的道理。

西方人，无论是科学家还是作家，都喜欢研究寻找人与动物之间的关联和异同。他们认为，研究动物就是研究人类，将动物身上的适应性行为推论到人类复杂的社会与心理模式，从而总结出"弱肉强食、适者生存"的自然规律、生存法则和现实逻辑。

中国人止于女娲造人的神说，主要倾向于研究人性，社会学和文化意义上的人，而很少涉猎动物性的人。虽然汉语字典、辞海、百度百科把人归为动物界、脊索动物门、人科人属人种，但是，即使一般的中国人也不屑与动物为伍，千方百计地要把人与动物以"生死"为界区分开来，好像人与动物生活在同一个地球上是丢人现眼的事。比如，生前作恶多端的人，死后会变成猪狗。

对大多数中国人来说，动物的用途除了食用、使用、观赏、当宠物当国宝、维持一定的生态平衡，用得最多的就是骂人。

最狠的骂人话，非"禽兽不如"莫属。

这句骂人话虽然对禽兽极不公平，有点"羊毛出在狗身上，由猪买单"的味道，但是，它让人与动物有了无法切割的密切关联。

在许多人看来，禽兽低贱、凶残、狡诈、没有人性，其实，在这个方面，禽兽远不如某些人。哪些丧心病狂的禽兽才会用活体人做细菌实验？哪头禽兽堪比"香港名媛碎尸案"的凶手？也只有"两脚兽"能发明和使用车裂、凌迟、五马分尸、老虎凳、电刑、灌辣椒水、竹扦插手指、活剐、剥头皮、烹煮、檀香刑等刑罚。

如果在禽兽界说"人都不如"，那才是对禽兽最大的羞辱。

"禽兽不如"这句古骂，也不是人人都有资格得到的。如果把人作为底线，超过底线的就是禽兽；如果把禽兽作为红线，突破红线的就是禽兽不如。那偏执的孟子骂杨朱和墨

59

子"禽兽也"，说明了杨朱和墨子并非"禽兽不如"。

我们除了用动物来骂人，也喜欢用动物来育人，有时候还在诗文中用来打比方、作象征、指桑骂槐、说东道西。

小时候听大人们讲故事，说某某动物是人转世来的，某某人的前世是猪狗牛马。只有好人死后才会变人。前世作恶，来世就会变成畜生被人使唤、鞭打、咒骂、屠杀……那时候我相信大人们讲的故事是真的。

后来看到太多禽兽不如的人，我仍然选择了原谅，因为我们都是第一次做人，没有多少做人的经验，很多人还是在受动物本能的驱使。

第一次读到"人之所以异于禽兽者几希；庶民去之，君子存之"（《孟子·离娄下》）这句古语时，我就忍不住窃笑，甚至不屑，与孔子并称"孔孟"的孟子也不过尔尔。

在那时的我看来，人与禽兽的区别多了去了，大了去了。而且，庶民和君子之间就"去之""存之"这点区别吗？

孟子做人的标准太低，评判人的尺度太短，简直幼稚可笑。

多年以后我才明白，要真正做到异于禽兽，绝非易事。

孟子所谓人与动物的"几希"区别，虽然只有那么一点点，可就因为这么一点点，决定了你是人还是动物。也因为这么一点点，人与人之间千差万别。

"异于禽兽"既是做人的底线，也是做人的高线。

异于禽兽在于人性。人类的文明程度，主要体现在人性含有量和兽性含有量的比例，以及人性与兽性较量的结果。

用"禽兽"作为一条标准来评判人，远远不够。事实证明，没有一个兽心比人心更歹毒，没有任何一种兽行比人为更穷凶极恶。有位作家说过："自从了解了人，我就爱上了动物。"

异于禽兽在于"三观"。动物是没有"三观"的，它们只有简单直接的生存观。"三观"不正的人无异于禽兽，甚至禽兽都不如。

异于禽兽在于真实。只说人话，不说假话、套话、大话、空话。最懂沉默是金的不是人，而是禽兽。人如果不能说真话，至少应该像禽兽一样沉默不语。

异于禽兽在于智力与文化。公元前六世纪的郑国著名政治家子产认为，"人之所以贵于禽兽者智虑"。鬼谷子告诫人们，永远不要跟禽兽计较，赢了，你比禽兽还禽兽，输了，你连禽兽都不如，平手，你和禽兽没有什么区别。近代思想家严复说，"人不知书，其去禽兽也，仅及半耳。"现代哲学家冯友兰以"文化"为标准认为，"传统上，中国人把生灵分为三类：中国人、蛮族和禽兽，认为中国人是其中最有文化的，其次是蛮族，兽类则是全无文化的。"

十二生肖是一种暗示和隐喻，其意义在于：我们心里住着至少有十二种动物，它们在我们心里互相争斗撕咬，争夺对我们的主导权，我们一辈子都在试图驯化、协调、控制、降伏、驱赶、宰杀它们，也在不断地跟它们和解、妥协、同流合污、沆瀣一气。

每次看到躺在地上晒阳光的猫，我就感到羞愧，它比我懂得享受时光。动物世界里的雄狮，面向辉煌的落日不停狂吼，我觉得它是一位伟大的诗人，比我懂得欣赏美。

我从小就怕黑夜，一个人不敢走进黑夜，经常在夜里做噩梦。萤火虫却用它们短暂而渺小的一生来给黑夜增添光明。豹子在黑暗的森林里睁着蓝莹莹的眼睛，我相信它不是在狩猎，而是在享受夜晚的宁静。

无论东方人还是西方人，只要是孩子，都喜欢逛动物园。在孩子眼里，人和动物几乎没有区别，即便是凶猛的禽兽。阿兰·德波顿说："动物园一边使动物看起来像人，一边使人看起来像动物。"

如果用上帝视角来观察和审视，人与其他动物之间只隔着笼子、围墙、自由与屠戮。

我相信人是从动物进化来的。进化过程就是剔除动物性彰显人性的过程。进化论可以作为"众生平等"的依据。进化论让我明白自己是人而不是动物。我清楚我与禽兽同处一个世界，我要做的就是：尽量异于禽兽，坚决不做衣冠禽兽。

这是我们的家

大年初三上午十点，我和阿宓步行去街子古镇上的邮政快递服务网点取她网购的陶瓷菜刀，走到悠游岛前方却被景区工作人员拦住了。景区正在拦截人流，一个小时之内不准游人进景区。据官方发布的旅游动态信息称，春节以来，街子古镇接待游客人数全川古镇排名第一。

四位执勤的景区工作人员，戴着白色的鸭嘴形口罩，穿着笔挺的藏青色制服，胸前佩戴着印有标准照和职务的工作牌，一副随时随地要与他人保持距离、也要求他人与之保持距离的架势。

阿宓从容不迫地走到一位看不出实际年龄的工作人员面前，用温柔的普通话说，我们要过去取快递……

景区工作人员斩钉截铁地说了重复了几百遍的话：必须再等一个小时。

阿宓说，我们不是游人，我们是本地人……

景区工作人员突然撇开阿宓，去拦截几个准备冲关的游客。

勇敢无畏的阿宓挽起袖子，理直气壮地改用标准的四川话，连珠炮似的开腔道：我们不是游客，我们就住在这里。

我们只是去街上取个快递而已……

"不行。"

"不行。"

"不行。"

伴随着他们的手势，阿宓真生气了。她气呼呼的样子，有了怒发冲冠的明显迹象。

我曾经跟阿宓聊过生气的话题——撇开健康因素，无论怎么样都不能生气，哪怕天上的乌云生气，你也不能生气，即使要生气，也不能超过十秒钟，而且，声音不能高过60分贝。你不是领导干部，不可以随便使用扩音器。也不能跟动物一般见识，哪怕你是狮子。我说这些，都是为你着想。你是绍兴人，说的是吴侬软语，不能给江南人丢脸。如果你硬要生气，那请你先重新定义江南……

阿宓赖着不走，把我的告诫忘到了九霄云外。

听她的口气，看她的样子，好像不只是生气，还有满腔愤怒。第一次看到她凶巴巴的样子，我有点好奇，便抄着双手站在旁边看热闹似的盯着她，还心怀鬼胎地渴望愤怒能把阿宓突然异变成超级英雄，惩恶扬善的"神奇女侠"。

阿宓说话做事从来循规蹈矩，完全是个没有攻击性的"群众"。她今天怎么啦？过年喝多了酒还是吃辣椒过量？街子古镇是北宋农民起义军首领王小波的家乡。难道在这里住了几天，她就有了反抗精神？

无须借助大疆无人机，就能看到街子古镇游人如织，摩肩接踵，好像味江里的巨石掀起的浪涛。卡口的人越聚越多，好像即将风起云涌。他们七嘴八舌地跟景区工作人员理论，有一种一触即发的兆头。

我拉着阿宓的手小声道，现在是春节，以和为贵，他们限制人流量也很正常，这是他们的职责。我们在这里等一下，或者从溪云书院绕过去。

阿宓说不行，我们就从这里过去，几步路就到了。从溪云书院绕过去，一个小时都到不了。这么大一个镇，还容不下我们两个？

我担心一旦发生"冲突"，手无寸铁的阿宓会吃亏。虽然跟我们一样滞留在景区外的人远多于设卡拦截的景区工作人员，可我不是"振臂一呼应者云集"的王小波，不敢保证一旦发生"战斗"，那帮人会不会跟我们"统一战线""同仇敌忾"，况且，我至今没有发现不喜欢吃汉堡包的阿宓有可能蜕变成超级英雄的任何征兆。

我劝说阿宓另觅佳途，我就不相信他们能把街子古镇围得水泄不通。又豪情万丈地说，别再跟他们啰唆了，等会儿拿到菜刀，看谁敢阻拦我们，到时候我叫菜刀跟他们说话。

阿宓突然取下口罩，也许觉得口罩捂住了自己的声音，也许认为景区工作人员没有认出她是本地人，也许要让他们看清楚她的恼怒表情。

我马上拽住阿宓，叫她戴好口罩。现在是非常时期，说啥话没有什么大不了的，但不戴口罩说话，就是原则问题。

我又劝她说，我们反正不忙，就当散步吧！

阿宓也不想在这里干等一个小时，终于同意绕道而去。

春天刚到山居，夏天就紧随而至。我和阿宓没走多远，就感到了燥热，浑身冒汗。我们无视人来车往，也不管红梅花的招蜂惹蝶，全凭感觉，由着性子来，走到哪儿算哪儿，就当随心所欲地游山玩水。我们左绕右转了大半天，居然绕到了瑞龙桥上，活像乔装打扮的特工从人群里混进了街子古镇。在步行导航员周星星的指引下，我们顺利取到陶瓷菜刀。我拆开包装，手握亮闪闪的菜刀。阿宓脱掉外套，露出短袖和白嫩的手臂。我们气势汹汹地向家里走去。经过悠游岛，限制人流的工作人员居然不见了。

我咬牙切齿地说，算他们运气好，没有被我们碰到。

阿宓盯了我一眼，一副闻到了事后诸葛亮味道的表情。

快到家时，我称赞阿宓说，你刚才英姿飒爽的样子真霸道。

阿宓怒气未消地说，这可是我们的家啊。

原来如此。是家给了阿宓硬撑的勇气。那些阻拦我们进景区的公作人员，让阿宓有一种在自家地盘上被侵犯的感觉。我也终于明白了阿宓为什么进出小区，喜欢走小区大门的门禁通道，那里有回家的感觉。而我，喜欢走与小区融为一体的斯维登酒店，那里有度假的感觉。

一般情况下，我们一生中的大多行为与家有关，我们待的时间最多的地方是家。一个人最悲惨的无疑是无家可归，有家难回。一个人最幸福的当然是有个温馨的家。

买山居时，我没想过要把它建成一个家，只当有空时来小住的度假屋，借助山居换一种生活方式而已。一方面，我们还没退休，不可能在这里长住。另一方面，房屋面积不大。阿宓却不赞同。她说，房屋不在于大小，而在于是不是家。只要住下来就是家，哪怕只住一晚上。每次住宾馆，阿宓都会把房间整理得整整齐齐。不像我，进去没多久，房间里就乱七八糟，像狗窝。她还说，我们买房不是炒房，也不是置业，而是为了建一个新家。

在新家住了第一晚后，我才体会到阿宓的高瞻远瞩。

过去到街子古镇，我总是带着好奇的眼神和自由的心情，跟普通游客差不多，还经常怀疑自己的身份：游客、定居者、暂住户、外来人、漂泊者、带着弹弓的入侵者？自从有了新家，每次逛街，我就有了土著的优越感，在我眼里的那些人都是旅行者、异乡人、过客。每次到街子古镇，我都有回家的感觉。

家这个字，会意兼形声，最早见于甲骨文，意思是屋内、居所。我对仓颉造的其他字都没啥意见，唯独对"家"这个字有点看法。我觉得，不应该在屋顶下加"猪"，而应该加"人"，因为有人住的居所才能称之为家。一个地方，再多的猪都无法叫作家。如果没人住，再豪华的房屋也就"猪圈"而已。

当然，有人住也不一定叫家。虽然宾馆饭店门口大多放有"欢迎回家"的招牌，循环播放温暖动人的 *Going Home*，宾馆服务有时候比家人还周到体贴，但是，那也不是家。家的本质是人。人，才是真正的家。有人就有家，房屋只是家的外壳、形式。

天主教圣徒伯纳德说，普天下的凡人都可分为三个部分：身体、头脑、心灵，每一部分都必须由恰当的场所来加以悉心照料。因此，人们建了无数金碧辉煌的教堂、寺庙、楼堂馆所、学校、图书馆和寻欢作乐的娱乐场所，试图以之供我们栖居身体、丰富头脑、净化心灵。在我看来，能让我们的身体、头脑和心灵安居的最佳场所是家。俗话说，在家千日好，出门一时难。

　　人是空间动物。家是一种空间形态，更是一种精神归宿。

　　自从有了房屋，人就一直被房屋塑造着。特别是二十多年来，房地产界的大波大浪，留下了无数动人的故事，塑造了几代人，也将严重影响好几代人。在我看来，人们形式上是被房屋塑造的，本质上却是被家所塑造的。

　　有人问我有几个家，我总是说有两个，一个老家，一个新家。我出生的地方叫老家，离开老家之后，无论住哪里，都是新家。上大学之后，我迁走了户口，老家的房屋虽在，却没有我的产权。但是，那里仍然是我的老家，不管有没有房屋和产权，记忆里的老家永远不会变。

　　其实，每个人只有一个家，新家住久了也就成了老家。

爱情大道

在这片大地上，稍微有点姿色的地方，总是人满为患。

三天前，我和阿宓经过爱情大道时，两边的油菜花大多还是含羞的花骨朵儿，仅仅两三天，它们就招蜂惹蝶般地怒放起来，路过的人纷纷停车拍照，使得爱情大道入口处就像逢场天的街子古镇，蜂拥着人流、车流和信息流，只要进入那个区域，手机的网络信号就羞涩得若隐若现。

爱情大道，是导航帮我们发现的。

以往到山居，我们都是经过蓉昌高速，从都江堰方向过去。半年前的一个周末，阿宓的手机导航主动为我们规划了一条新线路——自东向西，经过成名高速，在国色天香出口下。那天，刚行驶到重庆路与川西旅游环线交叉口，阿宓突然手指前方惊呼起来：爱情大道。

我愣了一下，机械地踩了一下刹车，但没有停下来，路口正亮着绿灯。车到十字路口中间时，阿宓又激动起来，广告似的朗诵道：中国最美乡村公路，诗韵街子，情定上元……爱情大道……

作为一个合格且比较优秀的小车司机，我一般不会为乘客的大惊小怪乱了手脚。我继续按导航线路前行，不到十分钟就到了山居。

刚到家，阿宓就在手机上查找到了"爱情大道"的介绍，还惊喜地发现"爱情大道"跟我们家的直线距离仅725米，不到两艘航空母舰的距离，步行导航只需二十五分钟。

阿宓说，她想马上去看看。

我说开车累了，改天去。这么近，我们散步就到了，不着急。

自从发现爱情大道后，阿宓就对它充满好奇，一直想找机会一探究竟。直到秋天光临之前，我们都没有踏上爱情大道。但是，我们开车来回经过的都是这条道。如果手机导航不选这条线路，我就不顾平时情分，坚决跟它对着干。有阿宓导航，我不怕走错路，即使迷了路也值得，因为我们在"爱情大道"上。阿宓说，爱情大道这名字就让人浮想联翩。透过车窗看到的这条路，畅通、清静，隐秘着想象和浪漫，两边景色优美，满是货真价实的田园风光。

银杏广场上的字库塔是街子古镇标志性建筑之一，最上面四层外墙上绘有水漫金山、雷峰塔等中国四大民间爱情传说《白蛇传》里的情景。据说，白素贞就是在街子古镇修炼成人形后去西湖游玩，遇到许仙的。在西湖断桥上，他们人妖合作，演绎了一场惊心动魄的爱情悲喜剧。

阿宓说，白素贞的修炼原址很可能就是爱情大道。

有天晚上，开车经过爱情大道，我立即减速，打开远光灯，希望能遇到浪漫的事情，发现浪漫的情景。结果只看到一辆摩托车和一辆三轮车经过，以及反光的道路、黑黢黢的树影。经过上元宫时，我看到了一束忽明忽暗的光，好像航海小说中描述的"顿光"。阿宓始终相信，这条道上曾经发生过爱情，今后一定会发生，说不定正在发生。

踏上了爱情大道的那天下午四点，天空碧蓝得好像不存在。一眼望去，爱情大道上没有一辆车、一个行人，道路两边都是庄稼、蔬菜、杂草、绿树和隐隐约约的田间小道，一派迷人的田园风光。

山居的季节不能按日历来分界，而应该看树梢和花朵。当落叶树的树叶转黄时，是秋天到了，树叶落光时，就是深秋，蜡梅花开时冬天到了，红梅开时春天来了。山居的冬和夏都很短暂，几乎稍纵即逝，而春秋很长。日历上是腊月二十八，要算是冬天，但看枝头已在冒出一颗颗新芽，红梅也已绽放，气温也有 20 度，阳光这么明媚，完全是春意盎然的感觉。这种感觉，与爱情的感觉十分相似。春天里有冬天，冬天里有春天。

爱情大道的起点在川西旅游环线的一个不起眼的岔口上，左侧竖着"爱情大道"四个紫色大字，非常显眼。右侧是一块用砖石砌成的牌碑，上面是"爱情大道"的简介，用楷体和宋体两种字体描述着爱情大道。

爱情大道位于崇州市街子镇天顺村三组，于2015 年开通，是街子古镇核心景区与乡村旅游点位的重要连接线。全程 1314 米，象征爱情美好隽永。沿线美不胜收，千亩农田围绕，春有菜花灿烂，夏有荷叶田田，秋有瓜果满枝，冬有麦田悠悠。上元宫与百年老屋（兰庐）散布其间，更是素食品茗、修养清心的好去处。漫步爱情大道，回归田园生活。

爱情大道是一条水泥路，六米左右宽，双向两车道。两边的排水沟里流淌着清澈见底的溪水，流速缓慢，仿佛天上洁白的云朵。大道右侧是一片杂草丛生的田地，尽头是一些银杏树、芙蓉树、桂花树和杂树。大道左侧是收割后的稻田，有些稻桩上冒出了嫩绿的秧苗。

如果仅供行人漫步，爱情大道还算宽敞，可我们不得不经常停下来，站在一边避让车辆和行人。

不到半个小时，我们就到了爱情大道的终点，阿苾第一次看到爱情大道时惊呼的地方。这溜砖砌标志墙，高耸、气派、镶嵌在上面的红色文字，在暮色中清晰可见。

第一次漫步爱情大道，可以说一无所获，非常失望。一路上，我瞪大眼睛都没发现一点爱情元素，只见大道不见爱情。爱情大道好像与爱情无关。"爱情大道"道出了一个残酷的现实：爱情只存在于想象中。没有一个典故、故事可以佐证这里有爱情。

阿苾却不这么认为。

她说，不预期预设，只对我们见到的东西进行本能反应，才会有意外和惊喜。假如爱情大道上到处都是爱情元素，就像超市里琳琅满目的商品，我们会不会视而不见？爱情是两个人的事，是秘密，是隐私，不需要过分张扬、展示、渲染和炫耀。也许，这是设计者的故意为之。我觉得，爱情大道是一幅留白的画，我们只需走在画里。我们看不到爱情元素，但是，别人会看到我们，我们就是爱情元素。其实，很多以爱情之名打造的景点，爱情元素依然稀缺。我觉得，不应该指望大道赋予人们爱情，而应该由人们赋予大道爱情……

回到家里，我翻看阿宓的手机照片，越看越兴奋，真没想到阿宓从爱情大道上带回了这么多美景。这些手机照，几乎没有人物，基本上是一片荒芜的田野，一棵树，一株枯萎的野草，一朵野花，一只模糊的飞鸟，一栋若隐若现的农舍……这些被我忽略的景物，却在阿宓的手机里栩栩如生、美丽动人。

日常生活很难经受得住审视，所以，我们需要文学艺术。哪怕一张随意拍的照片，都比我们的日常生活耐看。

在爱情大道上没有见到爱情，我不甘心。第二天下午，我提议再去爱情大道，阿宓欣然同意。她说，你不要老想着爱情大道，就当我们换个地方散步，赏秋。

我们边走边聊边用手机拍照。

阿宓说，有个江苏网民看《白蛇传》后愤愤不平地留言说：两条四川的蛇，为了一个浙江杭州的男子，跟河南的和尚打架，结果把江苏给淹了，江苏碍着谁了，白白被水漫金山？我觉得，那是爱情的外溢效应，随机的选择，只有"天意"二字才能解释得通。

我说，青城山老君阁一位 70 多岁的老道士一边在敲圆磬，一边在刷手机视频，被一游客拍成了小视频，上传到网上，评论区炸欢了。有个网友的留言最好玩，"青城山道士刷视频让我明白了，白素贞为什么会在青城山修炼千年也没事，而去了外地即使生了个文曲星还是会被别人抓。原来是道爷看她不作恶就懒得理她。"

阿宓说，这是不作为。道家主张"无为"……

我听进哥讲过"西湖借伞"的传说故事。根据道家的说法，只要有足够的时间和虔诚，一条蛇也能够修炼成人形。修炼五百年就能修炼成女人，修炼一千年就能修炼成男人。青城山下的小白和小青两条姊妹蛇，修炼五百年后成了人形。她们第一次出山就来到西湖断桥玩。小青看见许仙背着一把雨伞，想考验许仙。她要姐姐白素贞作法下雨，看许仙有没有绅士风度，下雨时借不借伞给她们。结果许仙把雨伞借给了她们。于是，白素贞爱上了许仙，成了一段千古爱情佳话。"西湖借伞"这个典故现在都在用。二十世纪九十年代，信息闭塞，我们上学读书时，有的男生看到心仪的女生，故意抱着一摞书，和女生相撞，趁女生帮着捡书的机会搭讪相识，成了恋人。我有个朋友，在成都街上骑自行车，发现一个骑自行车的漂亮姑娘，就追了上去。趁姑娘在斑马线等红灯，故意装着刹不住车，撞了上去，一顿吵闹，居然吵成了朋友、恋人、夫妻。

一个故事还没讲完，我们就到了"百年老屋"。

"百年老屋"大门紧锁，我在夯土围墙边踮起脚往里看，除了木制窗棂、梁柱、青瓦、凉亭和屋后的树林，空无一人。我发现它旁边有一座老四合院，龙门半开，有个人坐在院坝里看书。我好奇地往里走，走到龙门边，才看清楚看书的是一位老人，花白的头发，穿着咖啡色的夹克衫。我刚想进去跟老人打个招呼，才发现阿宓没有跟着我。我回头看见阿宓站在百年老屋的院墙边，招手叫我过去。我走到阿宓身边，问她啥事。她叫我不要去打扰老人。随即压低声音说："那位老人像不像武侠小说中的隐侠？青城山下，茅草屋内，一个避世高人在潜心修炼……"

阿宓就喜欢瞎想，走马观花地路过，也能想象出一堆故事来。

我觉得，与其瞎想，还不如进去跟老人聊聊天，说不定有意外的惊喜。阿宓坚决不同意，硬把我拉走了。她不是害怕打扰老人，而是"社恐"在作怪。平时让她主动与陌生人接触，几乎不可能。她从来只喜欢不远不近地观察和想象。

在田坎上，"形色"APP帮我们发现了"诗里最美的草"蓼花。望着蓼花，我有点飘飘然，感觉自己正漫步在《诗经》的意境里。这些野草野花本来默默无闻，因为"形色"APP，它们全都成了名花贵草，不仅源远流长，还能从古诗词里找到它们美丽的倩影。

我跟阿宓说："也许你是对的，爱情不是非要用实物来佐证，而是要用想象去丰满。"

过了百年老屋，再向前走 300 米，便是上元宫。阿宓仍然没让我进去，理由是天色已晚，该回去了，下次再来。

我们优哉游哉地漫步返回时，阿宓竟然发现了一片荷塘，荷叶已经枯萎，只有枯枝还顽强地坚挺着。阿宓指着残荷说，它们像不像爱情大道出的谜语？一堆抽象的几何图案，就是不告诉你谜底。

"它们多半是那位绝世高人种的。"我一本正经地说，"我们去拜访一下，如何？"

夕阳在凤栖山的背后，迸发出温暖的阳光，好像为凤栖山镶了一道金边。蓝天已经褪色，仿佛敷了一层湿漉漉的朦胧。兰庐亮起了橘红色的灯光。眼前有了一种云蒸霞蔚的景象。我不再一门心思寻找爱情大道上的爱情元素。我只想跟阿宓一起享受漫步爱情大道的这段美好时光。

在爱情大道中段，有一条铺着石花图案的岔路步道，我们毫不犹豫地拐了进去。一只青蛙旁若无人地跃过爱情大道，咚的一声沉没在排水沟里。归巢的鸟儿，多半不识字，呼啦啦地不见了，也不知道它们在爱情大道附近生活繁衍了多少代。仔细聆听，就能听到蝈蝈、蟋蟀的叫声。一只白鹤突然从一棵桂花树上起飞，掠过爱情大道，翩翩飞向凤栖山。我好像听到了被誉为"西川第一天"的光严禅院的暮鼓晨钟。

此时此刻，我相信关于凤栖山的爱情传说，相信杨贵妃与唐玄宗的爱情故事，相信凤栖山的得名是因为杨贵妃，相信光严禅院门前的千年荔枝树是比翼鸟的化身……因为人世间需要爱情，因为我们需要爱情，无论是皇帝妃子，还是庶民百姓。

我想，区别人与动物，本来是一个异常复杂的生物课题和社会课题，但是，如果以爱情为标准来区别就非常简单：有爱情的是人，没有爱情的是动物。

爱情是小说，婚姻是散文

我们不属于任何地方，我们只属于彼此。
——电影《阿丽塔·战斗天使》的台词

一

今天是公历 2024 年 2 月 14 日西方情人节，农历正月初五中国财神节。往年的西方情人节，线上线下热闹非凡，今天勉强算得上热闹的是网友留言，我随意摘录了九条。

网友 1：今天，西方爱神与中国财神 PK，中国财神完胜。

网友 2：没有财神爷，情人节拿什么过啊！

网友 3：有钱不一定有爱情，无钱绝对没有爱情。这就是人间清醒。

网友 4：西方爱神是个小屁孩，手持弓箭的丘比特，玩儿似的拿箭乱射，"被金箭射中者即与随后见到的第一个人坠入情网，而被铅箭射中者会对另一个人产生莫名的仇恨"。相当于中国的乱点鸳鸯谱。这样的爱情不要也罢。

网友 5：中国只有主管婚姻的月老，没有主管爱情的爱神。西方只有主管情人的爱神，没有主管婚姻的婚神。

网友6：情人节遇到财神爷。朋友圈看不到半点情人节气氛，全是接财神的，都被财神爷给霸屏了。

网友7：钱财最重要，有钱才能谈情说爱。

网友8：法律可以约束婚姻，对爱情却无能为力。有人会对婚姻负责，但没人会对爱情负责。

网友9：有了财，情人可以换。没有钱，有情人也保不住。

……

二

男女之事是世界上最大的事，处理不好会乾坤颠倒，处理好了会天翻地覆。纵观历史和现实，再也没有比男女之事更大的事。上帝犯的最大错误，就是取下男人的一根肋骨，把它变成了女人。人世间的悲欢离合，月老红娘至少要负一大半责任。

生活的魅力大多体现在男女关系上。男女之间的关系，最神秘莫测的，非爱情莫属。

除了小说、诗歌、影视剧、网络游戏和传说，现实生活中的爱情一点儿不神秘，一饭一蔬、一车一房就能使它原形毕露。爱情的格局只比自私大一点，有时候跟针眼差不多，只盯着两个人。

爱情喜欢浪漫和幻想，也不拒绝美酒佳肴、豪车华宅。

在有些人眼里不足挂齿的事，在爱情看来却异常重要，比如，早餐是喝稀饭吃泡菜，还是喝牛奶吃面包，晚餐是在家里做还是外出吃火锅。爱情有时候既自私又胆怯，从来不打算经受哪怕只是"如果""假设"之类的考验，也不想决定那些伟大的事情；有时候却不顾死去活来，不怕海枯石烂，不管前世来生。

三

爱情多半经不住分析，一旦分析，几乎体无完肤。

如果从爱情谈起，最后不得不承认：我们所说的爱情跟我们心目中的爱情相距十万八千里，就像我们在地球上眼巴巴地遥望牛郎织女在鹊桥相会。

爱情是两个人合谋制造的全息影像。他们需要观众，有时候不排除把自己当观众。可造出爱情之后，他们往往撒手不管了。

最多情的诗人、最睿智的哲学家都不敢正面触碰爱情。他们在定义爱情时模棱两可，诠释爱情时语焉不详，践行爱情时闪烁不定、藏头露尾。在爱情面前，他们比芸芸众生狡猾得多。

那些情感专家和生活导师喋喋不休给出的爱情答案，在千千万万男女评委面前几乎得不到高分，及格都难。最招厌的说教者，无疑是爱情说教者。但是，谁都无法否认他们这样做的商业价值。

大多数人只是在消费爱情，而没有享受爱情。或者说，爱情是很多男女为了某种目的的美妙借口。只要穿上了"爱情"这件外衣，最龌龊的事也就堂而皇之光彩照人了。

只要你笃信爱情，到头来多半会得出这样的结论：世界是一种幻觉。

四

在爱情诗中，我最欣赏"两情若是久长时，又岂在朝朝暮暮"这两句诗。我敢肯定，大多数人没有读懂，而且误解了。

苏门四学士之一的秦少游，不仅深谙爱情真谛，而且非常狡猾。

如果这两句诗是写给老婆的，秦少游就是在为自己在外花天酒地、寻花问柳找借口和机会。如果是写给天下人的，那就揭示了爱情的另一副面孔：相爱容易相处难。

爱情经受得住生死考验，却很难过"朝朝暮暮"相处这一关，那是日常生活的物质性和爱情生活的浪漫性之间难免的冲突。

在爱情故事中，无论最初有多么惊奇和美好，作家写到"王子和公主幸福地在一起"时就基本上结束了。因为再写下去，就是"朝朝暮暮"，日复一日的现实生活，平平淡淡、无趣无味，甚至残酷无情。不是王子变了心，就是公主被生活磨掉了容颜。

天才如曹雪芹之所以夭折了林黛玉和贾宝玉的爱情，就是因为他也写不好爱情的"朝朝暮暮"。

许多开局美好浪漫的爱情，结果往往是一地鸡毛。

在爱情这件事上，一旦迷信文人墨客的诗词歌赋，基本上算是完蛋了。也千万不要被某些网友给带偏了。有网友说，理性的人过不了风花雪月关，感性的人过不了柴米油盐关。如果笃信这些，爱情完蛋了，婚姻也完蛋了。两个人散步、买菜做饭、聊天，算不算浪漫？浪漫不是网友定义的，也不是诗人作家导演定义的，而是两个当事人定义的。你们说两个人在家喝红酒是浪漫，那就是货真价实的浪漫。

五

就人体构造而言，男女几乎没有多大差别。追根溯源，可能是原始之初，所有生物都是雌雄同体的缘故。

在爱情起源这个问题上，中西方人的观点惊人地一致。中国人把男女视为阴阳，认为男女是一个整体。而西方是这样传说的：上帝觉察到人的孤单无趣，就把人分成男人和女人两个人。上帝操起斧头照人头劈下去，一个完整的人便被斧头劈成了两半，一半是男人、一半是女人。男人和女人虽然分开了，但斧头劈下来的痛却留在了他们各自体内。他们长大成熟后，疯狂地寻找自己的另一半。许多人以为找到了，欢天喜地，过不了多久就发现对方不是自己的另一半。大多数人一辈子都没找到，只得将就。只有极少数找到了，那就是爱情。唯有爱情，才能把一个男人和女人黏合成一个完美的人。

男女之间除了生理上的差别，最明显的不同可能就是爱情表现。

除了特殊情况，爱情滤镜会充分显示：女人绝情（专一），男人多情（水性杨花）。女人啥都放得下，男人啥都想要。女人喜欢挑三拣四，男人基本上来者不拒。女人比男人贪婪，男人比女人大度。女人梦想完全拥有，男人往往贪多嚼不烂。女人为了爱情可以抛弃一切，男人为了其他一切可以抛弃爱情……

爱情的初始面孔是朦胧的，之后就会越来越清晰。

六

除了在小说里胡诌，我几乎不说爱情。

其一，我和阿宓平时在一起，各自都忙，无暇唠叨爱情。

其二，我们很少有谈情说爱的时空距离。除了出差，我们几乎每天都在一起。

其三，都老夫老妻了，还说爱情，有抛撒过期狗粮的嫌疑。

其四，拥有爱情的一般不说爱情，没有爱情的或者渴望爱情的人才会津津乐道，念念不忘。

其五，不说爱情，爱情也许存在；一旦说起爱情，爱情多半会像小鸟一样被惊飞。爱情只可体会，不可言说。

当然，明星和公众人物除外，因为他们需要把所谓的爱情变现。

阿兰·德波顿说："世界上最浪漫的人无疑是那些无人与之浪漫的人。"

有一次，阿宓到云南思茅参加一周时间的采风活动。第一天，我安安静静地待在家里，心无旁骛。第二天，我跟几个朋友快快活活地喝茶聊天喝酒吃饭，自由自在。第三天下班回家，我突然感到烦躁不安，有了阿宓不在家的不习惯，有了久违的思念——渴望跟阿宓打电话、视频通话、微信发送"拥抱""玫瑰""嘴唇""怪相"之类表情包都阻止不了的思念，思念正在远方游山玩水的阿宓。

我不知道这算不算爱情，但我已经明白：爱情需要空间，需要适当的距离。爱情需要被思念激发出来，需要自由奔放的想象力……

鲁迅先生说："先前觉得思念二字俗气，自遇你便自觉是个俗人。"

爱情不在乎你是不是俗人，只在乎你有没有思念。

毕加索认为，世界上没有爱情，只有爱情的证据。

思念就是爱情的证据。

七

爱情大多是听来的，特别是美好甜蜜的爱情。

我喜欢爱情的中性解释：有爱才有情，有情才有爱。有爱有情才叫爱情。

如果爱情可以分类，我把爱情分为：爱情喜剧，爱情悲剧，爱情正剧。

爱情喜剧和爱情正剧都差不多，导致爱情悲剧的有三大根由：对爱情的期望值过高；轻易出让爱情主权；把爱情完全寄托在他物、幻想和一厢情愿上。

谈情说爱，很多人喜欢按照自己心里的设定和臆想行事。这种先入为主的后果是，爱情对象很难符合自己的既定标准和期待。爱上一个人或者不爱一个人，取决于看到的那个人与心里的那个人是否吻合和吻合度。所以，很多人宁可相信一见钟情。

巴菲特说，一个人有两次改变命运的机会，第一次是你出生在什么家庭，第二次是你和谁结婚。

我觉得，爱情与婚姻应该是因果关系，而事实却并非如此，爱情往往是婚姻的借口，婚姻往往是爱情的掩饰。

就"发现"来说，有三种婚姻形态：

一、婚后发现对方的优点越来越多，幸福，持续；

二、婚后发现对方的缺点越来越多，吵闹，最终分手；

三、婚后按日历和心照不宣的合同搭伙过日子，一起消磨时光打发人生，彼此再无兴趣去发现。

八

男女和睦相处、你情我爱，本来是极其自然的事，可我们看到的往往不是和谐的男女，而是争斗不断的男女，几乎从第二天醒来后就开始了明争暗斗。

他们苦苦追求爱情，不是为了享受，而是为了争吵、猜疑、大打出手、你争我抢、分道扬镳。他们结婚，不是为了找爱人，而是为了找对手和敌人，为了取得离婚的资格。

即便如此，却没人愿意做爱情局外人。

他们曾经在茫茫人海中寻找，在电影院门口的人群中寻找，在五花八门的梦里寻找，在被窝里寻找，在网络世界里寻找……

人是一种特别奇怪的物种，喜欢为了虚无的东西而不惜一切，甚至不怕牺牲生命，极少有人为了具体实在的东西而不惜一切代价，哪怕是为了价值连城的金银财宝。吃喝拉撒睡，这些对每个人来说最重要、最急迫、最必需的东西，往往不如那些虚无的东西。

比如，爱情。

在他们心目中，爱情等同于理想、上帝、艺术、未来和信仰。

爱情就像天堂和地狱，只是人们用声音文字影像杜撰出来的玩意儿。爱情只要扯上天堂和地狱、海枯与石烂，就跟你渐行渐远了。

爱情就是这么回事，就像艺术品，谁都可以自行定义和诠释。你说它存在它就存在，你说它不存在它仍然存在。关键在于：是等它出现，还是主动去寻找？

有个诗人写道："你的任务不是寻找爱，而是寻找内心对爱设下的藩篱。"没有藩篱，世界才会充满爱。

九

我曾经困惑过三个问题：

其一，萨特和波伏娃为什么不结婚？他们之间真有爱情吗？他们真的相爱吗？

其二，中国古典爱情故事，大多是悲剧（没有美好结局），主角几乎都是人与鬼（神仙），人与动物。最初是人，最后也会变成动物或者鬼神。最初是动物或者鬼神，最后也会变成人。

其三，《不能承受的生命之轻》里的拈花惹草的托马斯为什么会爱上特蕾莎？爱情吃相特难看的托马斯为什么只留宿特蕾莎？

"对这个几乎不相识的姑娘，他感到了一种无法解释的爱。对他而言，她就像是个被人放在涂了树脂的篮子里的孩子，顺着河水漂来，好让他在床榻之岸收留她。"（昆德拉的《不能承受的生命之轻》）

这段文字虽然没有给我明确的答案，却让我觉得，萨特和波伏娃不结婚，可能有两个原因，一是他们之间的友谊多于爱情，二是他们是势均力敌的两个强势之人，结婚这根纽带根本无法捆束住他们。

明星分手快，离婚率高，原因之一在于找的是同类，同类之间最大的问题是没有神秘感，彼此太熟悉太了解。

爱情也许产生于差异性、不平等、不了解、错位。同性之间是没有爱情的。门当户对是没有爱情的……

爱情虽然是人为的发明，可从来没有人把控得了它！这也是智能机器人为什么会让人担忧的原因。

十

千万不要对别人的爱情评头论足。

归根结底，爱情只是一家之言，你的言。

如果把爱情单独拎出来，就会发现许多好玩的东西。

在爱情世界里，所有的古怪行为都会被原谅，甚至被赞美。天上名叫织女的神仙爱上了名叫牛郎的人间凡人加小偷。能呼风唤雨的蛇妖白素贞爱上了手不能提肩不能扛的白面书生许仙。

人与人之间有爱情，人与神仙，妖怪与人也有爱情。

面对冷酷无情的爱情杀手，人们会选择理解、原谅和宽恕。

在爱情世界里，心胸狭隘、吝啬、自私、包容、嫉妒、排他性、虚伪、偏执等等都有立足之地。

许多美德在爱情上是污点，许多恶行反而体现了真正的爱情。

最让人心动的是那些专门为爱情创造的艳词丽句：弱水三千只取一瓢饮。曾经沧海难为水，除却巫山不是云。朝朝暮暮。卿卿我我。红袖添香。一见钟情。生死相依。灵魂伴侣……

十一

爱情是最被高估的一种人类情感。

个中原因，当然离不开作家诗人的讴歌赞美，以及抖音、影视剧和鸡汤网文的演绎。被文艺作品诱导相信爱情童话的人，不知道写爱情故事的家伙要么是多情滥情之辈，要么是没有真正品尝过爱情滋味的家伙。

想象中的爱情，才是最完美的。

每一种情感都有狂热的时候，也有平静的时候。只有平静下来之后，才知道是不是真爱。

在无数的爱情催化剂中，荷尔蒙是急先锋。

"为了把基因传递给下一代"，是爱情最新的研究成果。

爱情的目的，最初也许只有两个字：爱情。之后，潮水退却、风消云散，爱情的真正目的便会水落石出，比如，相亲相爱，大难临头各自飞，金钱权力，结婚成家，生儿育女，白头偕老等等。

十二

小卢与小秦死去活来恋爱半年后结婚，结婚半年后离婚。

他们结婚的理由是"爱情"，他们离婚的原因是"我除了爱你，一无所有"。

人们既把婚姻当作爱情的归宿，又抱怨婚姻是爱情的坟墓。爱情和婚姻好像一对冤家、死对头。

爱情和婚姻经常处于两难选择的尴尬。

爱情是两个人的事，婚姻是两个家庭的事。爱情失败了，最多回忆一辈子。婚姻失败了，影响几个家族、几代人。人们一般不会随便对爱情评头论足，但经常理直气壮地干涉婚姻。

对爱情来说，古人更重视婚姻，"洞房花烛夜"历来被视为人生四件大喜事之一。

我相信，结婚只是恋爱的结束，而非爱情的消失。

我认为，爱情死了，不能嫁祸给婚姻。在爱情凶杀案中，根本不需要福尔摩斯就能破案，谁都清楚杀死爱情的凶手。

爱情经过婚姻考验之后，还必须得经受长期相处、结婚、组建家庭、生儿育女、钱财、事业、生活琐事的日检、周检、年检。很多所谓的爱情，往往经受不住一句话的考验，更不用说车子房子票子了。还没到谈婚论嫁的阶段，爱情就消失了。即使结了婚，也坚持不了"年痒期"。于是，婚姻成了爱情的坟墓。

这是有人给"恋爱脑"开的方子：相信一见钟情，闪婚。坟墓还没建好，就不存在爱情坟墓的问题。在坟墓里产生爱情，也是有可能的。

十三

法国喜剧电影《吝啬鬼》里的男主戈蒂埃，在娘肚子里就成了吝啬鬼，他没有亲人、没有朋友，在家里几乎都是靠街灯路灯照明，出门全是步行，是货真价实、一毛不拔的铁公鸡。

在爱情上，他也吝啬得让人忍俊不禁，因为用了过期避孕套，意外地有了一个女儿。多年之后，两个女人找上他，一个是爱慕他的女人，一个是从未谋面的漂亮女儿。他终于被两个女人改造了。其中发生的故事，差点把我笑出六块腹肌。

我开始非常讨厌吝啬鬼戈蒂埃，他猥琐的模样让我看不顺眼，可当他被爱情亲情改变时，他在我眼里突然变得可爱起来，成了一位幽默风趣的"爱情吝啬鬼"。我觉得，只要跟爱情有了关联，一切皆可理解和原谅。

邱先生年过半百还单身，因为害怕女友花他的钱，一直不恋爱。担心老婆花他的钱，所以不结婚。

我的朋友把这当笑话来讲，我却把这当爱情来看。我觉得我朋友的朋友很可能也是个爱情吝啬鬼。

在爱情上，我主张吝啬。我相信，面对爱情，谁都不肯轻易退让、放弃，宁愿做一个可爱的爱情吝啬鬼。

十四

我不知道爱情跟宇宙是不是同时诞生的，但我敢打包票，它跟宇宙起源一样，完全可以成为一种永恒的话题。

对正在谈情说爱的人而言，以下这些金玉良言都是废话，一点儿药效都没有，但是，没有任何东西能像爱情一样瞬间点燃一个人——

爱情是同归于尽的冲动。爱情是不忍伤害对方的善良。爱情是彼此相爱的响应和回报。爱情是浪漫美好的，生活是现实具体的。不要随便对他人的爱情评头论足，鞋子合不合适，发言权在脚，跟嘴巴脑袋无关。不要去模仿传说、视频和文艺作品里的爱情，即使模仿得惟妙惟肖，那也不是你。爱情是一种神话，与俗世无关。不要羡慕别人的爱情，无论他们多么美丽动人，跟你八百竿子都打不着。每个人的爱情都是独一无二的。你爱的是一个人，而不是一坨肉。你不是跟一块木头结婚，而是跟一个活生生的人结婚。除了死人，每个人都是立体的、完整的、鲜活的。七情六欲才是真正的魅力。美丑没有统一的标准，是非对错却是一致的。漂亮的脸蛋、婀娜的身材，当然人人喜欢。但是，只关注外表美不美，无异于只关注一坨肉漂不漂亮，就像喜欢在肉摊上挑肥拣瘦的大爷大妈。脸蛋是可以涂脂抹粉的，五官是可以拉皮整形的，身材是可以瘦身培育的，也就是说，肉体可以再造、重新组装。极少有人能够承担得起美好爱情这个重担。

人人都有演员禀赋。80岁的老妪能够把小姑娘扮演得天衣无缝，恶棍也能把好人扮演得活灵活现……

我坚持认为：爱情是用来享受的，而不是用来说道和纪念的。

四月二十一日

今天一整天，我都是一副怀疑人生的滑稽嘴脸，精神不振，情绪不佳，想睡睡不着，不愿说话，不想读书，连看手机里的爆笑视频都失去了兴趣。

第一个原因是宿醉。

我的酒量极其有限，加之是个昨天喝酒今天醉的家伙，一旦宿醉，好几天都难以恢复正常。这比重感冒还恼火，重感冒仅仅是生理现象，大不了持续一周。宿醉却有无法预测的情绪和心理问题。

第二个原因是李哥。

李哥比我大三岁，是我踏入社会后的首批朋友。三十多年来，无论他的工作和身份如何变化，私下里我一直叫他李哥。因为疫情，我们有两年多没见面了。

昨天刚吃完早餐，李哥的儿子小李就给我打电话发微信，请我到世纪城的"转转会川菜馆"午餐，我觉得自己在家也干不了啥事就答应了他。我也想见见他的父亲。

上午十点半，我步行到骡马市地铁站乘地铁一号线，从世纪城地铁站 F 口出来，手机步行导航，十二分钟就到了。

第一次从容地步行穿过世纪城，好像在逛公园，感觉不错。在灿烂的阳光里，世纪城里的高楼大厦和小桥流水交互辉映，既有都市的时尚，又有乡村的朴素和自然，现代感和历史感仿佛温暖的煦风，袅袅翠柳般扑面而来……

我和小李一边喝茶一边聊天，等候他的父亲。

在婆娑的树荫里，面向波光潋滟的湖水，吸烟，啜着香浓的"凤嘴春芽"，我跟小李不知不觉谈起了沉重的人生话题。当无意中发现他游移的目光时，我才蓦然觉得自己的那些话很不适宜。现在的年轻人，谁会在乎我们自以为价值连城的人生经验和现实感慨？世界不是简单的二元结构，雅俗、美丑、善恶、大小、成败也不是那么泾渭分明、非此即彼。

我们等了两个小时，李哥才匆匆赶来。他刚进大堂，我就发现了他。他本来就臃肿的身体越发沉重。他笨拙地跨过门槛，走下台阶。他拖着长长的身影，走得越快，他的身影就拉得越长。他蹒跚着向我快步而来时，我莫名其妙地有了自己是个重要人物的感觉。

"对不起对不起对不起……"李哥赎罪似的紧握着我的手，向我赔礼道歉。他的手还是一如既往地湿冷。如果我不开口问他好，借此阻止他道歉，估计他还会气喘吁吁说一万个"对不起"，好像我们之间除了说"对不起"之外就无话可说了。

李哥面皮松弛，神态疲惫，好像刚处理完一件棘手的人间大事。我感觉到他的热情是强迫出来的。我很纳闷，在我面前，他用得着这样紧张吗？即使他今天爽约，我也不会生

95

气。三十多年的友谊，难道还承受不了一次迟到？

他肿胀的眼袋，好像两个悬挂在眼睑下取不下来的水囊。他眼里充满了迷茫的浑浊，难以聚焦。他还是那么忙，忙着挣钱，忙着找机会，忙着结识有用的人，忙着让自己显得忙忙碌碌的样子。而我总觉得他不是忙，而是慌张，活像打慌了的兔子。忙碌和慌张表面看来差不多，本质上却完全不同。一个是外在的，一个是内在的。他一直在做一件事，功成名就的大事，可临近退休了还没做完。但他骨子里的俗气、平凡和虚荣暴露无遗，他曾经的聪明、才华和勇敢都已隐身难觅。他说话时给我的感觉是底气不够，中气不足。到了这把年纪，如果活得还不从容淡定，人生很难说成功，更不用说幸福快乐了。

三十多年来，李哥在我眼里几乎没有大变化，可最近几年，每次见到他，就觉得他老了，老得一次比一次明显。头发花白，牙齿发黑，神情越来越萎靡不振，面庞注射了酵母似的浮肿。他不是在变化，而是在老，不可逆地老去。看他叼着烟猛吸的样子，我就想起那些晒着昏昏太阳、弓腰驼背、老态龙钟坐在竹椅上吸烟的老头子。也许，他们之间的区别只有一个：一个抽纸烟，一个抽叶子烟。

我算见识了一个生机勃勃的人是如何变老的。这种尖锐的感觉让我自己都感到疼痛和悲伤。我真想拂去从树枝间漏下来斑驳在他身上的阴影，把我记忆里那位意气风发、慷慨激昂的李哥拂出来。

如果生活有形象，那就是漏斗和筛子，它一直在残酷

无情地筛选和淘汰。在任何时代、在任何地方、对任何人来说，梦想都很管用。如果世界上有真理，那梦想算是一个。可我从李哥身上再也看不到梦想了。

我想起李哥刚来时拖曳着的影子。影子被李哥抛弃在了路上？影子背叛了李哥、弃之而去？影子萎缩进了李哥身体内和灵魂里？我面对的是李哥，还是李哥的影子？

我从李哥身上看到的与其说是老，还不如说是衰。我不怕老，也不讨厌老，但是，我怕衰，怕衰老，讨厌未老先衰。衰和老有着本质区别。衰是贬义词，老是中性词。李哥是未老先衰。这种衰，还不如被彻底遗忘。老跟年轻一样，都是一种正常的自然现象，可总有人不愿优雅地老去。坦然接受老，就像不拒绝曾经的青春飞扬。老有老的形象，老有老的味道，老有老的魅力——从容、睿智、大度、慈祥、自由自在、闲云野鹤、再无任何担忧和恐惧……我喜欢这样的老，我向往连死神都得退避三舍的老。

我突然想一醉方休，把这些说不出口的心里话给灌醉。

我打开我带来的一瓶"品味时间老酒"，我觉得，跟老朋友在一起就应该喝"老酒"。这是胡义明先生送给我的他精心勾调的"品味时间老酒"，优雅醇厚，意味深长，不上头，像我这酒量的人也可以放肆喝。

端起第一杯酒，我豪情万丈地说，我今天不怕喝醉酒。酒能让人迷糊，也能让人清醒。没有迷糊，何来清醒？没喝醉过酒的人，就没有资格谈清醒。我们不是在喝酒，而是在"品味时间"。好酒的味道就是时间的味道。老酒能激活消失的时光……

李哥原本是话痨，三杯酒下肚之前，他却一直沉默寡言。我们以往在一起，他总是喋喋不休，我只有偶尔插话的义务，每句话几乎不能超过三个字。他喜欢说话，好像要通过说话来表明自己的存在。有时候，我不得不怀疑他耳朵有问题，只听得到自己的说话声。

当李哥把第四杯酒重重地搁在桌上后，终于开口说话了，像往常一样滔滔不绝，连钉子都插不进去。只要他开口说话，立马变成另外一个人，所有的血液直往他脸上汹涌，他脸上的皱纹随着他的音量而变化着，由涟漪到波浪，到波澜起伏，好像满身都是声音的出口，世界上只剩下李哥的声音和一张一合的嘴唇。望着他嘴角上的唾沫，我想起不停吐着白色泡沫的海浪、一望无际的大海。

98　李哥说的那些话，谈的那些事，只有墙壁、地板、座椅、碗筷和残羹冷炙听进去了。

我沉默不语，还主动放弃了插话的权力。我准备把肚子里的话发酵成一部长篇小说。

当阳光彻底退出午餐的房间时，窗外的天空突然变了颜色，成了用颜料胡乱堆积出来的一幅拙劣油画，死板，被反复涂抹修改，看不出一丁点儿底色。我至今没搞清楚成都天空的真相。这让我想起了山居的天空，那是一幅淡雅的水墨画，飘逸，清新，有大量的留白，一眼就能看出湛蓝的底色。

跟李哥分手后，我直接去了山居。

躺在山居温暖的床上，我扪心自问：我对李哥是不是太苛刻太残忍？我不知道他对我的感觉是不是跟我对他的感觉一样？我在他眼里的模样是不是跟他在我眼里的模样差不多？因为地球上"所有人的长相都彼此可悲地相像"。

　　我就这么胡乱想着沉沉睡去。

　　等我醒来时，我差不多忘了李哥带给我的困惑。我终于相信阿宓的话，山居具有疗愈身心的作用。当她因为工作而烦躁不安时，会央求我周末回山居。她说，这里盈满了树脂和花草香的空气，再多的烦恼，都挤不进来了。

99

夏

　　自从有了空调，我就认为，最好的避暑胜地是空调屋，只需要一点电费，想要多凉爽就有多凉爽，想要多温暖就有多温暖，即使把夏天变成冬天、把冬天变成夏天也不是大问题。但是，在空调屋里待久了，也有点不舒服，还有失去自由的感觉。在办公室，我一般不开空调，我担心空调用多了变成"空调人"。每当在空调屋里瞭望窗外的炎炎烈日，我就发现自己是个贪婪的家伙，鱼和熊掌都想得到。经过很多地方之后才发现，只有我们的山居能满足和包容我的这种贪得无厌。山居没安装空调，因为有穿堂风，也享受了空调的待遇。令人惊喜的是，我在街子古镇发现了两个天然空调屋：瑞龙桥，山外山小区大门外的林草地。

　　夏天的瑞龙桥，无论节假日还是平时，从早到晚挤满了密密麻麻的人，专门来这里乘凉的，摆着二维码卖唱的，来往路过的，摆摊卖冰粉、时鲜蔬菜和土鸡蛋的，好像一处小集市。只要上了桥，谁都想来待一会儿，吹吹天然空调风。桥里桥外，完全是两个世界。桥外炎热，缭绕在身上的热浪好像火焰；桥里清凉，扑过来的热浪都被风刮走了。有天正午，经过瑞龙桥，一缕桥里桥外，完全是两个世界。

凉风拂过，满身大汗的我顿时打了个鸡皮疙瘩似的激灵，我有了"双楠当夏寒"（陆游《化成院》）的感觉。每次看到那么多人赖在桥上，我就担心瑞龙桥的承受力。

一天下午，我和阿客汗流浃背地逛街回来，无意中拐到山外山小区大门外的林草地里，惊讶地发现这里人头攒动，一群老老少少，带着凳子、马扎、简易桌子、野餐布，或站，或坐，或躺，或漫步，无视头顶的阳光和马路之外的酷暑，在树荫里，在阵阵蝉鸣声中，吹拂着一阵又一阵凉风，惬意地享受着这台原生态的巨型天然空调。这片由步道、小桥、蜻蜓雕塑和草地布局的区域，交错着水杉、芭茅、竹林盘、菜地，一条从山里流淌出来的小溪，一条从小区院墙边横穿而过的小河，崖壁般的树林。它们过滤了阳光的灼热，形成了一片清凉的草地森林，里面好像安装了看不见的隔热装置。在这片茂林修竹里，我还发现了"树冠着避"和"森林智慧"。

这两个绿色环保的"天然空调"让我懂得了，在没有空调、智能手机、电脑和核武的时代，人类是怎么存活下来的。

小花园，大世界

写下《小花园，大世界》这个标题时，我像三杯"品味时间老酒"下肚，脸红筋胀，心跳加速。我担心有人要替"花园"两肋插刀仗义出头，向我讨说法，甚至逼我修改《辞海》对花园的定义。把一块比普通阳台大不了多少的地方称为花园，我也感到心虚好笑。

平时跟阿宓说事，实在绕不开这巴掌大的地方，我才叫它花园。比如，阿宓问我现在在哪里，我只得老老实实地

说，在花园里抽烟。一旦"老酒"喝高了，我也会像《复仇者联盟》里的灭霸，瓮声瓮气地说："到花园去。"

我叫它花园，不是我的凭空杜撰，而是有理有据有来源的，那就是房地产公司和广告公司。这小区还在图纸上时，房地产公司和广告公司就一口咬定这里是花园，自始至终都没有松过口。因此，我在此郑重声明，我所谓的花园，仅限于山居，与你心目中的花园、他人眼里的花园，仅仅是"花园"两个字相同而已。

当然，我们从来就没有嫌弃过花园的小，只要有个立锥之地，它就无限地大。

一

这次到山居，阿宓带着整理花园的任务和牵挂蔬菜长势的心事。她相信一本书上的这段话："英国人在维多利亚时代形成了对花园的基本共识：花园应该比布罗迪小姐的内衣抽屉还要整洁，还要井井有条。"

上次离开时，我们有点依依不舍，因为我们在花园里种的蔬菜正在茁壮成长，南瓜已经牵藤，西红柿、茄子和辣椒已经开花，红苕藤长出了不少嫩尖。过了近一个月，阿宓怕杂草和害虫欺负蔬菜，早就唠叨着要过来看看。

来的路上，我自信满满地说，我们这次到山居，不买蔬菜，就吃咱们花园的特供了。

阿宓嘴上说我想得美，心里的期待估计比我强烈。

103

昨天晚上八点赶到山居时，我打开前院门，却不敢迈步，在朦胧的路灯里，眼前一片黑乎乎的东西，仿佛无路可走的丛林。我叽咕叽咕地踩着黏腻腻的东西进了家门，揿开房前灯，才发现前花园已被南瓜藤和不知名的花草霸占了，过道都没给我们留，好像我们是擅闯它们地盘的入侵者。

今天早晨视察花园，惊讶地发现花园里的花果蔬菜活像青春期的孩子，不服管教似的肆意疯长。现在可是乍暖还寒的初夏啊！三角梅的成长堪称速度与激情，再不制止，估计过不了几天就会遮天蔽日，而且，它们毫无愧疚地遮挡着柠檬树的阳光。红苕藤就像星空里的乌云，明显在欺负经得起

夏

细瞧又耐得住远观的满天星。南瓜最让我失望，它们只长藤开花而不结瓜。那些无名杂草，一副要造反的样子，再不管束，说不定哪天就带着虫虫蚂蚁跑到客厅，把我们的卧室当游乐场，在书房里撒欢。

对世间万物，我向来抱着自然主义态度，不反对有一定约束的自由主义。当我发现心爱的杜鹃花已经枯死，西红柿可怜巴巴地歪在一边，辣椒被绣球花挤在墙边没有一点火辣脾气，就气不打一处来。这是我们的家，我们才是正宗的主人。

我和阿宓立马决定，不能任由它们喧宾夺主、鹊巢鸠占，尤其不能让它们在花园里发生你死我活的无序竞争。

我们得好好收拾收拾它们。

二

吃完早餐，阿宓率先换装。戴着橡胶手套拔杂草。

我当然不敢落后，手持园艺剪，虎视眈眈，一副行凶作恶的架势。

这些南瓜藤没有结瓜的本事，却喜欢上了攀高枝，不屑在地上爬行了。在它们眼里，世界已经失去边界。它们骄傲地缠在李子树、山茶花和竹枝上，一副要长出翅膀飞起来的样子。

上次离开时，我深情地回望了一下，不无得意地想，咱们家的花园真像一幅宁静的风景画。现在，南瓜藤居然野蛮地蹿进了画里。我必须得把它们从画里赶走，或者让它们学会与玫瑰、牡丹、绣球和睦相处。

藿香草是怎么长出来的？怎么会有巴地草和狗尾巴草？……我怀疑咱们家的花园在跟外面的世界私通，虽然我还没发现它们私通的具体对象，却有了大量的私通证据。

真没想到，这么小的地方，也有文明与野蛮的冲突和较量。

我暗下决心：必须给这些"侵略者"来个死亡教训，毫不留情地干掉它们。我是在惩奸除恶，主持公道，伸张正义。

阿宓提醒我要手下留情，我们要建生态之家，不能斩草除根，更不要伤及无辜，有它们才有野趣。开紫色小花的酢浆草，我们一直不知道它们从哪里来的，被我们当杂草拔了好几回，直到它开出一簇簇美丽的小花来，才知道它叫酢浆草，才免除了被彻底拔掉的命运。

当阿宓在后花园里巡视时，突然指着茂盛的幌伞枫说，你看咱们的小花园，像不像一片小森林？我这才注意到，幌伞枫刚栽下时只有半个院墙那么高，才一年多的时间，已经蹿至二楼阳台上了。树冠像一把巨伞，遮住了大半个花园。

阿宓的诗人想象力果然不同凡响，令人钦佩，能把一棵树看成森林，随随便便就颠覆了"独木不成林"这句千古名言。

面对茂盛的幌伞枫、玉兰树、山茶树，我真不忍心下黑手。可它们也得给其他花草蔬菜留点生存空间啊。幌伞枫下，原来有兰草、杜鹃和绣球花，可全都枯死了。它巨伞一样的枝丫，透不下一点儿阳光。

都说大树底下好乘凉，谁知道大树底下却是小花小草的灾难，它们只能在"暗无天日"中顽强求生，演绎自生自灭的命运。看着那些枯萎的花草蔬菜，不明真相的，还以为遭到了我们的嫌弃和虐待。

紧握园艺剪，我觉得自己突然高大威猛起来，成了正义的化身，公道的主持人。我要弄刀使剪，不惜动用电锯让它们明白：它们不是身处原始丛林，而是生活在现代文明社会里。在咱们家里，绝不能有"物竞天择，适者生存"的原始观念。这些花草树木、果蔬无论是买来的，还是不请自来的，既然已经在咱家安家落户，就应该一视同仁，一律平等，都应该有足够的生存空间。

我相信，文明终究会战胜野蛮。

阿宓说，也不能全怪它们。这是自然共生现象。它们这样，多半以为自己生活在森林原野里。我们也应该反省，感到惭愧，我们给它们提供的生存空间确实太狭小了。

我很感慨：这些花草虽然微小，心胸却比我宽广，理想比我芬芳。在它们看来，世上没有围墙，没有栅栏，没有阻碍。它们在哪里，哪里就是它们的世界。在它们的世界里，只有翠绿，只有芳香，只有蝴蝶翩翩、蜜蜂飞绕。我真是小心眼，担心幌伞枫遮挡了邻居的阳光，认为邻家的三角梅侵犯了咱家的天空……

阿宓说，跟花草比较，我们确实应该感到羞愧。

忙乎了大半天，我们终于清除了杂草，给玉兰、桂花、李子树修剪了枝丫，用小斑竹为茄子、辣椒、番茄搭了架子，盼望今年收获仨瓜俩枣，还气鼓鼓地断了南瓜藤的尖，谁叫它不结果呢！但是，如何处置庞然大物幌伞枫，我们始终犹豫不决。

三

咱们家的花园虽小，却承载着阿宓无数的梦想。

决定买山居，一个重要原因，或者叫诱因，就是这个花园。装修之前，我们不厌其烦地参观、学习、比较、讨论，反复规划设计，修改了无数次方案，如果把这过程记录保存下来，我一定能够从中找到金字塔的建造秘密。装修结束后，花园又被大动干戈了至少三次，至今还在小打小闹，没有稳定下来。

难得有这么一块属于自己的地盘，不好好规划、设计、打造，首先就对不起我们的才华和梦想。

一开始，阿宓准备把花园打造成草地，周边砌花台，花台里种茶花之类的灌木，在花台上摆放漂亮的盆栽。一顿饭的工夫，她就改变了主意，觉得那样太过单调，无法匹配花园的称呼。她打算按春夏秋冬来选择花草栽植，让花园一年四季草木葳蕤，花香四溢。

第二天上街买菜的时候，她说把花园打造成菜园最好，免了种花的钱、节约了买蔬菜的钱，自己种的蔬菜生态环保、放心。她相信，就我们两人而言，花园完全能够自给自足，养我们一辈子。好像我们是法国普罗旺斯的农场主。小区里到处都是花花草草，实在想花想草了，就去蹭邻居家的。

第三天，她在手机上刷到一个家庭花园设计小视频，兴奋地要按照苏州拙政园的样式来规划设计。之后好长一段时间，她经常灵感爆棚，一会儿要在花园里造一座假山，一会儿要凿一条河，一会儿要修一座桥，一会儿要建一个鱼塘……她异想天开地要花园满足我们的这些基本需求：散步、喝茶、宴请、开派对、做烧烤、打牌、望星空……她还畅想过，宾客盈门时在花园里搭帐篷。

阿宓的规划越来越大，我估计得有一个中等国家的规模才能满足她的雄心壮志。听她眉飞色舞地描绘花园的美好未来时，我深受感染，禁不住激动亢奋起来，一个小花园培养出了一个伟大的梦想家，真是物超所值。

直到装修工人把花园硬化了大半，阿宓仍然没有死心。她开始筹划什么时候请人来把地砖砸碎运走，或者直接在上面播种。她把蒲公英的嫩叶掐来清炒，把蒲公英的根种在花园里。买回来的葱蒜，她要匀些出来栽在花园里。吃完水果，她会留下桃核、杏核、李子核、苹果籽，把它们精心埋在花园里，就像在隐藏一个大秘密……每次到山居，她就喜欢在花园里忙碌，扯杂草，修枝剪叶，栽花种菜，实在没事干就翻来覆去地挖土……

花园成了阿宓的试验田，梦想开花的地方。

每次看她在花园里忙乎的身影，我就默默祝她心想事成，梦想成真。有时候，我也不得不怀疑她跟花园有仇，故意折腾它们。我经常替花园着急抱屈，劝她手下留情，正视现实：咱们家的花园太小，承载不了那么多梦想，就像背着沉重书包的小学生背不动家长那么多的希望一样。

但是，不可否认的事实是，咱们家的花园越来越丰富多彩。

早餐后，阿宓打开手机软件，一边为花草照相，一边识别，我拿着纸笔随行记录，我们要为花园里的花草办理身份证。阿宓报出名字，我马上记在笔记本上。凡是看到的，只要形态不一样，全部照下来，请手机软件来回答，好像老师出题考学生。进不去玲姐家的前花园，我们就跑到咱家二楼阳台上遥拍，效果也不错。

跟这些花草树木相处了这么久，我几乎叫不出它们的名字。作为它们的拥有者和保护人，我们应该为它们命名。

孔子曰"正名"。纳博科夫说："作家是第一个为这个奇妙的天地绘制地图的人，其间的一草一木都得由他定名。"奥尔嘉认为："创造是上帝的事，而命名则是凡人的事。"

人最悲惨的莫过于无名无姓。千百年来，能留存名字的人都是了不起的人。给它们名字，相当于给了它们生命。有了名字，它们就能长存于世。为它们命名，我们就成了它们的造物主上帝……

这个识别花草树木的 APP 真是个万事通，弥补了我们植物知识匮乏的窘迫，再也不用纳闷"这是什么花，那是什么草"了。阿宓一发照片，它立马告诉我们它们叫什么名字，还有额外赠送的诗词赏花、趣说花草、一花一名、植物保护、植物价值、植物小百科等内容，真是个不出世的天才和饱学之士。

现在求知太容易了，只要有个手机就行。学富五车满腹经纶，既用不着凿壁偷光，也无须头悬梁锥刺股。现代人不怕无知，就怕没手机。我担心不久的将来，学校、老师、导师、大师都得消失。跟手机相比，哪个人还敢称大师？即使一座雄伟的图书馆，也不敢轻视一部小小的智能手机。

知道了它们的名字，就像突然想起多年不见的老朋友，一种亲切感油然而生。叫一声它们的名字，好像它们会立即答应我。

令我们大惊失色的是，在咱们家的花园里居然找出了 44 个品种的花草树木——玉兰树、柠檬树、李子树、苹果树、幌伞枫（富贵树）、幸福树、紫荆树、桂花树、山茶树、牡丹、石榴树、小斑竹、秋海棠、千叶吊兰、佛甲草、女贞、杜鹃花、三角梅、满天星、金弹子、南瓜藤、红苕藤、天竺葵、茉莉花、绣球花、月季花、藿香草、铜钱草、野牡丹、天门冬、花叶青木、石斛、紫薇、水塔花、毛蕨、四叶草、沿阶草（居然有两个品种）、莲子草、鸳鸯茉莉、天胡荽（又名小铜钱草）、毛花点草、碎米荠、翠云草、花烛……

还不包括经常光临花园的蜜蜂、蝴蝶、小鸟、青蛙、蝈蝈、蝉、蟋蟀、蚂蚁、蚯蚓等等这些可爱的小家伙。

阿宓自信地说，咱们的小花园，也算一个大世界。

我深以为然。

我叼着香烟，向凤栖山方向望去，在我的视线内和想象中，我们所在的小区是我们的花园，海拔九百多米的凤栖山是我们的花园，整个街子古镇是我们的花园，地球也是我们的花园……

四

我爱我们的小花园。

小花园给了我们巨大的成就感，它虽然很小，在我们眼里却是一个自由的空间，生机勃勃的世界。

望着三角梅、南瓜藤们自由散漫的样子，我就觉得成都西郊河一带的花草树木怪可怜的，它们极不情愿地被修枝剪叶，一年四季小心翼翼地吐绿，谨小慎微地开花，就像《铁皮鼓》里的奥斯卡一样不想长大。特别是桃树、李树、枇杷之类的果树，好不容易结了果，不是夭折就是畸形，即使成熟了，鸟儿都不愿享用它们。

有些被五花大绑拖进城的名贵树木，虽然有个立足之地，却被植物人似的打点滴、用钢管支撑、用铁栅栏护卫、被喷打刺鼻的药水。每次看到它们身上被钉着漂亮的不锈钢牌子，我就想到《速度与激情》里那些刺眼的文身。周围干燥的混凝土，让备受委屈的树根永远别想出头。那些靓丽的景观树，虽然被精心养育保护着，却一直在受伤，经常被刀砍斧斫。别说那些手持电锯穿制服的家伙，就是我散步时靠近它们，也会让它们瑟瑟发抖。

街子古镇的栾树，高大、挺拔、浓密、遮天蔽日。同样品种的栾树，在上同仁路上生长了二十多年，始终长不过我家窗户，它们有蓝天的理想，却一直被阻止在四层楼的窗下。

每次到山居，小花园让我与大地又亲近了一回。

在城里，我总是与大地隔着一层坚硬的混凝土和人造石。好不容易发现一点真正的泥土，却被囚禁在花盆花坛里了。我娇生惯养几十年的双脚，差不多只认识鞋袜、水泥路、大理石地砖、木地板和脚垫。扯杂草时，我从来不戴手套，我要用手掌去感触青草的温度、湿度，用手掌去吸吮甜丝丝的草汁。抓住它们，世界瞬间变得具体而实在。站在松软的泥土上，我有一种特别接地气的感觉。拿捏凉幽幽的泥土，那种湿滑的感觉不下于摩挲上等紫砂和玉石。我喜欢在山居赤脚行走，感受地砖的凉意和木地板的温暖。

大地让我感到踏实。

在花园里，我不在乎撅屁股、弯腰、埋头、蹲下来，我喜欢用与大地无限接近的姿势，闻泥土的味道，嗅花草的芳香。

阿宓和玲姐却有了另外的看法。

自从我们入住山居以来，每一次到山居，阿宓和玲姐都要在花园里忙碌好一阵子。不知是这里的天气太适宜还是花园的土地太肥沃，只要我们一离开，花园里的杂草就开始疯长，我们栽的花全部淹没在杂草之中。拔草成了每回到山居必须干的活，而这个除草的活，主力是阿宓和玲姐。玲姐告诉阿宓，斩草要除根，得把草根挑出来才有效。为此，她俩还用上了耙、铲、锄等全套园艺工具。即便每次都是这么与杂草斗智斗勇，效果却不理想。下一次来，花园里照样绿油油的一片，好像这些杂草在嘲笑她们徒劳无功。

特别是幌伞枫，似乎每天都在渴望与天空亲近，不断地长高长大。

看别人家的花园都是整洁有序，为什么到了我们这里，就变得如此不可控了呢？为解决这个难题，我们在小区里转悠，从别人的围墙外踮着脚打望，如果有业主在，不惜上门虚心讨教。

观摩、学习了一圈，得出的结论是：花园不大，就要多一些硬化面积，少留甚至不留栽花种草的地方。如果花园面积有限，一定不能栽大乔木，万一哪天树木长得太高太大，会对房子的结构造成损坏。

我们设想的鲜花盛开、诗情画意的花园似乎只存在于效果图和想象中，离现实还有漫长的距离。

阿宓说，最主要的原因是她发现自己当不了一个好园丁。拔了一年多的杂草，她早就想举手投降了。

我也不忍心她继续当"园丁"，每回到山居都要累得腰酸背痛。我们来山居是为了生活更美好，不是来劳动改造

113

的。花园的清理整顿和改造工作势在必行了。

五

虽然有一万个不愿意，我还是决定向幌伞枫下手。

我不否认，幌伞枫曾经带给我们不少快乐的享受，也将带给我们无数美好的回忆。它是一种常绿乔木，一年四季绿得发亮，是漆黑夜里的一种光明。夏天最热的时候，站在它的影子里特别爽。它被誉为富贵树，有美好的寓意。它见证过我们轻松愉快地喝茶、聊天、打扑克牌、饮酒吃饭……

对照刚从书上看来的植物学知识，我再次确认花园里还没有形成"合作系统"，没有出现"共生功能体"，不存在"森林智慧"，连"树冠羞避"也没见到。我把这一切都归因于幌伞枫。

为了安慰自己，减轻负罪感，也为了公正"判决"，我像一位优秀的公诉人给幌伞枫罗列了几大罪状：

其一，长得太快。我们种的是心形幌伞枫，幌伞枫的变种。每来山居一次，它就长高一大截，说它见风长都没有冤枉它。不到三年时间，它就长成了庞然大物，从半墙高冲到了二楼阳台，从一把小雨伞长成了农家乐里能为二十个人的饭桌遮风挡雨的巨型遮阳伞。我怀疑它长得这么着急是想讨好我们，或者为了偷窥我们的隐私。我胆战心惊地预测了一下未来：现在不动它，再过几年就动不了它了，除非动用《流浪地球》里那些骇人的救援设备。

幌伞枫和杂草长得繁茂，除了街子古镇优良的自然环境，跟我们不惜"改天换地"有着莫大的关系。为了打造一个肥沃的花园，我们掏走了花园里所有的表层土壤、建渣和碎石垫层，换上了当地的紫色土和营养土。

其二，一枝独秀。在花园里，幌伞枫像极了植物恐龙，威胁到了花园里其他花草树木蔬菜的生存，遮挡了它们的阳光，侵占了它们的空间。亚历山大大帝挡住他人阳光时，也会被犬儒哲学家狄奥根尼呵斥："滚开，别挡住我的阳光。"何况一棵幌伞枫？

其三，幌伞枫严重违反了《民法典》里关于私有财产神圣不可侵犯的条款。它没有约束和节制的生长，已经出现发生邻里纠纷的苗头和潜在风险。它明显侵犯了邻居的领空，影响了邻居的生活和他们精心栽种的花草树木的生长。我们担心，一些可怕的虫豸将借助它扩大自己的活动范围。我们一致认为，给它修枝剪叶已经无济于事，只有连根拔除才能一劳永逸。

其四，破坏了花园的环境和气氛。无论从哪个角度打量，它的存在都让花园有一种失衡的感觉。如果在附近再栽一棵幌伞枫，那我们就得准备搬家了。特别是冬天，没有阳光的时候，它让花园里弥漫着忧郁的气氛，影响了碧蓝的天空和我们的心情。它已经成为花园一团巨大的阴影……

在给幌伞枫罗列罪状的时候，我也很难受。我非常清楚，幌伞枫并没有错，更没有罪，唯一的错是我们的花园太小、主人无能，不能为它提供足够的生活空间。池小可不能怪鱼大啊。

我也明白，砍掉幌伞枫，我就成了真正的罪人，雇用"杀手"的凶手。我们之所以迟迟没有痛下杀手，就是想为它物色好地方、好主人，哪怕自掏腰包送它过去也心甘情愿，但是，我们始终没有找到。

幌伞枫"罪可致死"，但要我们亲自动手，确实于心不忍，我们也没有对付它的工具。

正好隔壁邻居家在搞装修，我们就请装修工人执行我的"判决"。装修工人爽快地答应了，但要100元的人工费。我说没问题。我又问他们，能不能不砍它。你们要它，我就免费送给你们，运费和移栽的费用我都给。

可他们没有一个人要它。

116
我只好眼睁睁地看着幌伞枫被锯成三截，连根拔出，不到十分钟就被清除出去了，好像它从来没有在我们的花园里存在过。

我早已过了一缕风就能让我热泪盈眶的年龄，但是，望着幌伞枫走后留下的一个黑黢黢的大坑，好像地下世界的隐秘入口，我还是非常伤感。它让我想起《深时之旅》里的一句话："地下世界长久地安置着我们所恐惧的和想要丢弃的，也安置着我们所深爱的和想要保存的。"

装修工人准备砍伐幌伞枫的时候，阿宓转身离开了，直到我打电话告诉她已经处理好了才出现。

我强作欢颜地说,幌伞枫不见了,真好。你看,我们的花园亮堂起来了,世界变大了。花园的阴郁之气也一扫而光了。柠檬树、山茶树、绣球花和小草重获新生了。真是一鲸落,万物生啊……

阿宓一言不发。

一路狂奔

今天是五一节。

早晨刚醒来，阿宓就大声宣布没有早餐吃，还催我赶快起床。

我瞥了一眼手机，才六点半。

我好像被万能胶粘在了床上，经过阿宓的多次拉扯，我才跟床单脱离了关系。

我迷迷瞪瞪地漱了口洗了脸，阿宓已经收拾停当，站在客厅门边等我。她戴着一顶紫色软帽，穿着草绿色长裙和白色 T 恤，背着鼓鼓囊囊的双肩包，斜挎着塞满衣服的布包，两手各提一个沉甸甸的购物袋，背带搭扣闪闪发光……她这身花里胡哨的装束打扮，活像从老电影《卡门》里走出来的吉卜赛女郎。

我不知道神通广大的"天眼"能不能认出此时此刻的阿宓，但我知道，对她了若指掌的阿毛已经开始怀疑自己的眼睛。

我睡眼惺忪地盯着阿宓上下左右打量了半天，欲言又止。

阿宓好奇地问我啥意思。

我瞥了她一眼说，我想把你再打扮一下，你却没有给我留一点儿供我打扮的空间。

阿宓气呼呼地叫我少说废话，赶紧出发。

我又盯了她一眼，觉得她背的不是双肩包而是降落伞，好像她一动手指头就会飞起来。

穿鞋子时，我做金鸡独立状，嘴里嘀咕她是一只不再爱惜自己羽毛的小鸟，她却满不在乎。她不在乎自己，却非常在乎我，出门前一点儿不想让我吃亏，把大包小包的东西直往我身上招呼，非要把我打扮成第一代变形金刚的架势。我逆来顺受，没跟她计较，理解并原谅她今天起床太早，误把我的耳朵、肩膀、鼻子、手指当墙壁上的挂钩了。

国庆节的第三天，我们逛街子古镇，阿宓不准我买叫花鸡的理由居然是：几个月前的今天早晨，我们出发去山居，我在家门口向她翻了好几个白眼。事实却是：我只是多瞥了她一眼而已，而且是满怀深情。

那天的晨曦是橘黄色的，映照在我们家的背侧大楼窗玻璃上，反射到我们家的窗帘、沙发、书桌、墙壁和地板上，一副要帮我们看家守院的样子，羞赧地要让我们放心，它们将亮闪闪地停在那里，守护我们的家，一直等着我们回来。

当我砰地关上房门，白头翁、麻雀和一些不知名的小鸟还在窗口的栾树上一如既往地晨叫，好像在跟我们叽叽喳喳咕咕噜噜道别——再见、goodbye、拜拜、hasta pronto、salve……

下楼时，我磕磕绊绊地发现自己变臃肿了，楼梯变狭窄了。

门卫钟大爷盯了阿宓一眼，又盯了我好几眼，在他熟悉的笑容里多了些疑惑，他搞不清楚我们这段时间在干吗，搬家不像搬家，装修房子不像装修房子。

早晨七点的上同仁路，安静得仿佛突然宕机的电脑。

我诧异每天早上我们是怎么被嘈杂的车辆声、人声给吵醒的。

每次离开成都，我们都很兴奋，特别是离开有雾霾的成都。如果非要发扬鸡蛋里挑骨头的精神，为雾霾说点好话，那就是：雾霾总是让我浮想联翩，特别向往山居生活。

看到阿宓着急得像第一次去山居的样子，不得不让人怀疑她讨厌成都，准备一去不复返。其实，她一点儿不讨厌成都，只是不喜欢都市里毫无逻辑的拥挤、喧嚣和复杂，更加向往山居的宁静和田园生活而已。

过去，还可在城里仰望一下云朵和星辰，现在，天空却被无数的楼房、高架桥、塔碑、电线、液晶屏和广告牌给挡住了，被雾霾给模糊了。城里人已不是城市的主角，而成了车辆、房屋、街道和城市生活的配角，有时候连群众演员都不如，一出场连一句台词都没有说就被淹没了。城市越来越光鲜方便，秩序井然，但是，一旦停电、阻断燃气、突然下雨，车辆剐擦，一声尖叫……都可能引爆混乱。城市的繁华和富足不再是城市的独特优势。

我们几乎不在城里散步，总觉得到处都是风险。

还没上车，阿宓就打开了高德地图，兴奋地说，导航显示的线路都是绿色通道，没有一点黄色和红色。

平时一两个小时都难于出城，这次不到半小时就上了成名高速。出城早，车辆少，红灯欲睡不醒的样子，警察还没有上班。我的右脚几乎没有机会踩刹车。

我们一路狂奔，好像犯了啥事，正在仓皇出逃。

平时开车，我稍微开快点，阿宓就会提醒我别着急，一旦超速，她就坚定地站在高德地图导航员一边，不厌其烦地提醒我，有时候还紧张地敲打我：你已超速，你已超速，你已超速……可我今天多次超速，她都一声不吭，好像把我当成了一级方程式赛车手。10多公里的高速路程，高德地图导航员多次提醒我车速超过了120迈，阿宓居然责怪导航员话多。

砰的一声，阿宓把双脚跷在挡风玻璃下面的厢盖上。

车身一震，我以为轮胎碾中了一颗小石子。

阿宓煞有介事地解释说，她的脚想晒太阳了。

"你的贵脚不是想晒太阳，而是想沐浴晨曦。"我直言不讳地质问阿宓，"我现在都没想得通，你为什么要搬那么多东西上车？你真是个喜新厌旧的家伙。"

"你的眼光真不咋地，现在才看出我是个喜新厌旧的家伙。"阿宓笑嘻嘻地说。

"有些东西根本用不着搬去山居，山居需要啥，我们可以买新东西啊……"刚才被袋子勒得发紫的右手指怂恿我为它讨些公道，不要跟阿宓嬉皮笑脸的。

"当然要买新的。可这些东西放在山居更合适。你放心，再搬几次就差不多了。"听她的口气，好像不把旧家的东西搬空不会罢休。

出城的时候，最先产生化学反应的是心情，好像我们正在奔赴一次激动人心的秘密约会。城里除了人还是人，除了楼房还是楼房，除了街道还是街道，除了车辆还是车辆……此时此刻，它们却在一个劲儿地后退消失，为我们的未来留下魅力空间。

在高速路上狂奔了15公里，我们在国色天香出口下了高速，我马上打开天窗，给车换气，把车当成"敞篷车"来开。

乡村的味道越来越浓。花草香从天窗弥漫而来。我减慢速度，只为了多看几眼道路两旁的绿树红花。

温玉路上的梧桐树叶正在快速变绿，形成阿凡达般的景致。每次开进温玉路，我的车速就会自动慢下来，而心跳却突然加快了。两旁密植的高大梧桐树，形成了一道幽暗神秘、变幻不定的时光隧道，带着我们走过春夏秋冬，走进宇宙深处。如果我有机会拍影视剧，一定到这里来取景。

一个小时，我们就到了另一个世界：开阔明朗、生机盎然、空气清新、花红柳绿的世界。

英国作家阿兰·德波顿说过："所有的旅程都有同样的秘密目的地，旅客对此却毫不知情。"但是，我和阿宓对那个秘密目的地却是心知肚明——街子古镇。

我们是以劳动节的名义到山居的。

为了在山居过一个干干净净的节日，我们不顾路途劳顿，一到山居，第一件事就是打扫卫生。

我本来主张请家政公司来搞卫生的，阿宓坚决反对，她认为，在山居连卫生都不亲自做，我们和山居都将失去意义。

我换上围裙，摇身一变，活像家政公司安排的清洁工，叮叮咚咚地抹桌擦凳、冲洗阳台、收拾书柜……一心一意要成为山居脏乱差的终结者。

今天是我为山居的卫生事业出力最大的一次，酸腰痛背和淋漓大汗可以为我作证。

阿宓对平时不屑干家务活的我颇感惊讶，不仅口头表扬了我，还打算给我颁发一枚阿宓特制的五一劳动奖章。我暗想，领奖的时候，如果要我发表获奖感言，我可不敢保证，一激动说出这样的心里话：幸好一年只有一个劳动节。

主 角

第一次想逃跑，是 2008 年 5 月 12 日汶川地震爆发的那一刻。第二次想逃跑，是成都遭遇严重雾霾的那一天。

逃跑，不排除懦夫行为，但也不能否认，逃跑是趋利避害的生物本能。任何时候，安全感都是人的第一需要。

过去说逃跑，总觉得是懦弱的表现，还有强烈的耻辱感。现在想来，逃跑并不全都那么不堪。地动山摇的时候，没有逃跑的人，不是傻子，就是英雄和圣人。身处《世界末日》般的雾霾中不想逃跑的人，肯定是外星人。

逃跑含有选择的意思。我不是因为胆怯而逃跑，而是在选择一个安全的地方，一个空气清新的地方。我不是逃到了山居，而是选择了山居。选择是一种向往，一种释放。选择是能力、见识和品位的综合体现。我们梦想在选择中找到心灵的慰藉。

选择是一回事，能不能选择是另一回事，选择之后的结果又是另外一回事。面对复杂多变的现实，为什么不选乐观而选悲观，不选山居生活而选雾霾生活？

山居就是我自主选择的一种生活方式。

生活方式并没有好坏之分，只有适不适合你的问题。只要是你的自主选择，哪怕是躺平摆烂的生活也不要在乎别人说三道四。只要是自主选择的，即使有遗憾，也不要后悔。一旦做了选择，就得承担选择的责任和结果。

我选择山居生活，完全是主动的、深思熟虑的、全方位比较过后的选择，一点儿不像我选择写作这件事。我至今不清楚自己是怎么喜欢上写作的，但非常明白自己要丢掉写作这个爱好比戒烟还难。

写作是我的兴趣爱好，纯粹的热爱，态度端正，严肃认真，几乎有一种要为人类作贡献的神圣感和使命感，头脑发热的时候还妄图借此不朽。我称之为"大公无私的写作"，因为我把所有的角色全部让给了陌生人、虚幻的人、傻瓜、坏蛋、冒险家、精神病患者、有罪之人、庸人、俗人、佞人、路人甲、外星人，还煞费苦心地为他们命名，呕心沥血地安排他们的生活，绞尽脑汁地要他们在字里行间风光，生怕他们不高兴了拂袖而去，弄得我小心翼翼，委曲求全，心力交瘁，有时候还不得不装神弄鬼，指桑骂槐。即便如此，最辛苦的我，付出最多的我，却若隐若现，连免费领盒饭的群演都不如，活像躲藏在旮旮旯旯的可怜虫，一点儿好处都没捞到。更可悲的是，我多次梦见我在小说里胡编乱造的一帮家伙从书里逃跑出来，对我指手画脚，冷嘲热讽，令我羞愧难当。

多年来的写作，我得到的可能是比书名还不起眼的三个普通汉字：毛，国，聪。如果不把它们连起来，不做一个小简介，根本就没人知道那是什么意思。即使做了简介也是真正的简介，因为我没有可观的职位、精彩的经历和值得抒写的成就。

写作是一种记录，一种保存。从这个角度而言，文学作品是一种存储介质。我当然也有一些获得感，比如，从中发现自己有大公无私、忍辱负重这类优秀品质。有人问我，为什么你小说里的人物几乎都是坏蛋。我大言不惭地反问道，你难道没有想过，你的幸福感安全感是怎么来的吗？我费了九牛二虎之力，才把现实生活中的坏蛋统统抓起来关进我的书里。

打算写山居生活时，我才恍然大悟：我不是主角。

在现实生活中，主角很重要，真不想成为主角的人凤毛麟角，想不想成为主角与能不能成为主角当然是两码事。我过去认为，主角是与众不同的人，有着强烈的存在感。现在觉得，主角的真正含义是不迷失自我，做生活的主人，以我为主，为自己做主。比起拥有功名利禄，我们更应该拥有自我。我的理想是做一个人，而不是人类。

我已下定决心，不再害怕有人指责我徇私舞弊：我要以山居为舞台，把自己提拔为主角；充分利用手中特权，安排阿宓当次主角。我当主角，不是因为自私，不是为了显摆炫耀，也不是为了权名利，而是害怕迷失自我，担心虚构的东西写多了自己变得虚伪了。在追名逐利的滚滚红尘中，最容易迷失的就是自我。

过去有人问我，我小说里的人物是谁，我的回答一律都是"纯属虚构，请勿对号入座"。现在，我要说，这本书里的我是我，阿毛是我，三不闲人、魔王、交际花也是我。如果你想对号入座，我当然会直言不讳地告诉你，我写的某某是谁。

写到这里，我突然惊觉：写作可能是世界上最无耻的行为，作家可能是世界上最喜欢拍自己马屁的家伙，政客在万不得已的情况下还会遮掩一下，作家却没有一丁点儿掩饰意识，即使那些喜欢使用曲笔和隐喻的家伙，从来就不在乎黑白颠倒、指鹿为马、偷天换日，使尽浑身解数，极尽夸张之能事，振振有词地为自己涂脂抹粉，甚至不惜自我加冕。曾仕强教授认为，人人讨厌马屁精，但人人都喜欢闻马屁味道。我从来没有在《忏悔录》里看出卢梭忏悔的迹象，你也不会在《我有很多缺点》里看到我的缺点。当然，大多数读者也好不到哪里去，甚至有过之而无不及。他们之所以不写作，只是因为他们更狡猾。

说句公道话，世界上最值得尊敬和同情的，恐怕就是搞文艺的这类人了。他们个个算得上伟大的慈善家、苦行僧。为了教化人类、愉悦人类，他们呕心沥血，拼了老命写写画画，可到头来，绝大多数作品无人问津，绝大多数文艺家一辈子卑躬屈膝穷愁潦倒。因此，为了宣传自己和自己的大作，耍点小花招、弄些小手段，完全情有可原。

法国作家大仲马说："戏剧之中，再也没有比关起门来发生的事情更为戏剧的了。"我没有演戏的天赋，也相信"没有小角色，只有小演员"这句名言，即使当了主角，也是本色出演。阿宓跟我半斤八两，喜欢素面朝天，真实自

127

然。我也寻思过，难得当个角，包装粉饰一下、闪亮登场一次，也不算过分，无奈我天分不足，本性难移，经费有限，有心无力。与其买些赝品穿在身上，还不如将就那些平常的行头，与其矫揉造作地胡编乱造，还不如直抒胸臆、如实描写。只是委屈了我的朋友，跟我这样的主角在一起，就像电影片尾的字幕，一晃而过，连个姓名都没看清楚就结束了。

这不能不说是个遗憾。

弹　弓

在白河公园看到老余玩弹弓，我就手心发痒。深藏在记忆里的弹弓忽然出现，就像在公园里跑步锻炼的人，心跳加速。

砰的一声响，我一下子就穿越到了少年时光。

那时候，我们不叫弹弓，而是叫弹崩子，弹崩子是我们小时候的主要玩具，也是打鸟的武器。砍一根发杈的老黄荆，或者结实的树杈、粗糙的木棍，绑两条橡皮筋，不一会儿就做成了一个弹崩子。子弹是现成的石子，遍地都是，随用随捡。

那时候打鸟，不算违规犯法。

老余的弹弓小巧精致，子弹是圆滑锃亮的特制泥丸和钢珠，跟我小时候自制的弹弓相比，简直是现代人的自动步枪与原始人的棍棒之间的差距。看到老余用弹弓打靶，一打一个准，我就想，小时候玩原始弹弓都玩得得心应手，玩这么高级的弹弓，肯定百发百中。结果却是，我神气活现地打了近十发子弹，连靶子的边都没沾上，准头还不如小时候打天空中飞翔的麻雀。

老余是团职干部转业军人，打过真枪实弹，玩弹弓是小意思。我虚心向他请教。他和颜悦色地说我玩弹弓的姿势不对,把握弹弓的方式也有问题。他手把手地教我:立定挺身,把握弹弓的手自然下垂,拉橡皮筋的拇指要紧贴嘴角,然后两手一起慢慢抬起,就像拉弓箭,两手必须保持在一条水平线上,不用眯眼睛,盯着握弹弓的第二个手指就行。他又耐心地教我怎么装弹,怎么瞄准目标。我练了一会儿,感觉不错,打得越来越准,远远高出俄罗斯这几年的 GDP 增长率。

我喜不自禁:神枪手的我即将诞生。到山居,又有玩的了。

装修山居时,我就打算买弹弓,或者像小时候一样自制弹弓,还做过多次在凤栖山上用弹弓打鸟的梦,梦里的我总是到处找石子。

老余说,他的弹弓和子弹都是网购的。网店里有几十、几百、上千元的各式各样的弹弓。买弹弓都配有特制的靶子、石弹、钢珠。

我上网一看,大开眼界。神奇的网络世界,只有你想不到的,没有你买不到的。弹弓跟弓箭差不多,算是当时最先进的武器,也可以说是现代武器的雏形。手枪、机枪、大炮、洲际导弹的原理跟弹弓和弓箭原理没有本质差异,它们也没有完全过时。在 1940 年敦刻尔克战役中,丘吉尔就用弓箭射杀了一名德国士兵。

我把老余发给我的网店地址转发给阿宓,请她帮我下单,因为我至今不会网购。

阿宓微信问我：你这是什么意思？

我微信说：帮我买弹弓啊。

你要干啥？

我要上山打鸟。

好吧。

平时请阿宓买东西，几分钟就能收到她发给我的下单截图。可"好吧"这条微信之后半个小时，阿宓都没有动静。我微信催她下单。她微信我道：我得考虑一下，鸟儿们会遭殃的。

我这才发现自己亢奋得昏了头，居然实话实说要买弹弓打鸟，也忘了阿宓在家里拥有一票否决和一锤定音之大权。阿宓喜欢鸟儿，经常在阳台上放些米饭，请鸟儿们来享用。家里偶尔飞进一只小鸟，阿宓就兴奋得不得了。每次看到我用手比画打鸟的样子，阿宓就急忙制止我，说这样做会吓跑鸟儿。偶尔买个面包回来打牙祭，阿宓都要掐点下来放在窗框上喂那些素不相识的野鸟。我估计把咱家让给鸟儿居住，她也心甘情愿。我怀疑她瞒着我参加了什么动物保护组织。

其实，我也喜欢鸟儿，从小就喜欢，真心喜欢。当然，我与阿宓的喜欢方式不一样。我的喜欢方式是：掏鸟窝，用弹弓射击，吃它们，笼养它们，欣赏它们飞翔……

鸟儿是一种特别警觉、机敏、精力充沛的动物，大多时候，人还没有靠近，它就飞走了。白天用弹弓打中鸟很难，要打中飞翔中的鸟儿全凭运气，几乎算鸟儿自己找死，撞上

131

了射向天空的石子。

白天的小鸟一般不会安静地停在树枝或地上，它们要么在空中炫飞翔特技，要么在地上在草丛中叽叽喳喳蹦蹦跳跳，即使啄食，也会不安地左顾右盼。它们这样，不是因为胆怯，而是为了证明自己不是影子。

晚上是打鸟的最佳时机。一到傍晚，小鸟一下子就安静下来，活动范围从广阔的天空遽然缩小至窝边。在没有星光的树林里，用手电筒的光照着歇在树枝上的鸟儿，鸟儿一般不会飞走。这时候用弹弓瞄准，第一次打不中，还有第二次、第三次机会。那时候，用弹弓打下一只飞翔的鸟儿，那种成就感，比工作后写一篇稿子投中某个刊物还让人激动。大学毕业后，我再也没有玩过弹弓。

132   下班回家，我好说歹说，做了大半天思想工作，再三保证不用弹弓打小鸟，阿宓才同意给我买弹弓。我说，我买弹弓，只是为了好玩，打靶，锻炼身体，保家卫国。国家和咱家都是家。国家要有武器，咱家也应该有武器。弹弓是咱们家的武器。我要用弹弓武装保护咱们家。我相信，家里有弹弓，安全感会大增，也不怕小偷光临。你放心，我保证不用弹弓打鸟，我也需要鸟儿们在窗前唱歌跳舞，早晨唤醒我们起床。说实话，我也不敢打鸟，我知道《动物保护法》，所有的鸟儿都属国家保护动物，任何地方都禁止打鸟。

第二天上午，我在办公室里看到窗外桂花树上的几只画眉鸟，突然有了"弹弓灵感"，就与阿宓微信互动："人们为什么常把瘦小无力的人比作鸟？难道飞翔不需要力量吗？狗熊的力量来自笨拙。老虎狮子的力量来自奔跑、撕咬。我们对小鸟柔弱的印象可能来自飞翔，飞翔在于轻盈。我们觉得小鸟缺乏力量，是对轻盈的误解。小鸟有尖喙，利爪，一身瘦肉，找不出一块赘肉、肥肉。这是任何肌肉男都做不到的。他们只有把自己练成小鸟，才有飞起来的力量。"

"你又想打鸟了，哼？弹弓还没到呢。"

"我不是想打鸟，是准备写篇鸟文。"

"思想决定行动，危险。"

"我滴个乖乖，如何处置意识犯，请给我一个明示。也好让我死得明白。"（我刚在手机上发现"我滴个乖乖"这个网络词，正好现学现用。）

阿宓毫不客气地回道："你写鸟文，应该写上统一思想，加强生态环境保护意识。"

133

"那是当然。"我松了一大口气，回道，"你真牛，他们还在被物理层面的生态环境整得焦头烂额的时候，你已开始治理精神领域里的生态环境了。应该在你的额头上盖个奖章。"

"不敢。保护环境，爱护生命，人人有责。"

"你是精神环保先行者。向你致敬！"

"我们应该向'宁鸣而死，不默而生'的小鸟致敬。"

第三天下午，我收到了一把精致的紫檀弹弓，98新款，狼牙牌，激光豪华版，有红外线瞄准器，水平校正仪，二十条橡皮带，四包金光闪闪的钢珠弹，九包泥弹。当我把它们摆放在客厅地板上时，我的脑海里闪过不少黑帮电影和战争大片里的武器场景。

对照网上的使用说明，我费了不少工夫才组装完成。当我试射的时候才发现，这哪里是说明书上说的十四岁以上的人的弹射玩具，分明是一种现代版的原始武器。据网友说，这款弹弓准到怀疑人生。我相信用这弹弓即使打不下来太阳，也能打落几颗星星，更别说那些飞来飞去的小鸟了。

有了这武器，我还怕谁？我不停地拉扯张力十足的橡皮带，好像在阅读一部奇妙的小说。我反复琢磨红外线瞄准器和水平校正仪，真希望此时此刻自己就在黑暗的树林里。

可惜的是，我重金购置的弹弓，只露过两次脸，就被我雪藏起来当作纪念物，再也没有耀武扬威过。

134　　　第一次，我带着弹弓去山居，那次去山居，我比以往任何一次去山居都着急。我拿着弹弓，摆了一个猎人的炫酷姿势，请阿宓为我拍了好几张美颜照。我满以为山居是弹弓的用武之地，到了之后才发现不是那么回事。

那天，我们到山居时已是傍晚，鸟儿们大都安寝了。晚饭后，我们散步到凤栖山脚下，我带着弹弓在山边树林里招摇了一番，好像在向鸟儿们预警，我是带着致命武器的危险人物。那天，世界无战事。

第二次，我做了充分准备，打算上凤栖山练练手艺，顺便干掉几只运气欠佳的麻雀或者斑鸠，梦想来一次野外烧烤。

那天上午，天朗气清，我手握弹弓，一副老猎人的神情。但是，走到唐求广场，阿宓就找各种理由回家，不上御龙桥，不去健康步道，也不准我独自上山，甚至把弹弓子弹攥在手里不给我。

我信誓旦旦地保证：我坚决不打那些可爱的鸟儿，只打那些凶恶的虎豹豺狼。

阿宓肯定地说，凤栖山上只有小鸟，没有虎豹豺狼。

我对阿宓这样做很生气，却不得不忍气吞声，弹弓子弹还紧紧攥在她手里。我有弓没箭，进了山也没用。说实话，我不怕虎豹豺狼，也不怕那些规章制度，但是，我怕阿宓。这是我的短板和七寸。成都人所谓的"耙耳朵"。无奈之下，我只好用弹弓对着那些自由飞翔的小鸟，啪啪啪，啪啪啪，啪啪啪，爆竹般放了些空弹了事。我相信，那些快快活活的小鸟肯定以为我在拉扯橡皮筋跟空气闹着玩呢。

山居的飞禽走兽做梦都没想到，它们之所以能在这里安居乐业，快乐生活，是因为它们有一位保护神——阿宓。

其实，要打鸟，根本用不着上凤栖山，小区里就有无数肥硕的鸟儿飞来飞去，咱家阳台上也经常有小鸟光临。它们在咱家阳台上的时间比我们还多。只要我躲在卧室里，用红外线弹弓瞄准，手一松，钢珠泥弹就会准确无误地撂倒它们。但是，每次看到它们在面前不惊不诧地跳来飞去时，我就会突然忘了自己拥有鸟儿的致命武器——弹弓。

我终于明白，我买弹弓，确实是为了好玩。拥有弹弓之后，我才发现自己真是个善良之辈。但是，想到飞鸟未尽、

135

弹弓已藏，我也有点不甘心，有时候还为弹弓感到郁闷和抱不平：弹弓的命运不及灭火器，灭火器至少是放在显眼的地方，而弹弓却不得不雪藏起来，真是"雕弓挂壁无用，照影落清杯"。

每个人都有自己的养生秘诀

2022 年 7 月 16 日上午 10 点，成都发布了高温橙色预警信息。据热情似火的网友报道：中国今年的普遍高温百年难遇。某市今天热死了三个人。英国昨天因为高温宣布进入国家紧急状态。印度、巴基斯坦等国家的高温极端天气是千年一遇……地球全面进入烧烤模式。

一周来，我嗜睡、眼睛眨巴、脑袋晕晕乎乎、萎靡不振，好像晒蔫了的茄子，霜打过的青菜，罪魁祸首当然是高温。除了高温，谁能把我怎么样？在成都生活五十多年，我是第一次经历持续这么久的高温。待在 18 度的空调房里也觉得热。走在大街上有一种活不下去的强烈感觉。

经受过 40 度以上高温考验的阿宓也受不了。我们当即决定去山居凉快凉快。山居的年平均气温比成都低 5 度。

一到山居，阿宓就像累坏了似的躺在沙发上，还突然冒了一句老家的方言：好汉不挣六月钿。她说了好几遍我都没听懂，直到她在手机上把这七个字用汉语翻译出来当面用微信发给我。

我问这是啥意思。

她说，字面意思是，6 月份的钱不要挣，太热了。从养

137

生的角度来说，三伏天要躲要藏，躲毒辣的太阳，藏起来少做事。翻译成普通话就是，三伏天要躺平。躺平不是懒惰，而是养生。

晚上散步时，我发了一条微头条，大张旗鼓地出卖阿宓：阿宓理直气壮地说，三伏天里躺平是一种养生。

阿宓的"躺平养生法"跟肖婆婆的"恒定养生法"有异曲同工之妙。肖婆婆相信，"静养千年寿"。

肖婆婆今年 86 岁，知性、优雅、耳聪目明，身体健康，心态好。我从她身上看到了一种"老人的美和老人的魅力"。她过去有胃病，现在居然好了。她的老伴去世后，失去了依靠，明白了什么都得靠自己。悲伤过后，她用坚强的意志力和强烈的求生欲，很快形成了有规律的生活习惯——严格作息，雷打不动。日常生活都是自己打理。每天做舒缓的健身操、写日记、练书法。定时、定量打太极拳。每天洗澡。她不愿跟儿女长期住在一起。她不想打扰儿女的生活，也不想儿女"过度关心照顾"自己。她家里有两张桌子，一张用来写作、练书法、吃饭，一张用来供观音菩萨像。肖婆婆的大女儿专门接她到海南避寒，她不去，说要保持生活的恒定。

高大姐的养生法跟肖婆婆的"恒定养生法"正好相对，高大姐喜欢动，喜欢折腾。她的微信昵称是"没有年轮的树"。她用手机软件打网约车比我娴熟。她心地善良，性格直爽，聪明智慧，乐观积极，幽默风趣，她的人生经历丰富多彩，一辈子都没有消停过，是一位打不倒的小强。她不像有些人，折腾几下就向命运妥协了，就被生活驯服了。她

70岁那年出版了第一部30多万字的长篇小说《那些年，那些事》。三年后，她的第二部20多万字的长篇小说《离婚不是她的错》顺利脱稿，目前正在创作第三部长篇小说。

每次跟高大姐喝茶聊天，我都能学到许多新东西。她说，如果有一分硬币掉在家里，我一定要把它找出来，因为我确定它就在家里。如果有百元钞票掉在海里，我看都不会看一眼，因为无论我怎么努力都找不到它了……跨不过沟坎，不是坎太高，也不是沟太深，而是你的脚太短。脚短也没啥，退回来，把脚长长了再说……人抬人才行，你再能干也把自己抬不起来。就像揪着自己的头发离不开地球。抬你，需要别人……当你能够放下面子去挣钱了，你就成熟了；当你能够用面子去挣钱时，你就成功了……假设你是一根稻草，如果落在地上就是垃圾，一钱不值，如果拿来绑小菜就是小菜价，如果拿来捆大闸蟹就是大闸蟹的身价……

我问高大姐的养生秘诀，她笑着说，我没有什么养生秘诀，我平时的生活就六个字：动、吃、我行我素。动，就是多运动，多做事。人要吃得。吃得的人不一定长寿，但长寿的人一定吃得。老年人啥都可以将就，就是在吃上不能将就。少吃碳水化合物多吃肉，也就是说，吃好点、吃精点，还要吃杂点。因为每个人都需要一定量的脂肪。即使是耗子药，没吃到量也死不了。饭吃多了也会胀死人。网上的养生方法多如牛毛，我却只有一条：我行我素……

"静养"好还是"动养"好，都不是绝对的，它与个体有关，与年龄和环境有关。就像生活方式，适合自己的就是

139

最好的。每个人都有自己的养生秘诀。

杰兄是官员，又是学者。他非常认同"精出于动神守为静"的苏轼养生观。他认为动静是相对的、可以互相转换的，动静相宜就好。他的动，不仅是外在的动，也是内在的动。他喜欢在家里倒立，以促进血液循环。他不反对适度饮酒。他喜欢动脑子，思考问题，开阔心胸。心无杂念就是静。他特别看重睡觉。在车上打个盹也能起到睡眠作用。

春秋时代的大政治家管仲的养生观是："去废虐之主，熙熙然以俟死，一日一月，一年十年：吾所谓养。"他追求的是率性任我、逍遥自在、风流脱俗的生活质量。

唐代诗人、书法家贺知章，自称"四明狂客"，喜欢喝酒，喝醉了便与书法家张旭在京城大街小巷的白墙上笔走龙蛇，算是最早的"涂鸦族"。比他小50多岁的杜甫说他"知章骑马似乘船，眼花落井水中眠"。史书记载，他到晚年"尤加纵诞，无复礼度"。

狂是一种情绪的宣泄和释放。

贺知章狂到心胸豁达，狂到心里留不下一丝郁闷、痛苦和纠结，狂到"从心所欲，不逾矩"，最后狂成了鹤发童颜仙风道骨的神仙模样。贺知章以"狂"养生，活了86岁，在那个年代属于稀罕的高寿。

我的养生秘诀只有一个字：懒。懒得动，懒得想养生的事。

我当然想赖在人世间多活几年，但现在还没有到养生的时候。我早就决定了：如果100岁时还没死，我就开始养生。我现在不养生，并不是说我对养生没有自己的看法和思考。

养生的目的除了延年益寿和养出健康的身体，还要养出人生乐趣和智慧。"智慧人是长生不老的。"如果从养生中只得到寿命而得不到乐趣，即使活成"人瑞"有什么用？活八百年与活二十年又有什么本质区别？"彭祖为夭"。没有乐趣的人生，活成神仙也没啥意思。

如果养生养不出一点儿智慧和灵魂，算是白养了。以活着的时间长短为标准，在动物界，乌龟排不进前十。据说，水螅可以不断通过"返老还童""克隆自己"来实现永生。世界上也许有不死的动物，却没有不死的人。"神龟虽寿，犹有竟时。"如果养生仅仅是为了延年益寿，身体健康，那就太"动物"了。养心比养身更重要。养生的关键是养成良好的生活习惯和生活方式。

最让我纳闷的是一些迷恋养生的年轻人，这也不吃那也不吃，严格按日历和天气预报作息生活，规律得好像公鸡打鸣。20来岁的年轻人，除了一个生机勃勃的身体，几乎一无所有，不好好使用它，反而花那么多时间和精力养生，真让人迷惑不解。他们这是过早养生。他们还没年轻过就老了。如果以牺牲口福眼福耳福来养生，那人生还有什么快乐可言。养生养出了一部机器，太不划算了。年轻人最好的养生就是奋斗。

养生不是惜命，而是让生命的质量更高。

那些"吃好了才有力气减肥"的小伙伴们最可爱。我是个鼠目寸光的家伙，总觉得年轻时不需要考虑老了的问题，因为太遥远。老了的时候，更不必考虑老的问题，因为你已经不可逆地老了。死亡也是如此，人类的命运、地球的未来、宇宙的起源之类天大的事均是如此。

我有一些关于锻炼的偏见。过度晨练会练没积蓄一晚上的能量。疲惫不堪了一个白天，再来个高强度的晚练，无疑是给身体一个致命的耗散，相当于雪上加霜。

对一般人而言，有些锻炼，真的无聊透顶，比如，野外登山，马拉松般的跑步，在健身房里挥汗如雨等等。在手机上刷到那些诸如大爷撞树、大妈脚踩风火轮、大爷甩巨型呼啦圈等硬核锻炼视频，我除了万分敬仰，无话可说。那不是锻炼，而是为了夺冠、争强好胜的运动项目。我猜测他们正在发起筹备首届世界老人运动会。

142　　每次看到那些吭哧吭哧、苦哈哈的锻炼达人，我就觉得自己缺乏幽默细胞。我真想给那些在健身房里苦练大头肌臀小肌的先生女士们一个建议：搬砖，一举两得。或者，刷小视频，说不定一笑就笑出了八块腹肌。如果想通过锻炼来延年益寿，我要借用王小波的一句话："把吃饭屙屎的能力当做寿命，才是延年益寿之妙方。"试想，过去的劳工，有几个健康无恙的？用力过猛的锻炼，无异于做苦力。在空气污浊的健身房里锻炼，跟自己掏钱给自己投毒有啥区别。在雾霾严重的城市里锻炼，跟拔掉 ICU 病人氧气管的行为后果差不多。

如此耗散自己生物能的锻炼，再棒的身体也会炼出一身毛病。那些以养生强身健体为借口痴迷徒手攀岩、翼装飞行、蹦极等极限运动的冒险家，都是令人钦佩的作死方式，已经跟运动锻炼完全对立相反。

锻炼的目的是为了健康长寿，这些极限运动者是故意跟自己过不去，纯粹以濒死体验的名义找死、作，当然，为了表演为了名利者除外。这也说明了一个问题：对每个人而言，养生具有致命诱惑力。

在运动、锻炼、活动这三个近义词中，我更倾向于活动。真懂养生的人会说，活动活动筋骨。运动、锻炼都不是最好的养生，最好的养生是活动。

养生也怕"营养"过度。大量吃补药的，把营养品当饭吃的，宣传"双激活""定向成分编辑"能改善什么提高什么的药啊酒啊的，追时髦赶潮流的；听说吃素能养生就不再沾一点荤的；以为冥想能养生就天天打坐的；不管自己适不适合打干细胞就义无反顾去打针的……那些天价的花药啊鸿茅酒啊割的都是有钱人的高智商。幸好我钱少、智商不高，才得以幸免。在危机四伏的人世间，躲过显性危险容易，躲过那些过度"关心""关怀""服务"却难。

今年58岁的唐先生，从来就是一副拒绝平庸的模样。他40岁生日那天，不知道是突然开了窍，还是受到了某种刺激，突然决定从当天开始养生。无论谁说某某可以养生，他都相信，而且奋不顾身地亲自去尝试。国内国外的保健食品、保健酒、保健药，他几乎都吃过。他练瑜伽、气功、吐纳等等，他跑步、游泳、打球、减脂塑形等等。如果有人跟

143

他说，练"葵花宝典"能养生，他多半会像东方不败一样挥刀自宫。十多年来，他完全把自己给养废了，养得满身窟窿，经常感冒，经常上医院。上一刻看他红光满面的，下一刻却萎靡不振，就像演员主播线上线下的化妆、卸妆。看他样子，我好像明白了养生专家英年早逝的原因。

养生本来是对生命的接受、肯定和尊重，但是，他们这样做，恰恰是对生命的抛弃、否定和蔑视。我始终认为，吃得下，睡得着，既是养生的方法，也是养生的结果。

任何事情，一旦有利可图就容易变味，养生也不例外。古时有道家的炼丹术，现在有五花八门的保健法和"伪养生"。

有些人一边"断食"，一边狂嗨各种各样的保健品。

不少打着道教旗号的长生术，完全"逆乎自然"、有悖于"全生""轻物重生"的道家哲学思想。道家真正的养生目的是珍惜生命、得道、成仙。一般人养生，本质上不应该为了延长生命时间，而应该为了尊重生命、提升生命的价值和意义。

有一天，阿苾突然跟我说，她要减肥。

我旗帜鲜明地表达了我的观点态度：我不反对减肥，但坚决反对吃素。在地球生物界，长得肥胖的几乎都是吃素的，大象、长颈鹿、大熊猫、牛、马、羊等。如果你真要减肥，我建议你向狮子学习。我们经常在电视里看到皮包骨的狮子。为什么？因为它们饿死都不吃素，因为它们害怕长胖。我是嗜好肉食的杂食动物。三天不食肉，生不如死。即使我减肥养生，也坚决不吃素，拒绝成为断食法、辟谷、注射胸腺肽干细胞的养生试验品。我也不想减肥。我还没有那么傻，为了取悦他人，让自己吃苦受累。

在养生领域，傻子太多，骗子都不够用了。最近有网友爆料，许多所谓的"长寿之乡"涉嫌造假，不少风靡一时的保健品已经下架。

最养生的东西往往是免费的——明媚的阳光，清新的空气，干净的水，良好的心态，快乐的心情，笑，善良，爱……

夏

夏天，蚊子的世界

油画般的夕阳，在凤栖山上空渲染出一个宏大而美丽的背景。凉风习习，石榴树上的嫩芽绽放着亮丽的绿意。点燃一支香烟，我要好好享受这恬然的山居时光。突然，我的左手背感到一种锐刺般的细疼。我抬起手，发现一只花蚊正认认真真地伫立在我贫瘠的手背上。

被蚊子叮锥的疼痛告诉我：夏天已经降临，蚊子又回来了。

我不得不又一次与蚊子周旋起来。

去年初夏，阿宓提前做好了对付蚊子的物资准备：灭蚊器、药片、气雾剂、电子灭蚊拍、灭蚊灯，又找出扇子、苍蝇拍以备不时之需。我相信自己敏锐的眼睛、足以一掌毙命的力量。蚊子好像害怕了，很长一段时间没来招惹我。我几乎确信，蚊子要不是被我们吓得死光了，就是被人类彻底逐出了地球。

不久之后，我又发现了敌情，越来越多的蚊子。灭蚊药片已经不起作用。灭蚊灯空空如也。虽然蚊子被扇子赶走一批，被苍蝇拍拍死一些，被手掌偶尔摞倒几只，但是，无济于事。蚊多势众，即使能以一敌万的我，终究抵不过它们千军万马。

夏天是被蚊子主宰的世界。这是真的。

面对蜂拥而来的蚊子，我痛苦地发现，我唯一的出路居然是懦弱地躲避，可耻地逃跑。然而，我无法逃离地球，无法躲避社会化了的人生。左思右想，我要阿宓冒着被人讥为倒退落后的风险，心疼地花了几百块钱，买了一顶蚊帐，躲进去。相当于在蚊帐里设了一个"禁飞区"。

躺在蚊帐里，我得意扬扬地想，任尔嘤嘤嗡嗡，我自岿然不动。很快，我便胜利地睡着了。半夜里，我突然被惊醒，倒不是因为噩梦，而是蚊子。打开灯，发现蚊帐上趴着不少鼓鼓囊囊的蚊子，我的胳膊上还有不少血迹。蚊子是怎么钻进来的？连呓语梦话都难以穿透的蚊帐，还挡不住蚊子？

我禁不住透视天花板，仰望星空：我确实已经把自己关进蚊帐里了，可没把蚊子关在蚊帐外。

整个夏天，我都在盼望冬天赶快到来。

我静静地欣赏着这只活像穿着一身带拉链的黑白碎花马甲的白纹伊蚊，今年夏季的急先锋。它还是一只幼蚊，瘦弱、稚嫩、怪可怜见的。它也许是从附近的一个小水凼起飞，飞到我手臂上空突然感到累了，就歇了下来。它的六只细爪紧紧地贴在我苍白的手背上，尖细的嘴轻轻移动着，仿佛在寻觅一处膏腴之地。我抬手的动作也没有惊飞它。

蚊子聪明且挑剔，它不会在我废墟般的骨头上停留。当它的嘴麻利地刺进我的肉里时，我突然被感动了。它是一只雌蚊，喜欢我，喜欢我的血。我只要轻轻一巴掌，它就会一命呜呼。但我默默告诫自己：不能惊动它、赶走它，更不能打死它。

花蚊的肚子开始鼓胀。一缕透亮的光辉从它身上焕发出来。我的鲜血使它显得更加美丽动人。待它吸饱喝足，我怕它在我手背上睡着了，就轻轻用嘴送去一丝温暖的风，它立即展开翅膀，心满意足地飞走了。这时我才发现，我的手背已有一点红肿，痒痒的，仿佛针灸留下的痕迹。我抚摸着红肿的地方，这是蚊子光临过的铁证。蚊子再厉害，也不可能想到离开时消灭证据，这说明了人的智慧的确略胜蚊子一筹。

148　　　　这个夏天，第一次与蚊子相遇，彼此还算满意。它尝了一点鲜，我有了一点感触。

我是个杂食动物，只敢吃死去的动物。蚊子是嗜血飞虫，居然敢招惹我这个号称万物之灵的大活人。蚊子曾经被列为"四害"，简直就是无知。你没有病毒，它怎么能传播疾病？蚊子这一称谓，足以证明它是受人尊敬的生物。"蚊"，由虫和文组成，说明蚊子有文化，或者人类希望它有知识。"子"的称呼，多少人梦寐以求而不得。

蚊子出身浪漫，羽化成蚊。据说，蚊子在地球上有3300多个品种及亚种。而地球人，即使按民族划分，也就几百个。如果再说下去，我就有种族歧视的嫌疑了。

蚊子不像苍蝇之流，嗡嗡而来，只是骚扰，像五大三粗的莽夫。蚊子细声细气，在空中婀娜多姿，有曲线，有浅唱低吟，被誉为"空中小姐"。

蚊子不像嫌富爱贫落井下石的虮虱，对男女老幼一视同仁，一个都不放过。虮虱是可捉可逮的，而蚊子却很难被逮着。蚊子有智慧，不乏幽默感，喜欢与人捉迷藏，酷似睿智之士。

蚊子和蜘蛛都很聪明。蜘蛛的聪明在善于等。蚊子的聪明在善于抓住时机主动进攻。等有等的好处，攻有攻的机智。

蚊子与蝴蝶都有逍遥的慧根。蝴蝶是遁世的逍遥，喜欢山野，与绿树红花为伴。蚊子是入世的逍遥，喜欢与人为伍，敢对强大的牛、狮子、大象哼哼嘤嘤。趁其不备，它就悄悄地叮你的皮，吮你的血。当你被疼痛提醒时，它已吃饱喝足不知去向，把红肿瘙痒留给你去享受，即使丢掉小命也不退却。

蚊子只吮血，不要你的命，并不贪婪。它不咬人，而是锥人，事后不会留下足以被判死刑的证据。它从不开口说话，只用翅膀、尖嘴跟你打招呼。一旦吸饱肚子，它就静静地躲到角落里。你在看书时，他一般不会打扰你，一旦你昏昏欲睡，它就会及时把你叫醒。当你沉浸在冬天的寒意里，它会告诉你，温暖燥热的夏季已经光临。

蚊子不怕环境恶劣，不怕臭气熏天。蚊子群体意识强，有强烈的集体荣誉感。蚊子不怕牺牲，同伴倒下了，它们永远前赴后继……

对于蚊子，白天不用怕，晚上怕；清醒时不用怕，睡着时怕；冬天不用怕，夏天最可怕。没人敢说他一辈子都没遭遇过蚊子的青睐和偷袭。与蚊子周旋数十载，我也积累了一些不足道的经验教训。

其一，尽可能地善良。要满怀舍身饲虎，我不下地狱谁下地狱的豪情。蚊子只是吮点血。这点血对任何人来说都无关痛痒，但对蚊子而言，足以养家糊口，延续子孙后代。因此，你要让它锥，让它美美地吸，就当无偿献血。看到它干瘪的身子因你的鲜血而鼓胀油亮，你还应该产生一种自豪感、满足感。

其二，想法躲藏起来。这是我从其他动物应对蚊子的策略中获得的灵感。犀牛对付蚊子的办法就是躲藏，躲在水里，藏在泥土里。人比犀牛的智商高，就把自己关进蚊帐，关进空调屋，关在有杀虫剂的空气里，体现一种共患难的义气和英雄气概。

其三，采取避孕措施，绝育办法。这种妙方对其他生物有效，对蚊子却效果不佳，也使人类显得不地道。因此，当你怜惜自己的细皮嫩肉时，应为蚊子们多制造些垃圾。

其四，采用杀虫剂之类的生化武器。这对不屑与虮虱为伍的蚊子而言，有失公允。作用也不大，就像灭鼠药，天天灭，年年灭，耗费了多少才华和粮食，老鼠不仅没有绝种也没减少。窃以为，用杀虫剂，对人类自己也不好，相当于慢

性自杀。

其五，采取最彻底的办法：消灭夏天，让世界永远处于冬天。可人类并非上帝，而且，我们也需要温暖，需要阳光。我还担心，如果那样，我们会跟蚊子同归于尽。

……

蚊子的历史比人类历史悠久。一亿七千万年前的侏罗纪，就出现了蚊子的始祖。按时间先后论，蚊子是人类前辈的前辈。人类的许多习惯、性格、行为都是向蚊子学习借鉴来的。

无论怎样努力，彻底消灭蚊子都是徒劳。但是，消灭不了蚊子，也许可以像改变澳大利亚苍蝇一样改变蚊子。

据说，澳大利亚的苍蝇已经被澳大利亚人彻底改变。它们只吃一种树的油脂，不再喜欢粪便、污秽。

我期待有一天，所有的蚊子不再吸血，不再喜欢肮脏。 151

我渴望有一天，夏季不再是蚊子的世界。

其实，只要静一静，夏天就会过去。

半夜蝉鸣

连续两个晚上没睡好，都是因为蝉，一只只闻其声不见其形的蝉。

前天晚上，我突然被蝉叫醒，爬起来一看时间，才凌晨三点。那只蝉好像不准我再睡，时不时地吼一嗓子，拖声卖气地大叫一声，呐喊不像呐喊，唱歌不像唱歌，弄得我后半夜一惊一乍、辗转反侧。

我平生第一次在深夜里听到蝉叫。在寂静空旷的夜里，那叫声让我深感不安。我不知道这只蝉到底怎么了，为什么要深夜鸣叫？它生病了，还是遇到了什么高兴的事，或者伤心的事？它叫醒我，是不是要告诉我什么？难道山居的蝉与众不同，精力充沛，喜欢上了夜生活？

平时听到的蝉鸣，几乎都是合唱，"群嘶玉树里"，而这只蝉，从始至终都是独唱，没有招来一只蝉的随声附和。这只蝉多半是蝉中异类，孤家寡人。

夜深人静，我选择了忍和理解。鸣叫是蝉在刷存在感，就像某些不在乎时间场合的过气明星。鸣叫是蝉的自由。鸣叫是蝉在呼唤。鸣叫是蝉的生命。鸣叫是网红的平台……

有一阵子，我怀疑那不是蝉在叫，而是有人专门到山居练习蝉鸣口技，梦想登上今年的春晚舞台。

读书时知道有"半夜鸡叫"，现在居然有"半夜蝉鸣"？

我仔细听了好一会儿，估计它离我的右耳朵的直线距离不会超过十米，因为我判断它就在离我们卧室五米左右的李子树上。李子树是我亲手栽的，产权完全属于我们，根据自然情理，我们是蛰伏在李子树上的那只蝉的监护人。

蝉叫既然影响了我的睡眠，也影响了邻居的美梦。如果我的这些判断准确，我担心邻居举报蝉声扰民，也相当于举报了我。我必须得有所准备。

为了抓住那只扰我清梦的罪魁祸首，第二天上午，我重点查看了李子树，还动用了我的眼睛、眼镜和手机，地毯式地搜索方圆二十米范围内的所有乔木和斑竹，却没有发现一只蝉，连蝉蜕都没有发现。

下午，我把搜查范围扩大到附近的柚子树、紫荆树、红枫、桂花树，仍然没有发现蝉的蛛丝马迹。

也许，那只蝉感到了羞愧，或者害怕被我捉住，已经飞走了。我只希望它能跟我心灵相通，晚上不再来骚扰我。

可昨天半夜十二点，我正要迷迷糊糊睡着，那只蝉又突然大叫起来，真是"一声来枕上"。我没理睬它，侧身睡了过去。

当我再次被蝉声吵醒时，我看了一下时间，又是凌晨三点。

如果它唱的是小夜曲，还能伴我入眠。可它唱的全是不成调的美声，吊嗓子似的唱，扎破喉咙似的唱，肆无忌惮

153

地唱，背着大音响似的唱，喝醉了酒似的唱，伤透了心似的唱，失恋了似的唱……

这声情并茂的蝉叫声，凤鸣龙啸也不过如此！它穿透空气、树枝、墙壁、钢化窗玻璃、厚厚的窗帘、我的耳膜……在天地之间荡漾。

这只蝉吵醒我不说，居然把青蛙也吵醒了，咕咕呱呱乱叫，之后，蟋蟀叽叽叽地乱叫，蝈蝈咯咯咯地乱叫，水池里的鱼被吵醒了似的，时不时地发出嘣咚嘣咚的声音，连树枝树叶也被吵醒了，窸窸窣窣地叫着。它们好像在互相斗声，又像在排练大合唱。

听这架势，它们非要把这世界吵得天翻地覆不可。这"短命的歌手"，带动一帮家伙吵得我心神不宁。

我要求自己不要跟虫豸一般见识。我想屏蔽这些噪声，可始终屏蔽不了。我知道不是噪声太大，而是我定力不够。

我再也睡不着了，躺在床上琢磨，祈祷能把自己琢磨到梦里。

我向来喜欢蝉。它是我最早的记忆之一。小时候，我拿蝉蜕卖过钱。蝉蜕是一味中药。我读过不少浮想联翩的关于蝉的诗句、成语。

"无人信高洁，谁为表予心。"

"居高声自远，非是藉秋风。"

薄如蝉翼。金蝉脱壳。寒蝉凄切。蛙鸣蝉噪。蝉联……蝉，被古人称为"扬声夏童"，被赋予多重寓意和象征，在古人看来，蝉象征着高洁、通灵、纯洁、复活和永生……

可这只蝉完全颠覆了我对蝉的印象，破坏了蝉在我心目中的美好形象。

我现在就气鼓鼓地把蝉定性为喜欢攀高枝的家伙，最高调的夏虫。如果按声量与体量之比来评判，蝉叫声肯定是当之无愧的第一名。仅凭音量，蝉也能位居前列。声量是蝉的唯一标准和立场。我相信，不出意外，所有的蝉都是这样寿终正寝的：声嘶力竭。

在蝉噪声中，我决定：如果这只蝉今晚再这样不管不顾地吼叫，我立马向小区物管举报，请他们履职尽责，帮我捉蝉。如果物管不管，我就向城管举报。如果城管不管，我就向环保部门、公安消防部门、宣传部门举报，如果还不能解决问题，我就拨打市长热线、向法院起诉……

我不怕被人误解，说我是告密者，说我小心眼、脆弱、丢人现眼，连一只小小的蝉都容不下，一点蝉声都受不了，雷都打不醒的我居然被一只蝉叫得彻夜难眠……

可这只蝉根本不在乎我的决定，故意跟我作对似的，愈叫愈大声，愈叫愈频繁，愈叫愈难听。现在是盛夏，难道它真有什么不满要发泄？有什么冤屈要申诉昭雪？难道时空倒错，它感到了冷，把自己当成了寒蝉？

我们住的这个山居，下半夜确实有点凉，但不是冷。这时候的人体舒适度最高，最适合睡觉、做梦，可这只不知好歹的蝉却在我耳边不停地聒噪。

我真想跟它对吼，把它的声音压下去。我真想拿根竹竿，噼里啪啦地把它赶走。

我真想把身边的阿宓叫起来，跟我同甘共苦、同仇敌忾。可我担心这样会影响邻居，影响宁静的夜晚，我又一次选择了忍、忍、忍……

也许，这一切都是因为我对蝉不太了解。也许，要想对付蝉，先得了解它，做到知己知彼。我从床头柜上拿起手机，开始搜寻蝉。

百度百科是这样解释的：蝉，昆虫。种类很多。雄的腹部有发声器，能连续不断发出尖锐的声音。雌的不发声，但在腹部有听器。幼虫生活在土里，吸食植物的根。成虫吸食植物的汁。也叫"知了"。

这解释让我有三点感受。

其一，不管是动物，还是昆虫，雄性多半比雌性更张扬。想到我们都是一个性别，我好像突然理解了蝉的高调，我的气好像也消了三分之一。

其二，我终于明白蝉附在树干上的原因了，原来它在喝树汁，那可比鲜榨汁还高一个档次。

其三，我终于明白了蝉为什么叫"知了"，或者说，我终于明白了蝉的叫声为什么如此高亢。

对蝉最形象的解释是一则谜语："夏天爱热闹，总爱说知道。唱歌腰出声，嘴吸植物水。"

让我感到惊喜的是，我发现，半夜三更被蝉骚扰的不止我一个，远在唐宋时期就有李商隐和辛弃疾，李商隐说"五更疏欲断，一树碧无情"，辛弃疾说"清风半夜鸣蝉"。

让我没想到的是，蝉居然是保护动物。根据《中华人民共和国野生动物保护法》，知了已被列入国家二级重点保护野生动物名录，其捕猎、贩卖和食用等行为均被禁止。主要原因是，金蝉在锐减。

我终于明白了，蝉是为了求偶尔叫个不停。因为蝉的成虫只有雄性会鸣叫，吸引雌性前来交配，大部分蝉在交配之后死去，所以只有夏天才会有蝉鸣。

蝉的一生要经过卵、幼虫和成虫三个不同时期。蝉在交配之后，雄蝉完成了自己的使命，很快死去。雌蝉在树上产卵后，不吃不喝，也很快死去了。半个月后，卵孵化出幼蝉。幼蝉一般在地下生活四五年，最长为十七年。幼蝉经过四五次蜕皮后，钻出地面，爬上树枝进行最后一次蜕皮（金蝉脱壳），成为成虫。

……

在了解蝉的过程中，我的心逐渐平静下来，蝉声变小了，变得悦耳动听了，世界安静了，天也亮了。

如果把生活比作大海，风平浪静才能满载而归。

但是，起床前仍然有个问题没有搞清楚：蝉与禅有什么关联？

失眠不是戴着黑框眼镜的大熊猫

有一次失眠，我尝试了很多办法都没有什么效果。躺在床上数手指头、背古诗词、回味曾经的美好、畅想未来……不仅没睡着，反而越数越清醒，越想越兴奋。戳手机看小视频、不为苍生只想自己、阅读纸质书、看电视节目，也感觉不大对头，好像我在跟失眠同流合污，合谋对付自己，除了把自己弄得疲惫不堪外，失眠依然如故，毫发无损。阿宓在网上帮我寻找治疗失眠的妙方，建议我看医生、吃安眠药、使用冷敷凝胶之类的药物，我都断然拒绝了。

趁着周末，我选择了离开，到山居。我的失眠症，也许只有山居才治得了。在街子古镇上，有近十家专卖中草药的店铺，店铺里有宁心安神的酸枣仁、无花果、茯苓等，一看名字就觉得有趣好玩的昏鸡头、红姑娘、伸筋草……山居远离闹市，天高地远，有诱人入睡的蓝天，有温暖凉爽的微风，有最少的人工痕迹……在那里，大自然的声音占绝对主流，鸟鸣，蛙叫，蟋蟀的浅唱低吟，微风散步的声音……那里每立方厘米的负氧离子有 28000 个以上，而我长住的闹市区每立方厘米只有区区 150 个。每次到山居，我都有醉氧的感觉，总是睡不醒。

可在山居住了三天，我依然每晚失眠。

有人问我为什么精神萎靡，哪来的黑眼圈、大眼袋，我都不好意思说原因。失眠不是戴着黑框眼镜的大熊猫，一点儿不可爱。

失眠与他人无关，与环境无关。导致失眠的是自己，治愈失眠的也应该是自己。求人不如求己。

第四天，我琢磨出两个立竿见影地收拾失眠的方法：闭上眼睛，抓住榔头，砰的一声，给脑袋使劲来一下。在凤栖山里找了根结实粗壮的冷杉，铆足劲，像斗牛一样冲上去，轰然倒在草地上睡他个天昏地暗。我相信，用这方法对付失眠肯定管用，但是，治愈了失眠症，如果还有命的话，多半得接着治疗其他病症，于是，我想了想就放弃了。

平时，我和阿宓要么同时入睡，要么我先睡着，因此，我几乎没有打扰过她睡觉。失眠的那段时间，我难受，她也感到不爽。

失眠，不是一个人的事，至少是两个人的事，甚至更多人的事。

卧榻之侧，岂容他人失眠？

躺在床上，我再也不敢辗转反侧，连大气都不敢出，基本上一动不动，装睡。装睡不是阿宓的规定，而是我的自律。我不在乎成为装睡叫不醒的家伙。我希望装着装着就真的睡着了，说不定因此治好了失眠症。可是，我痛苦地发现，装睡比失眠还难受。如果失眠是潜伏在我清醒和睡梦中的双重间谍，那装睡就是自投罗网。

不想看的，只要拉上窗帘，闭上眼睛，就可以眼不见心不烦。不想听的，即使装睡也会听到，耳朵没有开关，血肉之躯的隔音效果还不如胶合板。我总觉得汽车摩托车好像故意跟我作对，发出比平时更大的声音，它们疯狂地向我奔来，因为不想被墙壁撞得粉身碎骨才转弯倒拐悻悻而去。窗口的栾树也敢发声了，窸窸窣窣要跑进屋里撒野的架势。一阵风噼里啪啦地从雨棚上踩过，好像不在乎被发现的一伙小偷。街上总是有人在高声吵闹……对这些声音，我产生从未有过的厌恶，虽然我清楚它们不是我失眠的罪魁祸首。

我家在同仁路上，临街，五楼，拉开窗帘，世界好像一下子暴露了，向我敞开了，但是，每次站在窗前，我却觉得，世界不是变大了而是变小了，不是更明亮了而是更昏暗了，满眼都是嵯峨的楼房、车水马龙的大街小巷、十字路口、人流、车流，我得不断调准视线和角度，才能发现零零碎碎的天空。即使我有翅膀自由飞翔，也难于在狭窄的空间找到理想的航线。

住在这样的地方，我早就有了声音免疫力。轰隆隆的货车、没了消音器的摩托车、路人的尖叫怒吼、长途跋涉而来的卡拉 OK 声、救护车警车发出的警报声……都不会影响我睡觉，有时候，连滚滚雷声都不能把我从梦里叫醒。最可怕的是半夜三更的刹车声。如果睡着了，肯定会被它惊醒。如果没睡着，会觉得一辆大货车从《速度与激情》里突然飞奔出来，戛然停在耳朵边，如果不是导演精湛的后期制作技术，脑袋肯定被碾成血肉模糊的纸牌。所谓的热闹繁华，以声音为标准，就是不静默。静默是可怕的。人的肉体和精神都离不开声音。我们早就习惯了声音，适应了声音的存在。没有声音，我们就会感到寂寞、痛苦。也许，文学艺术就起源于声音。最早的文艺作品可能是音乐。

失眠如果也有好处，就是它让我有了一些清醒的认识。

我认为，声音只有三种：乐音、噪声和沉默，其他的都是比喻。

在所有的艺术门类中，我最佩服音乐家，他们认识并能一一分辨出蝌蚪一样的音符，能唤醒沉睡的编钟、扬琴、二胡、钢琴、笛子、小提琴，让它们瞬间复活，发出美妙的声音。这是真正的点石成金。

声音是物质的，穿透力强。只要我们发出了声音，即使没有人听到，也不会消失，无论我们说的是普通话还是方言，是母语还是外语。

我们应该发声，哪怕碰到铁板，哪怕还没有被人听到就已销声匿迹，哪怕因此而被卡住脖子、撕破喉咙……石头被锤打了也会发出愤怒的声音。

但是，失眠的时候，我却想屏蔽那些声音、消灭那些声音，恨不得干掉催眠曲、摇篮曲、优美的旋律、绕梁三日的歌声、忠言等所有的美好声音。我把失眠归咎于那些声音。我终于理解了有些人为什么容不下不同的声音，也许，他们跟我一样在失眠。

就在我胡思乱想的时候，我突然听到了阿宓的鼾声，轻微的鼾声，好像怕影响我睡眠而发出的鼾声。我第一次想听阿宓发出的鼾声，好像阿宓第一次发出鼾声似的。那鼾声像催眠曲，要伴我入眠。我集中精力，聆听着，其他声音好像慢慢变得可爱起来。我想象着活化石般的星空，那里多半没有声音。渐渐地，窗外的声音变小了消失了，阿宓的鼾声和呼吸声也听不到了，最后只剩下我耳朵里的嗡嗡声，当耳朵里的嗡嗡声消失之后，世界彻底安静下来……那天晚上，我也不知道自己是怎么睡着的。

失眠一周，我第一次在天亮前睡着，我把这方法命名为"听声入睡法"。

第二天晚上，我突发奇想，想搞清楚我的听力数值。我经常体检自己的视力，但从来没有检测过听力。阿宓睡着后，我便开始聚精会神地听声音——阿宓的鼾声、呼吸声、偶尔翻侧身体的声音。我的呼吸声、心跳声、耳朵里的嗡嗡声。我虽然至今没有检测出我的听力数值，但是，我基本上搞清楚了咱家有多少种声音——细微的空调声。平时从来没有听到过的冰箱声。有一股风从客厅的窗户缝隙溜进来，翻弄客厅里的书和杂志，摇曳着米兰、罗汉竹和兰草。我居然听到了家里的电流声，它们和风细雨地在家里缭绕……

这段时间，我断断续续地阅读美国作家唐·德里罗的长篇小说《白噪音》，可始终没有搞清楚"白噪声"，我查看了有关资料介绍，也似懂非懂。此时此刻，我好像终于弄懂了"白噪声"，那就是能带来宁静的声音，始终如一无处不在的宁静。而且，我明白了声音不仅有颜色，而且有味道。

第一次在宽窄巷子看到"听香"这个店招，觉得这店

162

名虽有诗意，却不大合逻辑。香，没有声音，怎么能听？练习"听声入睡法"时，我才体会到，声音不仅有香味，而且有颜色。我认为，声音只有两种颜色：白和黑，其他的颜色都是形容词。很多时候，我们根本无法把声音和香味断然分开。比如，听到"三大炮"砰砰砰的声音，我就会闻到糯米、花生、芝麻的香味。听到锅碗瓢盆的声音，肉香饭香菜根香就会蜂拥而来。

有了"听声入睡法"，我更加觉得，没有声音的东西不是完整的东西，没有声音的世界是个有严重缺失的世界。任何时代都需要声源，需要声音，混响、回声、共鸣、超声波、次声波，哪怕是杂音、噪声。我们只需要发出声音，声音有自己的速度、声波和穿透力。在网络上吼一嗓子也能收割一定的流量。今天也可能听到千年之前的一声呼唤。我们需要发声，哪怕只有自己听到。我们发出的声音，永远不会消失。声音有速度，但不需要超音速的导弹。声音是有能量的，有人用来练狮吼功，有人用来为正义发声，为正义发出的声音最有力量……

声音是一种特别的东西。任何声音都有丰富的内容和意义。声音不是所有的人都能听懂。许多声音需要解读和阐释。《深时之旅》中的这句话犹言在耳："声音是一种撞击，经过空气，穿过耳朵，落在大脑和血液中，再传送到灵魂……"

但是，我能听到的声音却越来越少、越来越小，也许是因为隔音材料越来越先进，也许是因为《环境噪声污染防治法》的实施，也许是在我们的生活中安装了太多的消音器、隔音设备，也许是有人喜欢把声音关起来，也许是人们越来越文明礼貌、不敢随便发声……

也许，我的失眠是因为世界太安静了。

鲁迅先生说过："一个人的沉默，叫作思考；一群人的沉默，叫作冷漠；所有人的沉默，叫作黑暗。"

有声时代是人类的一大进步。在需要发声的时候，沉默绝对不是金。只要有声音，我就不怕再次失眠。

时间开的花

位　置

对家里的凌乱，我和阿宓的态度相当一致。

我不在乎，主要是因为懒惰，还有工作忙、不擅家务活之类的美妙借口。听说凌乱是富有想象力的表现之后，我就更加心安理得了，还琢磨着为凌乱写赞歌和马屁文章。我觉得，习惯了凌乱的环境，也就不怕秩序井然了。

阿宓不在乎，是因为她对凌乱有自己的见解。她说，把家里的东西收拾归纳好，最高兴的可能是小偷。如果有小偷光临，看到我们家的凌乱，以为已经有同行捷足先登，说不定立马决定光临下家，即使想顺点东西走，也没那么容易，他得找。小偷虽然是经过训练的寻找高手，但要在我们凌乱的家里发现有价值的东西，没有犀利的眼光和足够的时间，不可能找到。时间对小偷来说是性命。所以说，凌乱给了我们家一定的安全保障。我们家虽然凌乱，我却清楚每样物品放在什么地方，这叫乱中有序，乱中有章法。

其实，我和阿宓也喜欢井然有序。每过一段时间，我们都要在家里大干一番，可每次累得腰酸背痛，仍然没能把凌乱赶走，好像我们家的东西太多，而房屋又太小。我们也清楚电视机、果盘、相片、书籍等看不顺眼，可弄来弄去，总

夏

是找不到合适的地方安放。我们不得不经常哀叹自己能力有限，无法帮助凌乱走向有序。

凌乱，对家里的日常生活并没有带来多少不便，只是我们从来不好意思请朋友来家里做客。听说好友余立要来家里做客，阿苾有点惊慌失措。她常说，家乱不可外扬，即使是好朋友也不行。我倒不担心余立像城管、文明督导员那样指责我家的脏、乱、差。如果是一般朋友，我也不怕他们"说三道四"。可要面对陈设艺术家余立，我也有点害怕丢人现眼，对不住自己生活了多年的家。

再三推辞之后，余立终于走进我家。出乎意料的是，她巡视完我们家之后，高兴得很，好像终于找到了一个可以大显身手的用武之地。她说，你们忙你们的事，我来帮你们收拾一下。因为是好朋友，我们也没推辞，就把家交给她，上班去了。

下班回家，看到焕然一新的家，我简直不敢相信自己的眼睛，以为走错了地方。离家之前，我以为没有三五天时间，她不可能把我家理顺。可半天时间，我家就变了样。

客厅、卧室、厨房、洗手间、阳台、窗帘和墙壁都换了一身新衣，尘封多年的小东小西重见天日。真没想到，我们家如此"富有"，藏了那么多"宝贝"。灯光变了颜色，连屋里的空气都清香了许多，那些平时顺手丢放的书、报刊都找到了各自的归宿，墙上的字画，阳台的罗汉竹，客厅的沙发，书桌上的电脑都安安静静地等着我们去检阅和享受。

整个屋子，包括那间特别让我们头痛的杂物间，都充满了令人心醉的艺术气息和生活味道。难怪余立经常说"让艺术走进生活""让生活充满艺术"。

我惊奇地问余立是怎么做到的。她说，就是把每样东西放在最合适的位置吧。任何东西都没有好坏优劣之分，没有美丑贵贱之别，更没有是非对错的武断，关键是它们在时空里协不协调，合不合理。多了不一定就乱，乱了就一定会显得多。再美的东西，放错了位置也碍眼。不值钱的东西，放在适当的地方，也很贵重。位置的价值往往超过东西本身的价值。

看着家里秩序井然的客厅、卧室、书房，我好像明白了什么是陈设艺术、空间艺术，也知道了艺术和生活可以完美地融为一体，诗意的生活需要认真打理。

在艺术世界里，错位也许是一种创新。在家居生活里，错位会带来凌乱和不舒服感，为难了小偷，也为难了自己。在饭局上坐错了位置，很可能会引起轩然大波。在宇宙时空里，日月星辰一旦错位，后果不堪设想。在人生中，一次错位很可能就是一场悲剧。

"如果你找到自己的位置——你将永生。"

这是波兰作家奥尔加·托卡尔丘克借她的小说人物玛尔塔之口说的一句话，我喜欢且相信。

三不闲人诞生记

"三不闲人"诞生于 5 月 24 日卯时，一个平凡的日子。

当天早晨起床后，我在雅居书房的窗前，煞有介事地伫立了差不多抽半包香烟的工夫。

窗户斜下方是由四道街、观音阁街、上同仁路和中同仁路交叉形成的十字街口。从窗口望出去，街口的斑马线好像八卦图。川流不息经过斑马线的行人、汽车、摩托车、自行车、三轮车，好像一个个瞬息万变的卦象图案。

十字街口周围，搭眼可见的是晶爵宾馆、晶爵茶楼、红旗超市、水瓶座网吧、牙医诊所、药店、小吃店、水果店、饭店……向南四五百米的地方是宽窄巷子，向北二三百米的地方是新城市广场，向西几十米的地方是一条临街菜市场，向东几十米的地方是四川省第二中医院、四川省皮肤研究所。

十字街口，是生活的见证者，是无数人的经过地。

我与这个世界，隔着一扇窗户，只有五层楼高的距离。融入这个世界，我有两种方式：从楼上纵身跳下去，把世界"砰"的一声吓一大跳；慢慢下楼，默默走进去，融入车流人群。

168

可我选择了第三种方式：伫立窗前观赏。

我任由目光从淡黄色的栾树花上跌落在繁忙的十字路口，又缓缓上升，依次掠过花草、树干、店招、红绿灯、树冠、晶爵大楼，直到云层堆叠出来的一方天空。我左右平视，尽力往远处看，渴望看到更多的东西、更远的地方，可目光总是被那些寻常的车辆、行人、电线和房屋阻挡、截断。我看到了无数的人，有的还在酣睡，有的已经醒来却仍然蜷缩在床上，有的在厨房里做早餐，有的在梳妆打扮，有的正准备出门一去不回的样子……

我收回视线，闭上眼睛，突然看到了自己，一个完整的自己。这是我第一次感觉到我面前站着一个完整的自己。以往见到的都是自己的局部，局部的自己。在这平常的早晨看到一个完整的自己，是惊喜，更是意外——飘忽不定，一会儿清晰、一会儿模糊、一会儿远、一会儿近、一会儿轻浮、一会儿沉重…… 169

那真的是我吗？我突然产生了怀疑。

如果要我来作自我介绍，我能说清楚那个自己吗？我的眼皮不停地颤动，欲睁未睁的样子，好像被我自己催眠了。

曾经无数次填报介绍自己的表格，组成自己的姓名、性别、出生日期、民族、党派、毕业院校、学习工作经历，还有平时暂时附加在自己身上的身份、职务、钱财、公文包、社保卡、银行卡、手机，一肚子的人际关系，满脑子的社会知识……它们是胡乱打包出来的我，还是被我代表的自己？

我成了自己的陌生人。

我一直在逃避自己。今天早晨，我终于追上了自己。

我要与自己合二为一？

我突然想起有人说过这样一句话："成年人真正的治愈，都是从看见自己开始的。"

我感觉到有什么东西即将诞生，横空出世。

我刚才看到的也许不是自己，而是另外一个人。

可那个人叫什么名字？他来自何方？他要干什么？他为什么会在这里？我应该把他赶走，还是收留他？

我听到了一个声音：你不要问我那么多为什么，再多的为什么其实也就一个——我是谁？我是重生的你，你是回归的我，我是自己，自己是我……就看你怎么给自己定义和命名了。

据说，世上有一种镜子叫照妖镜，照妖镜能让鬼魅现原形。我不是妖也不算怪，但是，谁说得清楚呢？无论是人是妖，都怕照妖镜。也许，它能把人照成妖，把妖照成人。原形毕露，也可以说是破茧成蝶，涅槃重生。

我不怕吓倒别人，却怕吓着自己。平时站在镜前，只是为了洗手、漱口、洗脸，刮胡子、梳理头发、整理衣衫，为了面子，为了形象，为了不招惹他人过分厌恶。

我平时很少特意去照镜子，也不喜欢在镜子里观察自己。无论什么镜子，看到的都是自己的局部。我知道我无论怎么打扮，很难左右他人对我的看法。他人看我，外形并非必要。

贸然定义某人是一种危险的轻率行为，可我们往往乐此不疲，好像那就是某人，某人就是那。有些人特别喜欢做判断，好像真有本事一锤定音盖棺论定。

我们从小就经常被他人定义，也常常定义他人，却很少自己定义自己。父母、兄弟姊妹、朋友、老师、同事、陌生人和表格如何定义我，我管不着。我过去不定义自己，是自认为可塑性强，过早定义怕闹笑话。

而今年过半百，人至中年，即使能像变形金刚，也变不出多少花样来。与其让别人定义，还不如先给自己贴个标签。就像低至尘埃隐入红尘后，谁都找不见。因此，在这美好而悠闲的早晨，我准备给自己来一个定义。

定义相当于命名。凡是给自己命名的人，都非同一般，那得有非同寻常的威望、成就、胆识、学问、判断力和非凡的性格。这样的人物即使死了，也有镌刻在墓碑上光宗耀祖的谥号。我乃凡夫俗子，没资格和胆量自己给自己加冕，弄个艺名整个字号，只能给自己取个"三不闲人"的绰号了事。

"三不"者，不解释、不计较、不纠结也；"闲人"者，没有装模作样非做不可的事情也。

绰号也算一种定义。

定义很简单，解释却很麻烦。

面对解释这种事，我从来不怕有人说我懒惰。

有人根据量子物理学推算出："影响任意一件事的因素都有一千一百万个。为什么某事会发生，有一千一百万个理由。"别说向人解释一千一百万个因素，即使一个因素也很难解释清楚，即使解释清楚了，也不一定让对方满意。很多事情，哪怕你揣着十万个为什么的答案也没用。不满意的人会永远问下去，直到永远。跟这种人解释，就是无底洞。有些事，不解释反而更好。对有些人来说，不解释就是最好的解释。理解你的人，无须解释；不理解你的人，千言万语一缕风就消失了。

慧能之所以成为禅宗祖师，重要原因是他"不立文字"。

"不立文字"就是不解释，过多的解释反而成了理解的障碍。

在互联网时代，许多解释就是可怕的煽风点火、次生灾害。

172 我们生活在人间，生活在人与人之间，沟通是必要的，但大多数人的沟通仅限于语言、观念和实物，而少有心灵。没有心灵相通，不能同频共振，任何解释都是灾难。与人交往，只要做到真实、真诚、正当，就足够了。不解释就是不受外物干预，彼此之间心灵默契。

人与人之间最可怕的是"不理解"。维特根斯坦认为，他人对我们理解的范围表示着我们世界的范围。古人说，知音难觅。但是，世上的人太多，少几个需要解释的人更省事。

人生苦短。每个人的时间都很珍贵。我不想浪费他人的时间，也不愿别人浪费我的时间。我是个自然主义者，宁愿画地为牢，蜷缩在自我世界里自娱自乐。

不解释，也因为我口拙，不喜欢唠叨。沉默是金。"要让人觉得你高明，最好的办法就是免开尊口。"我喜欢与自己对话，自言自语。写作就是自言自语，自己与自己对话的一种方式。

计较，本质上是一种算计。它既是一个数学问题，也是一个人格问题。高某某是个瘦高个儿，除了浓密的头发，全身看起来像个骨架。他鸡脚杆一样的小腿，估计三伏天的太阳都晒不出一滴汗水。他超薄的嘴唇，让人怀疑他一辈子都没沾过荤腥。第一次见他，我就直觉他是这样的人：只要你对他还有一点用，他就会算计你，直到你对他一点儿用都没有。他酷爱算计，连自己都不放过。结果，他把自己算计进了监狱。

我不喜欢计较，因为我讨厌算计。我始终认为，能被你算计的人都是不值得被你算计的人，值得被你算计的人根本就不可能被你算计。但是，我也无法否认，在人类成为万物之灵的漫长历史长河中，算计功不可没。如果不算计虎豹豺狼等猛兽，人类早就被灭了无数次。当然，我在这里说的不是人与动物的关系，而是人与人之间的关系。

对小人计较不了，对君子没有必要计较。从上学至今，我的数学成绩最差。智能手机、电脑功能、大数据虽然越来越强大，可我除了用电脑打字、用手机通话联系，几乎不会用其他功能。技术社会让我们生活便利的同时，也在培养我们精准的算计之心。古今中外，最令男人讨厌的一种女人可能是"心机女"，一旦被贴上"心机女"的标签，这女人算是完蛋了。

纠结，从心理角度来说，是一种性格缺陷。从中医角度来说，是强迫症的典型病状。过度纠结，说明肝、胆出了问题。《内经》云："肝为将军之官，谋虑出焉；胆为中正之官，决断出焉。""肝热病者手足燥，不得安卧。"

从养生角度来说，纠结是因为"三观不正"。因此，纠结是最不划算的事。纠结过去，只能徒增烦恼。已经发生的事不可能更改，除非穿越，而穿越只能在科幻世界里发生。现实容不得你去纠结。未来的事谁也说不准。占卜、算命、预测，在瞬息万变的社会上基本上是扯淡，糊弄人的把戏。我可不想"超前焦虑""透支焦虑"。

很多事情，你以为是在计较他人，其实是在纠结自己，故意苛责自己，跟自己过不去。

有些人之所以再三解释、老是纠结、总是计较，就因为他们太在乎别人的看法和评价，放不下。活在别人眼里的好像不是自我，而是他人。

过去有人说："走自己的路，让人去说吧！"现在有网友说："要死也不要死在别人的嘴里。"

解释、计较、纠结的原因多半是他人，目的多半是自己，为了得到和占有，结果都是无休无止的痛苦和烦恼。我主张知足常乐。任何时候我都有强烈的满足感。特别是钱财，我真怕得到太多，一是担心不该得到的也得到了，二是担忧我身单力薄承受不了。我不是韩信将兵，多多益善。我也知道自己根本不需要那么多。

我特别喜欢寒山与拾得的这段对话。

寒山问曰："世间有人谤我、欺我、辱我、笑我、轻我、贱我、恶我、骗我，该如何处之乎？"

拾得答曰："只需忍他、让他、由他、避他、耐他、敬他、不要理他、再待几年，你且看他。"

这个世界的纷繁复杂，与喜欢解释、计较、纠结的人太多不无关系。我算不出人与人之间的沟通成本，只想尽可能地降低成本，不给别人添乱，不给自己徒增烦恼。因此，我一直秉持不解释、不计较、不纠结的"三不原则"。

"三不"是我多年努力的结果，"闲人"主要是"麻将事件"的功劳和一位陌生人的关心帮助。我不敢贪功，没有那位做好事不留名的好心人，我只能叫"三不"。我真心诚意地想当面感谢他，可他至今匿名隐身。

我没有什么与众不同之处，跟普通人相比没有本质区别。我与大多数人三观一致。我们都是人，有七情六欲。我从来不认为自己是"万物之灵"。就医学解剖结果来看，人的脑结构并不比蚊子的脑结构复杂多少。因此，我没有什么

175

大不了的事值得解释，世上也没有什么不得了的事值得计较和纠结。

世上有太多无事忙的人。他们最怕没事做。他们喜欢说自己"忙得很"。他们忙乎，与其说是在做事，还不如说在刷存在感。他们以忙碌而自豪，瞧不起闲人。

闲人不是游手好闲没事可做的人，也不是闲得无聊无事生非的家伙。有些人，看起来闲，其实做的事可多了，盯着他人肆意妄为，张家长李家短、背后使刀弄枪、传播谣言小道消息、匿名举报……这样的人不是闲，而是无聊。

真正的闲人，是做自己的事，吃自己的饭，是闲云、是野鹤、是躺在沙滩上晒太阳的老人，是在认真做自己的人。

"每个人都是，或者期望成为，一个闲人。"著名的《闲人》杂志在每期固定的卷首语中都有这样一句话："事实上，闲下来是幸福生活的关键要素。"

我给自己取"三不闲人"的绰号，还有以下几个原因：

1. 为了给山居取个贴切的斋名：三不闲人居。

2. 我想帮助阿宓。我给她起的绰号远多于她给我起的绰号。

3. 鞭策自己，自我批评。三不闲人是我的绰号，也是我的一种生活态度，一个人生选择，甚至是我的一个理想。做一个忙碌的人不难，一部手机就可以让你忙乎得昏天黑地，做一个闲人却没那么容易。对多数人来说，能忍受苦累，可一旦闲下来就受不了。英国作家毛姆认为："做一个闲人需要多才多艺，而且修养极高，或者要有一个与众不同的头脑。"

4. 阿宓的小哥印章刻得不错，我想请他给我刻个闲章，有没有用武之地无所谓，只想留个纪念，名正言顺地揩小哥的油。

有了"三不闲人"这个绰号，我像获了个什么特别大奖，真有飞起来的感觉。我跟阿宓说，如果哪天我长出翅膀，你不要惊奇，当我飞累了歇下来时，请你在我的翅膀上盖个印章：三不闲人。

秋

　　山居的秋季，在春夏秋冬四季里最没有存在感。

　　山居的秋天短暂，是从夏天到冬天的过渡，给我的感觉是，从瑞龙桥这头走到瑞龙桥那头，夏天就结束了，冬天就到了。

　　山居的秋天特别清高，没有萧瑟感。街子古镇的一年四季都郁郁葱葱，花开不败，偶尔看到枯枝衰草，好像也跟季节无关。

　　山居的秋天特别宁静，鸟儿没有了踪迹，度假的人大多回到了来的地方。在他们看来，山居的秋天没有风景。

　　坐在书房里，视线所及的邻居只剩一家。

　　在绵绵秋雨的淋漓中，雨棚、房顶、玉兰树和花园地面都发出了它们各自的声音，滴滴答答，窸窸窣窣，噼里啪啦。它们从早下到晚，把天都下矮了七分。

　　早餐后，我在三楼平台上欣赏晨景——飘逸着雾岚的凤栖山像水墨画般地青翠，细雨里的邻居家清晰可辨，靓丽的花草树木，湿漉漉的小区道路，有喷泉、天鹅雕塑和锦鲤的水池……整山居的秋天特别清高，没有萧瑟感。

个上午，我被秋雨困在书房里看书、戳手机、在电脑上写作。

为了山居的蓝天，我一点儿不在乎被困在家里。我喜欢用手机拍山居秋天的蓝，那是一种让我不惜沉溺其中无法自拔的蓝，一种清空了天上所有的东西和杂质，包括日月星辰的蓝。我用手机拍凤栖山、笔架山、瑞龙桥、花草树木、山居水池、鸟儿和行人的时候，喜欢把蓝天作为背景、底色和主角。翻看照片的时候，我喜欢颠倒过来欣赏。

如果航拍街子古镇，秋天是最佳季节。

空中俯瞰的街子古镇，是一件宏大而美丽的地景艺术：纵横交错的川西民居建筑群，凤栖山减肥成功似的清新壮丽，行人蜂蝶般穿梭出入于街头巷尾，瑞龙桥、字库塔、味江河、横渠……银杏广场上的每棵千年银杏都是一幅杰出的油画。味江充满了平静的力量。鸟儿成了以蓝天为背景的移动风景。漫步在蜿蜒的康道，徜徉于碧波荡漾的味江河畔，你会成为地景艺术的一部分……

天堂很远，街子很近

　　第一次听说街子这地方，我就忍不住瞎想，取这名字的家伙，不是懒，就是马虎草率，有敷衍塞责的嫌疑。街子，这么平常的两个字，怎么能作为一个千年古镇、一个国家AAAA级景区的大名？随便找个算命先生，也不会取这么直白的名字。即便"街子"是老祖宗给取的流传下来的古老地名，也应该与时俱进，像那些明星主播一样改个名字，精心取个"艺名""网名""微信签名"什么的，也好给广大游客一个面子。毕竟出了名，成了风景区，不说尊重游客，就是为了当地经济发展，也应该取个响亮的名字。如果有人问我在哪里，我说在街子，会让人以为我在随随便便的某个地方逛街呢！我虽然还没有根除虚荣心，但也不好意思这样说：我正在著名的风景名胜街子古镇旅游！

　　我查阅了一些资料，五代时期，这地方叫"横渠镇"，南宋时期叫"四界镇"，新中国成立后叫"街子乡"。由于战乱，明万历二年（1574年），繁华的小镇只剩下沿河一条街道，当地人常到街上赶集，就有了"街子场"之名。为什么叫"街子"，百度百科、网友和相关书籍都语焉不详，连胡编乱造的传说都没有一个。

有一天，我问街子土著虎哥，他放下酒杯，气呼呼地说，你这人就是好奇，疑心重，啥子都想搞清楚，喜欢刨根问底，钻牛角尖。一个小地方，哪有那么多讲究？我们当地人都叫街（gāi）子，而不是你们叫的街（jiē）子。小时候，方圆十里，离我们最近的只有这么一条街，最好玩、最热闹，我们买东西卖东西、下馆子、喝酒、打牌，都在这里。我们平时说上街、赶场，在街上，都懂那是什么意思。我们小镇人，只说最顺口的话，就像招待客人，只拿最好的东西。我们从小到大都喊街子，街子场。街子是姓，乡啊镇啊场啊古镇啊，都是名。街子，也许是我们喊习惯了的，喊顺口了的，约定俗成吧，谁知道呢！

虎哥耿直、率性，快人快语，直言不讳，天大的事，大手一挥好像就没有了。虎兄的脾性，就像街子古镇一样朴实、坦诚、敞亮、四季分明，即使有藏匿，也不过三五层楼的高度，一两百米的深巷，几米的落差。虽然少了神秘感，却没有装模作样、装神弄鬼的东西。这就是街子人的性格特征和生活态度。

街子名称的由来，虎兄的说法也许不是最权威的，却可能是最靠谱的。有些事永远搞不清楚真相，有些事也没有必要搞清楚来龙去脉。

街子是一个方言词。词典是这样解释的，街子是对市场、市集的称呼。《云南志略·诸夷风俗》（元·李京）记载："市井谓之街子，午前聚集，抵暮而罢。"我在网上搜索了一下，全国以街子命名的乡镇有十多个，仅四川就有三个"街子镇"。

崇州市街子古镇比较低调，几乎不大肆宣传，甚至有点不屑宣传。就像她的名字"街子"一样，主打的就是一个顺其自然。也许，这就是街子气质，随性、率真、自信，管你们怎么想，老子偏要这么叫，就一个名字而已，叫什么真有那么重要吗？

一个地方好不好，跟名字无关。有人愿意来就好，没有人喜欢来就有问题。"山不在高，有仙则名；水不在深，有龙则灵。"就像阿宓所说的那样，天堂太远，街子很近。

有一次，钟哥到街子古镇玩，我步行到他入住的惠丰酒店看他，我们喝茶聊天到深夜十一点半，离开时，我有点担心回家的路，黑咕隆咚，关门闭户的。从酒店到家，步行也就十来分钟，但第一次一个人深夜回家，确实有点心虚。我曾经在小镇上工作生活多年。在我的印象里，入夜后的小镇，就像醉眼蒙眬，清风雅静，走在小巷里，连自己的影子都看不到，而自己的脚步声却异常响亮。刮风下雨的时候，一个人根本不敢出门。

那时候不敢出门还有借口，现在不敢出门，不是矫情，就是真胆小。可我宁愿矫情，也不想被视为胆小鬼。何况到处都是天眼，无论做啥事，天老爷都看着呢。我那天深夜敢一个人步行回家，还有一个底气：熟门熟路。我和阿宓平时买菜，来回的路线都一样，从朝阳路到万寿街、天顺街、魁星路，惠丰酒店侧门是必经之地。

从惠丰酒店侧门出来，出乎意料的是，我没有坠入黑夜，而是走进了灯火辉煌。这条名叫"魁星路"的小巷，白昼一样，民宿、客栈、主题酒店、雅兰居的每扇门窗都一清二楚。玻璃墙上的文字，让我感到格外温暖：我们为您准备浪漫，您准备好了吗？在这里的每一分钟，都是与众不同的感受。在梦幻般的灯光里，漫步在锃亮的青石板路上，廊檐、门脸、花格窗棂、兰花、多肉等等，一步一景。每扇门每扇窗都像关闭着，又像敞开着。这时候，我才发现，街子古镇是开放的、包容的、好玩的，无论白天黑夜，无论过去现在，它都在笑迎古今四方。

进哥把街子古镇誉为"中国青城·贵妃故里"。根据他的考证，杨玉环5岁时，她的叔叔杨玄璬把她带到了蜀州，她父亲杨玄琰时任蜀州司户，她13岁那年才去的洛阳。当时这一带有两个县，灌县和青城县，灌县管辖的主要是平坝地区，青城县管辖的主要是山区。整个青城山都属青城县管辖。青城县衙就在现在的街子古镇上。安史之乱时，杨贵妃随唐玄宗流亡蜀中。据民间传说，杨贵妃并没有"六军不发无奈何，宛转蛾眉马前死"，而是被藏在了现在的凤栖山上的光严禅院（当时叫古寺）里寿终正寝的。

一千多年前，诗人唐求选择在此隐居。八百年前，陆游在这里流连忘返，吟诗作词。街子是北宋农民起义领袖王小波的故乡。我估计，街子古镇的外来人口已占大多数。2024年春节期间，街子古镇接待游客超过55万人次。

薛大哥是北方人，六〇后，主要从事文创产业，原在深圳工作。我们在喜悦酒店喝茶聊天时，他说他第一次来街子古镇旅游就毫不犹豫地留了下来。他在街子古镇已经定居六年多。他租了一栋有六七个房间的四合院，租期二十年。他花了不少钱装修，主要用来自住、做文创工作室。看到他脸上洋溢的幸福和满足，我也被感染了。

邵帅是九〇后，内蒙古人，在成都念大学，毕业后留在成都创业，在街子古镇恋爱、结婚、置业，把父母和爷爷都接来街子古镇养老。

我不知道还有多少这样的街子古镇新镇民，他们偶然来到这里，然后被这个地方深深地吸引，再也不想离开了。

佳君请我们在蜀味斋吃牛肉宴，我们八个人都是街子古镇的"外来户"，蜀味斋的三位股东也不是本地人。这家以牛肉宴为主的餐馆，装修古朴，文化味浓厚，餐桌以方桌八仙桌为主，一进门就能看到刻于大堂墙上的佳君撰写的《蜀味斋赋》。这里食材新鲜，又价廉物美，人均消费几十元，享受的却是美味的牛肉大餐。

微信签名叫"小羊"的是仁寿县人，中医，会针灸、按摩、理疗，他在街子古镇磨坊街上开的弘民康疗已经18年，治好了无数面瘫、关节病患者，深受镇民信赖。"光头锋"是成都简阳人，在街子古镇上开了3家服装店。"牛牛"是蜀味斋的合伙人。"青城山马椅子"是竹文化非物质文化遗产传承人。"我愿做条鱼"在街子古镇经营理发店将近10年了……

他们都是外地人，却实实在在地变成了街子人，在这里生活、工作和创业，把自己和家人、朋友融入了街子古镇的春夏秋冬。他们的事业做得不算大，却过得很踏实，很知足，听他们的言谈、看他们脸上的笑容，有一种"安居乐业"的悠然。

街子古镇有许多凡人，也有不少奇人异士。遍游山川尝百草、能辨识两千多种中药材、专治疑难杂症的夏大师，少林达摩易筋经三十四代传承人延钦，街子古镇的首席裁缝、蜀绣非遗传承人、做得一手拿手川菜的叶小慧，来了街子就不想离开在古寺村种白茶的兰妹……当他们发现街子这个宝藏地，便毫不犹豫地留了下来，将自己的爱好和特长与这里的山水人文进行了完美的融合升华，成了现代"修仙者"，为街子古镇平添了几分神秘感和诱惑力。

大多数古镇就是一个卖场，跟菜市场的性质差不多，区别在于广告宣传、商品的种类和收拾得是否干净整齐。而街子古镇却给我一种特别感觉，她始终清新而独立，在这片山清水秀的大地上，鹤立鸡群般存在。一个小时就可以从城市到乡村，从喧嚣到清静，从忙碌到悠闲。她是城市与乡村的连接点和调节器。她没有被城市所吞没，也没有被深山所掩藏。她同时享受着城市和乡村的福利与方便，却规避了城市和乡村的短板与缺陷。

如果动植物在与人类争夺生存空间，那到街子古镇就止战了，向西属于大自然，向东属于人类，也就是城市。

如果问我为什么喜欢街子古镇，我最想说的就两个字：

氛围。那种充满了人间烟火味的生活氛围，水墨洇染出来的艺术氛围，只有徜徉其中才能体会到的感觉氛围。

每次经过糖人摊，我总是下意识地放慢脚步，不是想去转个糖鸟来吃，而是小时候的记忆使然。我不知道街子古镇上的糖人是不是非物质文化遗产，但我坚定地认为，那是"甜蜜的事业""快乐的艺术"，糖人不是做小生意的小摊贩，而是一位与众不同的艺术家，正在创作"吃艺术""甜艺术"的行为艺术家。他让我明白：艺术是可以吃的，而且很甜、很美、很快乐。孩子每次吃下栩栩如生的糖鸟、糖花、糖龙，也许，就完成了一次快乐的民间艺术传承！

一只穿灰色毛衣的猫

昨天傍晚上楼回家，一只灰猫不声不响地跟着我们，毫不客气地进了咱家。我不喜欢养宠物，但对猫从来没有反感。

猫是靠形态风度吃饭的动物，相当于走 T 形台的模特儿。一张圆脸蛋，毛茸茸的，镶嵌着亮晶晶的猫眼，可爱得让人没法讨厌。无论是白猫黑猫，还是灰猫黄猫加菲猫，它们的步态无一例外地优雅、高贵。貌若天仙的模特，也得向猫学习，走猫步。如果必须把动物全部逐出城市，我认为，猫应该排在最后。

可我始终没弄明白，小小的猫是如何走出贵族气质、领导气派、王者风范和天才般自信的。无论是在大街上在公园里，还是在小区里在家里，猫从来就没有怕过谁。它们认为自己长大了一定是一头大老虎。

猫的叫声特别让人印象深刻，想跟你亲近时喵呜喵呜地嗲叫，叫得让你立马放下手机，把它抱在怀里。我听到过惊心动魄的猫儿叫春，我看到过猫儿护食时龇牙咧嘴凛然不可侵犯的可怕样子，我还见识过猫捉耗子时异常专注的职业精神……据说，猫有九条命。

秋

跟这些优势相比，马虎的"猫洗脸"、欲盖弥彰的"猫盖屎"等缺点就不值一提了。

　　可这只穿着灰色毛衣的猫是谁家的猫？它是一只家猫、野猫、宠物猫，还是流浪猫？我们家没有安装猫脸识别系统，手机里也没有猫语翻译软件，所以搞不清楚这只灰猫的身份信息，它跟着我们有什么目的和诉求。

　　这只灰猫第一次光临咱家，一点儿没有违和感，一进来就在咱们家的客厅、厨房和书房里逛了一圈，好像在参观考察。我从来没有养过猫，不知道它要干啥。把它赶走，觉得不礼貌。留下它，又不知道该怎么招待这位不速之客。

　　阿宓认为，灰猫饿了，在找吃的。你看它凹进去的肚子。

　　她曾经养过一只宠物猫，比较了解猫的性情。

　　灰猫紧贴着我的脚后跟亦步亦趋，要与我亲近，我只好贡献出我心爱的葡萄干，放在客厅门边的地板上，灰猫凑过去嗅了嗅就不屑地离开了。我找出一只从咱们饭桌上退休多年的瓷盘，从冰箱里拿出中午剩下的回锅肉，挑了一块放在瓷盘里，灰猫兴奋地跑了过来，又快速转身离开，回锅肉只是比葡萄干被灰猫多嗅了几下而已。

　　阿宓说，猫不能吃咸的，吃咸了要掉毛。

　　我就用热水把回锅肉涮了涮，又把盘子洗干净，可灰猫仍然没有给我一点面子。我又挑了一些中午蒸的老南瓜，灰猫仍然不吃。

　　灰猫觉得我一点儿不理解它，断然抛弃我，黏上了阿宓。

阿宓认为，这是一只宠物猫，可能被主人抛弃了，成了流浪猫。

这么漂亮的猫怎么会被主人抛弃，又怎么会成为流浪猫？这比留美博士成为美国流浪汉还让我难于理解。

我问阿宓，猫吃什么。

阿宓说，猫粮。超市里有卖的。

也不知道我哪来的耐心和爱心，阿宓话音未落，我就自告奋勇地要去红旗超市给这只来历不明的灰猫买猫粮。

第一次买猫粮，我莫名其妙地有点慌张。面对琳琅满目的超市货架，我不知道该去哪个区域找猫粮。我只好鼓足勇气，问一位女服务员，她热心地向我指了指方向，我没多问就迫不及待去找猫粮了。

我毫不费劲地找到猫粮，它们全都放在非常显眼的货架上，有专门的货柜，就像书店里的畅销书柜一样。

我拿起一个大袋猫粮，发现旁边有小包的，就放下大袋猫粮，拿了三个小包猫粮。不是我小气，舍不得多买点，而是说明书上明确说了，一只成年猫一天吃一小包就够了。猫也不能奢侈浪费。如果灰猫做客三天还不想离开，我再来买也不迟。

结账时，好心的服务员问我是喂大猫还是小猫，我说喂大猫。她说我拿错了，我拿的是喂幼猫的猫粮。

来到猫粮货架前，我不再像刚才进来时那么不知所措。我仔细看了好几遍猫粮说明书，最后，我决定买三包喂成年猫的金枪鱼口味的猫粮，花了 15 元 9 角。

刚到家门口，灰猫好像嗅到我香甜的气味，马上撇下阿宓，孩子似的向我奔来。我到厨房，它跟我到厨房。我到杂物间，它跟我到杂物间，好像一刻都离不开我了。我从橱柜里找出一只漂亮的饭碗，经阿宓同意批准，让它即刻退居二线。

我把饭碗放在客厅中间，把猫粮倒进去，我还没把猫粮倒完，灰猫已经耸着背，钻进碗里，迫不及待地狼吞虎咽起来，弄得额头上沾了不少猫粮和油腻，活像嘴角沾了肉渣的油腻男。

阿宓专门给灰猫端了一碗水放在旁边，可它一直没空喝。

我多次叫唤灰猫，怕它噎住了。我想叫它慢慢吃，告诉它没有人会跟它抢猫食。可它把头埋在碗里根本不搭理我，直到把一碗猫食吃得不留一丝痕迹，还把额头上的油腻"猫洗脸"似的抓下来吃掉了。

我和阿宓坐在小板凳上，好奇而慈祥地望着灰猫吃东西。我们第一次接待尊贵的猫客，有点忐忑不安，害怕招待不周。

我仔细观察这只灰猫，给它搞了个微信签名似的简介：宠物猫，纯灰色，中年雌性，饿慌了，有串门蹭饭嗜好，被主人宠溺惯了，临时在咱家做客。

吃完猫粮，灰猫就着旁边的水喝了几口。它嗞嗞嗞喝水的样子，好像二十世纪的乡下老人喝烧酒。之后，灰猫心满意足地用前爪抹嘴、洗脸洗头、挠身子。当我们起身做事

时，灰猫就跟着我们在客厅书房里踱来踱去，好像酒足饭饱后的散步消食。

我以为灰猫被我们热情款待后会主动离开，就虚开门，摆出一副送客姿势，灰猫好像那些懂不起主人心思的客人，根本没有一点儿离开的打算，居然跟着我到了卧室。

阿宓问我收不收留它，我坚决说不。

我从来不喜欢养宠物，哪怕是我非常欣赏的猫。我可不想被宠物麻烦，更不想被宠物控制。我连自己都没养好，怎么能养好宠物？

我一直秉持这样一种生活观：他人的生活仅供参考。我们可以向猫学习，但不能像猫一样生活。

灰猫理解不了我送客的心思，那我就明确告诉它。我把灰猫引到门边，可每次到门口它就拐个弯，无赖似的向屋内跑。一次不理解我的意思，我原谅它。第二次不理解，我也原谅它。可多次不理解，我就觉得它不打算理解我了。我狠下心把灰猫抱到门外，放开它，可我还没来得及关门，它已经在屋里了。我有点生气。它这是要赖在咱们家的节奏。

阿宓觉得它可能还没有吃饱，主张再给它吃一包猫粮。

我说，猫食说明书上写得很清楚，一袋猫食足够一只成年猫一天的营养。

就动物学而言，我与灰猫是同类，相煎不能太急。想到这只可怜的流浪猫也许饿了好几天肚子，为了尽地主之谊，也为了尽快打发它离开，我又拆了一包猫粮。灰猫兴奋地一口气把它吃得干干净净，连头都没抬过一次。

191

第一次看到灰猫额头上沾着的猫粮，我心疼地把它当孩子玩耍时弄在脸上的泥土，只想等他玩够了给他洗个澡。现在看到灰猫贪吃得把自己弄得毛骨悚然的样子，猫在我心目中的美好形象一落千丈。它的吃相太难看了。它让我不得不起了疑心：它有表演天赋，擅长装模作样，喜欢演戏。灰猫的原主人没有教好它，甚至可能虐待它，使它饿肚子。饿不仅会饿扁肚子，还会饿掉优雅、高贵和矜持。难怪有那么多作家嗜好用饿来表达他们的七情六欲。

灰猫终于吃饱了，开始喵呜喵呜地叫，好像在向我们表示感谢。

跟着我们这么久了，它还是第一次发声。

我可不管猫的态度，只想把它赶走，它在干扰我惯常的生活。无论我如何暗示、如何有礼有节地请它出去，它都装聋作哑，不把我当回事。我优雅地打开门，给了灰猫一个被驱逐的不受欢迎外交官待遇。它盯着我看了好几眼，喵呜喵呜嗲叫，好像在求我收留。我俯下身，准备抓住它的脖子，可它一点儿不配合我，喵呜一声，一溜烟就不见了。我不得不开始捉猫行动，从客厅到厨房，从书房到卧室，我俩一本正经地互相追逐，玩起了真的躲猫猫游戏……

阿宓怕闪了我的老腰，求情似的说，随它去吧，不要赶它，把门虚开，我们做我们的事，它要走就走，要留就留。

我可没有阿宓的圣母心。给它吃了两包猫粮，让它在家里待了一两个小时，我们已经仁至义尽。它明天饿了再来，我会继续喂它，哪怕天天喂它也无所谓，但不能让它跟我们同居。

在追逐灰猫的过程中，我已认定它是家养的宠物猫，因为它几乎没有跟我对着干，基本上都是我追它躲；它没有像网络小视频上那些毫无教养的猫，到处乱窜，弄得家里鸡飞狗跳，一片狼藉；它也没有一点儿像老虎要撕扯我的意识，好像懂得我不是要伤害它。

最后，我满身大汗地把灰猫堵在杂物间，按住它的脖子，抓住它的两只前脚，把它抱到门外，又送到下一层楼，相当于十里相送，送客送至长亭外凉亭里。

送走灰猫后，我舒舒服服地洗了个热水澡。

第二天下班回家，阿宓说，她在跟邻居商议安装电梯的事时，才最终确认灰猫不是流浪猫，而是我们单元顶楼廖姐养的宠物猫。因为这只灰猫，我们才晓得住在顶楼上的邻居姓廖。

我们跟廖姐在同一栋楼里生活了近二十年，从来没有串过门，如果在人群中擦肩而过，我们都很难认为对方是邻居。但是，因为这只灰猫，我们确认了彼此的邻居身份，而且还是老邻居。

我想，这只灰猫可能是看不惯我们这些老死不相往来的邻居，要代我们串门。它要成为我们彼此的共同邻居。

阿宓喜欢猫，但她轻易不敢养猫。她说，一旦养了猫，就像领养了小孩子，不得不承担起全部的责任。因为它会视你为它的全部，你也不能对它三心二意。假如要出差或外出度假，如果把它单独留在家中，你就会不放心，无比牵挂。

如果带它一起出行，又实在太麻烦费事，况且，猫也不喜欢陌生的环境。

灰猫来串门，阿宓倒是很欢迎。它是客人，不用为它负责到底。

写到这里，我又开始想念那只灰猫了。

家里还有一袋猫粮，如果灰猫再来，我马上给它享用。我还准备到超市再买点猫粮，以备灰猫再次光临做客。

美丽的小胡从小就喜欢猫。她家里经常出现不请自来的猫。她到公园散步，每次都像磁铁一样吸引流浪猫绕在身边，赶都赶不走。别人是在遛狗，她好像是在遛猫。

我问她为什么喜欢猫。

她说，因为比较。

我问，跟谁比较。

她说，跟人比较。

说完，她咯咯咯大笑起来，那笑声格外清脆响亮，发自丹田，从唇齿含香的口中出来，意味深长。

每当看到猫，我脑袋里就像有个软件被启动了，我和小胡对话的情景和小胡爽朗的笑声就开始反复回放。

依 赖

一夜的雨就让山居的气温骤降至 13 度，真是一雨成秋啊。

我以为从夏到秋，会有一个缓冲期。事实却是一转眼的事。昨天还有 30 多度，一下子就腰斩了，掉下来 10 多度。从夏到秋，也就是一场雨几阵风的事。就像一个人的衰老，往往不是渐进的，而是一瞬间的事。

阿宓说，对一般人来说，不管是老年人还是年轻人，变老，只需要一件小事，甚至一次不足挂齿的不愉快。但是，总有一小撮人，没有时间变老，一直保持着强劲的生命力，因为他们有一颗年轻的心，始终做着自己喜欢的事。

她把人分为两类，一类人害怕与别人不同，害怕变成异类，这一类人占绝大多数；一类人害怕与别人相同，害怕淹没在芸芸众生里，特立独行，一心只想做自己，追求与众不同，这一类人属于少数派，只有"一小撮"。

我觉得自己在较大的事情上、在大部分时间里属于"一小撮"，但是，在山居，面对大自然，我却喜欢当"众人"。

为了向秋天表示尊重，在山居散步时，我穿上了长裤和外套。

这是入秋以来第一次换掉夏装。

行人也换装了，换成了秋装。小区里的花草树木也换装了。金桂有了温暖的色彩。天空换了一身灰色的厚棉衣。

无论如何挽留，都留不住夏季的消失；无论如何抗拒，都抗拒不了秋季的到来。这就是变化的力量。

因为变化，我感觉到自己时时刻刻在死去，时时刻刻在新生。

所有被断言的东西，在变化面前都不堪一击。

在变动不居中，是随波逐流，还是做中流砥柱，这不是个体能够选择的问题。

我记忆里的过去变了，变得模糊了，变得无足轻重了，变得虚无缥缈了——寒冷的雪花、倒春寒、闷热、烦躁、疫情、离别、滥酒、情绪低落、打麻将、挣扎、痛苦、不安、快乐、拉黑我的网友、盯了我好几眼的哈巴狗……曾经以为刻骨铭心、一辈子忘不了的人和事，全都烟消雾散了。

与其说大自然是在变化，还不如说大自然在重复，一年又一年地重复着春夏秋冬。真正的变化是人，是人类社会。我没想到，我会经历农耕文明、工业文明，更没想到，我还没有完全适应信息时代，又进入了智能时代。

初秋的山居特别适合遐想聊天，无论说啥想啥，在凉爽的空气里都不会感到汗颜，那高远的天空完全容得下我们的胡说八道，小花园、大板桌、三角梅也不会跟我们计较。

如果人形 Chat GPT 陪我们聊天，谁都不会觉得这有什么奇怪的。机器人代替我们进入极端恶劣的环境中从事挖矿、排爆、消毒、探险等危险工作，帮我们除暴安良，捎带我们上天入地、探索宇宙，所有的人都会欣然接受，认为理所当然。当机器人替我们写论文、帮我们应试，我们的态度和看法就不那么一致了。

如果有一天，无所不能的机器人替我们把所有的事都做了，那人还有用吗？我们应该做什么？我们还能做什么？人与人之间还剩下多少彼此需要的东西？我们人类存在的价值和意义何在？

也许，人类发展史就是人类主动放弃主权史，特别是科技日新月异的现在，我们高高兴兴地把走路的腿权放弃给汽车、火车、飞机、轮船等交通工具，把方向感随便放弃给GPS、北斗导航系统，把学习的主动权放弃给手机，把知识储存权放弃给芯片……机器人帮我们学习，我们就学富五车了吗？机器人陪我们聊天，我们就不孤独了吗？机器人替我们打仗，我们就胜利了吗？机器人替我们去死，我们就永生了吗？

我不担心机器人毁灭人类，可我担心机器人对人类的威胁：人对人的需求越来越少。手机、电脑、互联网、游戏、Chat GPT等高科技产品把人与人之间的距离越拉越大。无法想象"人不再需要人"的社会是怎样一个社会。机器人把人变得越来越娇贵、脆弱、无能。机器人太有用了，是不是意味着人太无用了？机器人在不断进化，是不是意味着人类在不断退化？人类在安逸好玩的生活中会不会不知不觉变懒变蠢变得萎靡不振？

2022年1月的某天，美国一架F35C在降落航母甲板时，不幸掉进海里。据说，原因是中方电子侦察船紧随航母编队，导致美方不敢打开雷达。飞机起降原本有电子雷达辅助导航，不需要人工操作，这样就大大提高了飞机在航母上起降的精准度。雷达一关，起降就必须要靠飞行员手动操作，于是，一个不小心就掉落海里了。这跟我们平时用惯了手机、电脑，一旦需要用笔在纸上写字时，经常写不出字、写错别字越来越多，道理是一样的。

在电子信息对我们影响越来越大的今天，生活确实越来越便捷，但是，我们的很多能力在逐渐丧失也是不争的事实。一场洪水、一次大面积停电，我们就可能陷入举目维艰的艰难境地。

有一次，山居小区1号环网柜发生爆炸，凌晨一点钟突然停电。物业说，因为要更换变压器机柜，电力公司正从成都市区调货过来，加上安装，恐怕需要24小时才能正常供电。

在山居第一次遭遇停电，我们有点不知所措。我们没有一点停电的心理准备。家里也没有蜡烛、手电筒。我们不敢随意用手机电筒。早晨起来，没有热水用。电灯、电饭煲、电水壶、冰箱、空调等家用电器和电脑、手机等电子产品都成了摆设。我们上街吃早餐，到凤栖山脚下的林地散步，在横渠岸边闲逛，等电来。

在山居，我们可以整天不用电，但是，没有电却是另外一回事。有些东西，只有在失去的时候才会发现它的重要性。停电，就是一次提醒和警示。没有电，世界就消失了。没有电，就没有网络信号，手机电脑用不了，窗帘拉不开，智能马桶用不了，抽油烟机用不了，电热毯用不了……我发现，没有电，99%的事都做不了。电，让我们成了真正意义上的现代人。我们与电的关联度远远大于与人的关联度，我们可以离群索居，却无法离开电，离开人可以成为隐士，离开电就成了原始人……

日本的矢口史靖导演曾拍过一部灾难电影《生存家族》，讲述的就是突然大面积停电后，一个普通家庭的求生之路。全城停电一两天，问题似乎还没那么严重，可停电一周以上，所有的问题便出来了：所有的家用电器失效，水厂无法正常供水，银行、公交、地铁、政府、企业、机场停摆。所有要用电的，统统都不能使用。出门，除了双腿就只有自行车，因此，自行车成了紧俏品。电子支付不能使用，只能用现金。没有网络，手机没电了，通信中断……城市停摆了，要想活命，只有住到乡下去。只有广阔的乡间，受电力影响小一些，人们还能勉强正常生活。

当时，我们俩看这部电影时，被导演切入的点所震撼。我们今天所有的一切都是建立在有完备的电力保障的基础上的，要是真像电影中描绘的那样，两年没有电，我们恐怕又得回归原始社会的生活了。

现代人在拼命追求独立自主，不可否认的事实却是，现代人的依赖性越来越强，依赖的东西越来越多，没有汽车就寸步难行，没有手机就生不如死。尤其是人工智能的广泛应用，甚至我们在一些重大战略战术决策上都越来越依赖这种高集成度的具备大数据分析能力的人工智能系统。许多事实证明，人工智能给出的答案和方式，确实比人类自己作出的判断更精准更合理。人工智能比我们自己还了解自己。

我们依赖电、依赖煤气、依赖干净的水、依赖清新的空气、依赖网络信号、依赖 ICU 苟延残喘……噪声受不了。雾霾受不了。冷受不了。热受不了。层出不穷的病毒让我们更趋衰弱。一个眼神就可能改变我们的一生。一句名言就可能框定我们一辈子。偶像在为粉丝活着。粉丝在为偶像活着。我们都为流量拼搏。我们在惊恐万状中随波逐流。我们正在变成一组又一组数据。我们一出生就开始一点一滴抛弃自我，直到一点儿不剩……"生于忧患死于安乐"，孟子的预言在当下应验了。

200　　　人类用无数事实证明了自己的不平凡。我们上了月球。我们窥探到了无数的宇宙秘密。我们可以用四壁、门窗、空调营造一方清凉。我们可以站在窗前，无动于衷地打望窗外。我们可以屏蔽我们不喜欢听的声音、不喜欢见的人。我们拥有足不出户就能生活一辈子的地方。我们可以用手机、电脑搞定一切。我们可以无视四季轮回……

这不是人定胜天，而是我们有了更多的依赖。依赖不是懦弱。依赖把人类联结在一起，抵御孤独、恐惧、绝望和深渊的凝视。

我是一个见过猪跑吃过猪肉的人

    想到自己吃了几十年猪肉，却没有为猪写过只言片语，反而动不动拿猪开涮，就深感内疚。我从来没有吃过人，也没有人给过我钱财，我却一直在写人，这对为我的成长和生活做出了无私奉献无数牺牲的猪而言，极其不公平。因此，我决定抛开一切，为猪写一篇小文，以示感谢感恩，即使猪不会读，也读不懂。

    在商代甲骨文中，"家"字由两部分构成，上面部分是房屋，下面部分是猪，也就是说，有房有猪才算得上"家"。百度百科对家是这样解释的，"家的含义与猪这种动物紧密相关，指眷属共同生活的场所"。早在新石器时代，中国人就有了养猪的习惯。目前，中国是世界第一养猪大国，生产量占全球 50% 以上。在养猪食猪肉方面，中国人与西方人达到了高度一致。据世界权威消息，几十年来，全球生猪出栏量一直呈上升趋势。据国家统计局公布的数据，2022 年全年生猪出栏 69995 万头，猪肉产量 5541 万吨。因此，与人关系最悠久最密切的动物是猪，没有之一。现代医学的成功案例证明，猪是人体器官移植供体的最佳动物之一。

    在我的脑海里，有三头猪的印象最深刻：

1. 王小波的《一头特立独行的猪》。这头猪不仅特立独行，而且智商爆棚。"一百人也治不住它。狗也没用：猪兄跑起来像颗鱼雷，能把狗撞出一丈开外。谁知这回是动了真格的，指导员带了二十几个人，手拿五四式手枪；副指导员带了十几人，手持看青的火枪，分两路在猪场外的空地上兜捕它。"饶是如此，王小波的这头特立独行的猪仍然成功脱逃。

2. 奥威尔的小说《动物农场》里带头造反的猪老大，它率领一帮动物把农场主佛伦斯赶出了自己的农场，造反成功。作为既见过猪跑又吃过猪肉的我来说，人类在猪前的这次溃败让我痛心疾首，有一种被愚蠢打败的挫败感和屈辱感，就像劣币驱逐良币，刺激出了我要表达人类愤怒的强烈冲动。

3. 汶川地震的幸存者"猪坚强"。"猪坚强"在猪类历史上创造了无数个几乎无法超越的奇迹和第一：唯一一头有名有姓的猪，寿命最长的猪，名气最大的猪，最励志的猪，给人类精神力量最大的猪，对人类影响最大的猪，得到人类最多关爱的猪，待遇最高的猪，比普通猪多过了十多个猪生，后半生生活得最幸福的猪，从来没有被那么多人服侍过的猪，生前享受荣华富贵死后哀荣无数的猪，被誉为猪界英雄……

百度百科还专门为这头猪编辑了比许多明星还内容丰富的词条：

猪坚强（2007年—2021年6月16日），小名"36娃儿"，原是四川省彭州市龙门山镇团山村村民万兴明家的一头大肥猪。因在"5·12"汶川地震被埋废墟36天后获救而知名，后被建川博物馆收养。2021年6月16日晚10点50分，"猪坚强"因年老衰竭离世，随后被送出四川省建川博物馆做成标本。2022年5月12日，"猪坚强"标本回到建川博物馆正式对外展出。

中文名：猪坚强

死亡时间：2021年6月16日22时50分

成名原因："5·12"汶川地震中被埋36天仍然存活

主要荣誉：2008年感动中国十大动物。

据有关新闻报道：2009年1月21日晚，在成都市劳动人民文化宫梦想剧场举办了一场"猪坚强"版草根春晚，晚会播放了在建川博物馆拍摄的猪坚强获颁2008年感动中国十大动物奖的MV，16名演员还表演了音乐剧《猪坚强36天的故事》。2022年，86岁的艺术家韩美林用他的画笔，将当年在废墟中顽强生存了36天的"猪坚强"栩栩如生地再现于纸上。2011年2月16日，深圳华大基因研究院的科研人员对猪坚强开展耐受性相关分子机制及健康检查研究，获取其耳组织带回华大基因。5月12日，科研人员采集其组织培养出成纤维细胞，并采用手工克隆技术对其体细胞进行胚胎克隆，恰巧在5月12日将克隆胚胎移植入两头健康的代孕母猪体内。经过110天的体内胚胎发育，代孕母猪分别于8月31日和9月2日在华大基因惠州动物实验基地生下两窝共六只"小猪坚强"……

我没吃过这三头猪的肉，却得到了它们先知般的启示：

1. 只要出了名，猪也能过上人上人的生活。

2. 猪也有权活下去。猪不想死，猪有着对生的强烈渴望，对生的强烈渴望让猪完成了一次难以想象的自我超越。

3. 猪也能绝地反抗。

4. 猪也有追求平等的意识、坚强的意志和不屈不挠的勇气。

5. 猪也懂得自由的重要性。被人类驯化了上万年的猪，一旦获得自由，会长出獠牙，变成皮糙肉厚力大无穷的野猪。我观察过被关在笼里的野猪，它们可怕得堪比藏獒。

6. 三头猪改变了我对猪的认知，转变了许多固执而陈旧的猪观念，让我进一步理解了一些口语俗话，比如，我没吃过猪肉，但看过猪跑。面带猪相，心中嘹亮。猪八戒背媳妇，费力不讨好。死猪不怕开水烫。站在风口，猪也能飞起来。死了张屠夫，不吃带毛猪。人怕出名猪怕壮。无猪不成家，无猪不成冢。不怕虎一样的敌人，就怕猪一样的队友……

我终于相信了英国作家克拉克森在《克拉克森农场》这本书里写的："很多猪能说 40 种外语。最近的一项研究发现，猪能操纵计算机控制杆。它们甚至能认出镜子里的自己。"

在克拉克森看来，要化解邻里纠纷，法庭、教会、当地报纸都没用，非猪出面不可，只要把猪赶到邻家土地上，一切问题迎刃而解。

写到这里，我差点惊出一身冷汗：真没想到猪如此厉害。我过去只知道猪类繁荣，却没有想到猪类也在与时俱进，发展进步，连计算机控制杆都能操纵。我再也不敢小瞧猪了，不敢再说"猪总是猪"之类的浑话了。我宁愿叫某头猪是蠢人，也不叫某个人是蠢猪。

蠢人除了蠢还是蠢，请孙二娘把他拌上作料做成人肉包子都掩饰不住酸臭，可以说尝一尝的用都没有，而蠢猪却把香喷喷的一生都奉献给了人类。

我也终于明白了过去许多百思不得其解的问题：

1.《西游记》为什么要把猪当成四大天王般的主角。大师兄也就是个弼马温，二师兄却是天蓬元帅。

2. 人类之所以嗜吃猪肉，多半是因为猪太聪明，人类梦想通过多吃猪肉让自己变得像猪一样聪明，可克拉克森先生却因为猪的聪明劲儿戒掉了猪肉。"猪到死都不明白，手拿尖刀杀它的人，和给它一日三餐的人是什么关系。"相信这类话的人，一是不了解猪，二是太小瞧了猪。

3. 为什么有房有猪才叫家，而不是其他动物，因为古人认为，在动物界，猪最厉害，至少蠢得最厉害。

4. "猪坚强"充分说明了猪的寿命可达十四年，甚至更长时间。

为什么人类只准它们活半年、一年？

人类为什么允许狮子老虎称王称霸，却把猪关进猪圈？

唯一可解的也许是：嫉妒和恐惧。嫉妒猪的聪明才智，恐惧猪的力量。森林之王的老虎，兽中之王的狮子，至今没有对人类构成末日风险。奥威尔的猪造反成功，王小波的猪在二十几个荷枪实弹的人的围追堵截中成功逃走，已经证明了猪的智慧和实力。

一旦把所有的猪从圈里释放出来，谁敢保证，会不会爆发《猩球崛起》？

人类能不能妥善应对处理来自猪类的威胁？

人类会不会像农场主佛伦斯一样被赶出自己的农场？

假设猪活得像人一样长久，猪文明会不会超越人类文明……一切皆有可能。细思极恐。

小时候，我特别羡慕杀猪匠，一是羡慕他们有猪肉吃，至今还记得他们油腻腻的围裙、笑容和味道。二是羡慕他们有杀猪的胆子、勇气和力量。后来读《范进中举》，印象最深刻的是胡屠户，他根本不把中举之前的穷秀才放在眼里，秀才女婿跟他借钱，他把秀才骂得狗血喷头："你中了相公，就癞蛤蟆想吃天鹅肉，趁早收了这份心！"

即便现在，我对杀猪匠仍然满怀敬畏和感激。

世界上只要还有杀猪匠，我们就有猪肉吃，就不必担心"猪类崛起"。

在准备结束这篇小文时，我再三告诫自己：今后跟猪打交道，特别是跟"面带猪相"的人打交道，一定要小心翼翼，三思而后行。

最后的秘密

每次给阿宓讲我的梦，她总是充满期待地问我，梦里有没有她。

每次我都坦白交代，实话实说：没有。

她便酸溜溜地说，原来我们同床异梦啊。

我就理直气壮地说，你不进来，关我啥事？我从来没有在我梦里竖立"非请勿入"的牌子。那么多讨厌的人闯进我梦里我都没阻止，何况是你？我晚上做梦，哪怕大白天做白日梦，我都手捧鲜花在梦口等你光临，可等了无数个日日夜夜，连你的影子都没见到……多半是你不想进来。我还没有兴师问罪，倒被你倒打了一钉耙？

阿宓不想跟我斗嘴，嘴一撇，做饭去了。

在山居的第一个晚上，我做了一个梦，第一次梦见阿宓。

朋友请我们到某个地方午餐。我一个人先去，吃完饭，我赶到机场时才发现手机和身份证忘在吃饭的地方了，我叫阿宓去帮我拿，理由是我找不到那个地方了，阿宓有那里的微信地址……机场里的所有人都从容不迫，只有我惊慌失措……海潮无休无止地涌动，把所有的陆地变成了海滩，然

秋

后毫不犹豫地逐一淹没，像倔强的石头……梦到这里时，梦里的情景好像信号不稳定的电视机，影影绰绰，我想到拔了引线的手榴弹，我看见树叶在干净的街道上贴地飘飞。之后是嗡嗡嗡的飞机声。来来往往的行人，全都没有面孔。马上登机了，可阿宓还没来。我给阿宓打电话，突然说在六号楼可以复印身份证。你不要着急。阿宓在电话里突然大为光火，大发脾气……我突然意识到，在生活中，遗憾无处不在，不要大惊小怪……我浑身汗水……我受到了花洒的猛烈攻击。汽车的四个轮子在空转。呜呜呜。撕心裂肺。一头咆哮的巨兽。车轮像兽爪，拼命地上挖刨埋葬自己的坑。尘土飞扬。我作诗歌颂自己。我写小说时出卖了自己……

醒来后发现，在梦里根本无法交流，所有的梦没有逻辑和程序，完全是颠倒的、无序的、混沌的。

吃完早餐，我给阿宓讲我的梦。阿宓咯咯笑着为我解梦：这个梦说明你这段时间压力大，没有安全感。别管它，只是个梦而已。

我说，不行。

阿宓严肃地说，你以为你是谁，管得了梦？

我生气地说，你变了。第一次跑进我的梦里就跟我生气，河东狮吼，不听我的话，梦外还批评我。

阿宓威胁说，梦是你一个人做的，梦里的事都是你说了算。谁知道你在梦里是怎么对我的？你信不信，我昨晚做了一个噩梦……你不经我允许，擅自把我拽进你梦里，还诬蔑我河东狮吼，第一次梦到我就损我形象……你睡觉时可得小心点哈……

梦里不知身是客。我感到了委屈。

我们都是梦的客人，进去，还得出来，即使那是你自己的梦。一旦长时间待在梦里，就出不来了。

那晚之后的两三个月，阿宓经常擅自闯进我的梦里。我不得不警告她，我允许你来我梦里，但不准你胡作非为。

阿宓委屈地说，两个相爱的人就应该分享彼此的梦。我真不理解那些分床睡的夫妻。睡在同一张床上，本来就该做同一个梦。你没经我同意就把我绑架到你梦里，我没责怪你已经不错了。嗨，我在你梦里到底怎么样……

我说，你在我梦里比较模糊，像影子一样。希望你继续努力，争取成为我梦里的主角。

209

一天晚上，阿宓又跑进了我梦里，真成了主角，唯一的主角，除了她啥都没有，连我自己都不存在。醒来时，我眼睛都不敢睁开，生怕她从我眼里跑掉。那个梦太美妙了，仿佛美轮美奂的全息影像，我一定要把它记住，牢牢记住。我曾经做的那些美梦，一睁开眼睛就烟消云散了，只囫囵记得做了个模模糊糊的美梦。

阿宓要我坦白交代，她在我的梦里干了什么。

我断然拒绝：不告诉你。你知道，现代科技已经干掉了几乎所有的秘密，科技的触觉已经进入我们的意识，只是还没能捕捉到我们的梦而已……

在能够肆意捕捉人类意识的科幻世界到来之前，梦，应该算是最后的秘密……水至清则无鱼，主要是强调秘密的重要性。

鱼是水的秘密。无鱼的水寡淡无味。没有秘密的世界很无聊……

为了不破坏早餐气氛，我又说，别着急，我会告诉你的。

我向来认为，夫妻之间就应该毫无保留地畅所欲言，否则，藏在肚子里的秘密，很可能发酵成一部长篇小说。

我以"最后的秘密"为借口不告诉阿宓，只是原因之一。

原因之二，梦是不可说不可解的。《周公解梦》模棱两可，需要自己对号入座。《梦的解析》大多牵强附会。梦虽然不可解，但人们总是乐此不疲地解梦。量子纠缠，就是对梦的最新解释。为什么要做梦？最好的解释是《圣经》："我身睡卧，我心却醒。"睡眠是死亡的演练。睡过了头，醒不了，就是死亡。梦是对死亡的反抗。身睡心醒，就会做梦。小时候听大人们说，下半夜做的梦一般是不算数的，特别是天亮前做的梦。白天做的梦就更不算数了，那是白日梦。因此，我们经常骂人，做梦去吧，白日做梦。现代人大多数是后半夜才睡，还有不少人晚上不睡，白天睡。《周公解梦》

《梦的解析》对他们来说已经过时，没啥用了。

其三，梦是无法用语言来准确描述的。虽然梦境在我脑袋里非常清晰，描述梦境时却结结巴巴地说不清楚。我能描述的梦，就那么一些支离破碎的词句和模模糊糊的场景。我认为那些能清晰地描述自己梦的人，不是在撒谎就是在搞创作。

梦里的情景天翻地覆，醒来后的世界却一模一样。对梦而言，语言毫无用处。用语言来表述梦，太局限、太苍白。

梦是一种形象，形象大于语言。我们做梦，只是为了自己，与他人无关，哪怕他人就在我们梦里。

我姐姐多次梦见我。每次梦到我，她都会给我打电话，详细询问我的情况，直到确认我一切安好。一位不太熟悉的朋友也梦到过我。无论是姐姐还是朋友，他们讲我在他们梦里的情景时，我都毫无感觉。

梦本来是真实的，一旦说出口就虚无了。

最让我恼火的是，我根本控制不了我的梦。梦是我做的，好像与我无关。我只是名义上的梦的拥有者。做不做梦，做什么样的梦，都不是我说了算。梦是主体是主角，我只是依附着梦的客体和配角。

做梦，我是被动的，在梦里，我也无法主动。

谁都不需要为梦负责，包括做梦的人。做梦人虽然控制不了梦，但是，梦是完全属于做梦人的。

我相信梦是有意义的，否则，为什么要经常做梦。梦就像人生，永远都有需要勘破的秘密。

梦会在我们身上留下痕迹，比如黑眼圈，心神不宁，疲惫不堪，容光焕发，这些痕迹会融入我们身心，不知不觉地对我们产生潜移默化的影响。

为什么要做梦？因为我们只能靠梦来随心所欲，无所不能。

三天后在山居散步时，阿宓又要我告诉她我做的那个梦，我说我忘了，忘得一干二净，啥都想不起来了。

阿宓狐疑地望了我一眼，笑嘻嘻地说，我相信你。

她这神情，弄得我很紧张，好像突然钻进草丛的小鸟。

但是，我并没有撒谎。我确实把那个梦给忘了。

最容易被忘记的可能就是梦了。我们边做梦边遗忘，最后只依稀记得我们做过梦而已。

秘密不在眼前和表面，而在远方和深处。

世界最深处不是地心和太空，而是我们的梦境。

如果你有了秘密，就赶紧说出来，或者记下来，因为你很快就会忘记。别指望他人为我们保守秘密，因为我们自己都保不住。

博尔赫斯说："我们几乎每天夜里都要做噩梦，我们的任务就是把它们变成诗歌。"

我不是诗人，无法把噩梦变成诗歌，但是，无论做的是美梦还是噩梦，我很快就会忘记它们。

　　我的那些梦都是平庸之梦，记不记得都无所谓。

　　其实，记住梦是很残忍的事，就像医学上"戒断反应"。
但是，没能记住那晚的梦，我仍然感到沮丧。

我有很多缺点

我有很多缺点，但我决定继续坚持，因为有些缺点不想改，有些缺点改不了。

上大学之前，我知道自己一无所知，却满不在乎，因为我的确无知；上大学之后，我发现自己知道的跟不知道的相比，简直是天壤之别。刚参加工作，我觉得自己无所不知，至少认为自己某一天会无所不知。经历了一些人事之后，我就慢慢习惯了自己的无知。现在，我开始享受自己的无知。

无知不是一件丢脸的事。认为自己无所不知才丢人现眼。

庄子在《应帝王》里讲过一个"啮缺问于王倪，四问而四不知"的故事。别说茫茫宇宙，就是我们面对的人、踩在脚下的土地，我们都一知半解。

当然，无知也给我带来了一些副产品，比如骄傲。曾几何时，哪怕是光芒万丈的太阳，我从来不屑一顾，连正眼都不瞧它一下。仰望星空，那得看我的心情，心情好，多看几眼，心情不好，直接把星星月亮打入梦魇。

我三十多年的近视眼，早就成了鼠目寸光，只看得到眼前的事物。我曾经以为自己练过铁布衫金钟罩，有一副金刚不坏之身，后来才发现，阿宓的一个眼神就可能让我崩溃，

214

春风里夹带的一丝寒气也会让我惊呼"倒春寒"。

我一直佩服伶牙俐齿的人。

成功人士几乎都有一个共同点：能说会道。

别说直播间的美女帅哥，就饭桌上的侃哥都能让我自惭形秽食不甘味。我曾经特别纠结自己口拙，多年后才觉得无所谓。嘴巴利索并不等于行动利索。

因为口拙，我正好少说话不说话，践行沉默是金的古训，少了与人发生口舌之争的机会，也少说了无数蠢话、空话、套话、大话、废话，同时避免了解释的麻烦。

口拙成了我喜欢写作的重要原因。我自认为我写得比我说得好，也许，这是老天爷对我口拙的补偿。

我不喜欢某些作家，因为他们的才华和魅力都挂在嘴上。

多年来，给我稍许安慰的是父亲常说的一句俗话：墙上芦苇，头重脚轻根底浅；山间竹笋，嘴尖皮厚腹中空。

215

斯坦纳定理告诉我们：上帝给我们两只耳朵，一张嘴巴，就是要我们多听少说。

有一次我跟阿宓闲聊，谈各自的理想，也就是玩"有了钱最想干什么"的游戏，准确地说，是用"如果……我就……"造句。

我说，如果我有一大笔钱，随便怎么花都花不完的钱，我就买一栋宫殿般的大别墅（或者建一座别墅般的大宫殿）、无数豪车、私人飞机、豪华游艇，去近的地方坐豪车，到远方乘私人飞机或者豪华游艇。请一大群服务员、开车的司机、开飞机的机长、开游艇的船长、做饭的大厨、采购东西的保姆、打扫卫生洗衣叠被的家政服务员、专门的保健医生、打理花园的花工，请一位养生博士当生活管家，请一位获得诺贝尔经济学奖的经济学专家当理财管家……

阿宓问，那你做啥呢？

我斩钉截铁地说，好好享受生活。我有这么多的钱，就该任性，要人服侍，过一种衣来伸手饭来张口的生活。

阿宓说，你想生活不能自理？好手好脚的，干吗要人服侍？我真不明白，你怎么老是想把自己变成生活不能自理的家伙。生活都不能自理的人，还怎么好好享受生活？其实，这种生活完全没有必要去追求。每个人都有可能过上那种生活，你看那些长期生病住院的人就知道了……

如果有人想证明人是健忘的动物，我可以助他一臂之力，因为我就是一个活生生的健忘动物。

216

我亲自经历的大多往事，我都没心没肺地记不住，能记住大体轮廓的事都很少。我的过去越来越朦胧，我对自己一无所知，这都是拜我的记忆力所赐。

如果有人质疑我写的那些不足说道的东西，我都不敢反驳，因为我确实背不出来，哪怕是一句两句。

有些作家，不仅能把自己的作品倒背如流，而且能事无巨细地记住自己祖宗十八代的过往经历和自己自娘胎以来的细枝末节，还每天绘声绘色地秉笔直书，堪比个人"年鉴"和家族"史记"。

想到自己暗淡的过往，我就恨不得马上老年痴呆。我当然也想记住，可我的记忆力太差，跟着"最强大脑"反复练习也没能增强一丝一毫的记忆力，关键是，我连世界记忆力大师编的记忆法口诀都记不住。可有些记忆，却不像地板那样容易清洗干净。

有一篇手机网文说，人是从鱼进化来的，鱼只有七秒钟的记忆。我马上就记住了，写这篇小文时都没有忘记。

这让我对记忆有了新的认识，一是记忆力差是遗传，基因在暗中捣蛋，跟我关系不大；二是记忆力强弱跟我想要记住的东西大有关系。我相信记忆力在自主选择。它一直在掂量这东西是不是它喜欢的、这东西值不值得它记住。因此，我原谅了健忘的自己。

我的经历太平凡，无法烙在记忆里，根本没有记住的必要。值得收藏的不会被遗漏，不值得收藏的，即使藏在保险柜里也没用。我记不住自己写的东西，跟记忆力差有关，也跟它们平淡无趣有关。

窃以为，记住知识只能说明记忆力不错。没有人会说图书馆才华横溢，也没有人赞美电脑学富五车。知识只是知识本身，用的时候才可能闪光，有色彩。

记忆力差也有一个辩证的好处：能够忘掉美好，也就能够忘掉伤痛；没有被记住，就不怕被忘记；曾经的不幸、痛苦、不平都影响不了我的现在和未来。

巴尔扎克说："如果不忘记许多，人生无法继续。"有人说，"小孩子不善于记事是一种福分"。

我也不想给自己的记忆力增加负担，我只给它一个任务：记住他人的好，忘记他人的坏。记住他人的坏，只能让

217

自己痛苦。记住他人的好，却能让自己快乐。我把自己的经历，无论好坏，统统挪进作品里，关在书里。因此，我根本不需要记住它们。

我也相信，每个人的所作所为，老天爷都看在眼里、记在心里，等着末日审判、盖棺论定。每个人只管做事，其他的由不得自己。即使没有老天爷之类的神灵，时间也会为我们打理好这一切。

如果记忆可以遗传，把我们的脑袋变成强大的计算机都受不了。人需要遗忘，世界需要遗忘。

阿宓以为我在学庄子，怕我进入"忘我"之境，把自己给忘了。

我说，你千万不要高看我。别说庄子的"忘我"境界，我现在连颜回的"坐忘"都没达到。我只是记忆力不好，记不住而已。我倒是想通过"忘我"来实现逍遥、自由自在，可我有自知之明，目前修炼不够。

细数自己的某些缺点，我脸不红筋不胀脖子也不会变粗，可说到自己读书少，确实有点不好意思，给自己丢脸不说，也给喜欢我的朋友丢了脸。但是，我读书确实少，真正开始读书也很晚。

从小学到初中，我读的书都是教科书和连环画。高中时除了教科书和连环画，就几本武侠小说和言情小说，读的时候激动万分，过后就忘了，现在连书名都记不得了。上大学后，开始读一些真正意义上的书，可也非常单一，就是文学类的书，更可怕的是，大多走马观花，能看完的屈指可数，因为贪玩，因为要谈情说爱，因为那时候"六十分万岁"，因为懒惰，因为没有发现值得看完的书……

之前不想读书，真想读书时又没那么多时间。

我认真读书是近几年的事。说来惭愧，10 年前，我才惊慌失措地遇见马尔克斯、卡夫卡。四大古典文学名著，我只看完了《红楼梦》。其他三大名著，只看了一半。

我固执地认为，唐僧师徒走上取经之路后就没有看头了。刘备登基当上皇帝之后就不用看了。108 位英雄团聚之后就不必再往下看了（因为狂放不羁的金圣叹只点评到前七十回就戛然而止了）……

我不是说读书不好，只是在说自己的读书爱好。读书是好事，多读书更不是坏事。读书能有效地消磨时光。越古老的书越能让光阴快速流失。一本几千字几万字的古书，就能轻而易举地耗费一个人的一生。

我不喜欢读古书，哪怕是举世公认的经典杰作。一是我不想把自己的一生埋葬在故纸堆里；二是我有一个食古不化的胃，有一双视力欠佳的眼睛，有一颗懒惰的心。无数优秀的中国现当代文学作品，我看过的也就个位数。读外国文学多一些，但跟现在的小学生相比也不值一提。

有一段时间，我非常羡慕学富五车饱读诗书的人。后来发现他们只是有知识而已。因为他们记性好，记住了一些知识，让人以为才华横溢，自己也常常信以为真。其实，他们大多只是在背书、炫耀自己记住的知识，欺负我没读过那些书而已。

219

秋

说句大不敬的话，"读书破万卷"的人多了去了，可没见几个"下笔如有神"的人。

读书少，并非一无是处，比如胆子大。我写作这么多年，都是读书少给我的勇气。我说的和写的都是自己的心里话，人微言轻，也就不怕被关注、被踩到痛脚、被网暴、被质疑洗稿抄袭。我不懂外文，偶尔引用的都是"二手货""三手货"。我的古文底子薄，幸好没人请教我古文的读音字义，否则，露馅事小，不喜欢传统文化可就事大了。

我没本事引经据典博古通今也就不怕给先人们和名人们丢脸。

我乃一介草民，读书少，只可能误自己，即使想误国误民也是痴心妄想。我还有一些偏见：最重要的知识不在身外，而在自己内心。搞社会人文的不像搞理工科技的，不需要读那么多的书。个人体验、感受和感悟更重要……

我不喜欢打扰别人，也不喜欢被人打扰。与人交往，始终坚持真诚、自然、随缘。喜欢某人不需要理由。讨厌某人，一个眼神一句话就足够了。心灵相通不需要解释说明。

我严重缺乏交际天赋，尤其讨厌有目的的交往应酬。

"没有永远的敌人、只有永远的利益""明天会更好""友谊需要时间的检验""朋友是拿来麻烦的""交往多机会就多""海滩上晒太阳的老人""贫穷限制想象力"之类的名言、励志故事，基本上都是扯淡，都是喝多了只会让人虚胖的心灵鸡汤。

我不算幼稚，也不算特别成熟。我早就发现自己是个很难成熟的人。年过半百，我也不打算成熟了，最好是永远都不成熟。瓜熟了，蒂就落了，不是被人和动物吃掉，就是腐烂了被泥土和光阴消化掉。人成熟了，跟瓜的结局差不多。

我是个迟慧之人，后知后觉之人。跟多数人相比，我干啥事都慢半拍、迟一步。也许是我一直生活在"慢成都"的缘故，也许是我有活得比多数人长久的渴望。

我还有很多缺点，比如：固执得好像千年遗老。要么沉默要么说人话。不屑算计。不喜欢跟人钩心斗角。讨厌争东抢西。爱开玩笑。鄙视一本正经。相信一切又怀疑一切。疾恶如仇、爱憎分明、胆小怕事、直来直去……

也许，我最大的缺点，就是始终坚持这些缺点。我认为，我之所以成为现在的我，不是因为我的优点，而是因为这些缺点。这些缺点陪伴了我这么多年，我懦弱得根本狠不下心来抛弃它们。

221

我的优点，他人不一定知道得比我多。但是，我的缺点，他人一定比我知道得多，包括一些人在我背后编派的缺点……就此打住。我倒不担心自己的缺点暴露得太多失去朋友，而是胆小，害怕继续写下去，我的缺点就跟罄竹难书罪不可赦这些成语产生了关联。

打鼠英雄

下班回家，突然发现鼠笼里蜷缩着一只大老鼠。我的第一个反应就是：阿宓刚离开，老鼠就来欺负我了。

我立即把这突发事件电话报告上午才去外地参加笔会的阿宓。阿宓干脆利落地要我做主，随便处置，她五天后回家。"好的。"我刚答应她就后悔了，我真不知道该怎么处置这只胖乎乎的"俘虏"。

胖老鼠蜷缩在鼠笼里，差不多占了鼠笼的三分之一。望着可怜巴巴瑟瑟发抖的硕鼠，我忍不住有点幸灾乐祸。它以为阿宓不在家，就不把我放在眼里，大白天也敢在家里肆无忌惮，真是活该。

我本来有放了它的念头，却心有不甘，即使不计较平时日积月累的仇恨，也得考虑如果它不识好歹，卷土重来咋办。我在书房里抽了五支香烟也没有想到如何处置囚徒的办法。

在动画片《猫与老鼠》的启发下，我想出了一个自以为两全其美的妙计：壮着胆子把鼠笼提到门外。如果被邻居看见就当我们养的宠物。如果它真有本事逃掉，或者它的亲戚朋友胆敢前来营救，我就自掏腰包为它们拍个短视频，让它

们瞬间成为网红。

五天后，阿宓回家看到趴在囚笼里奄奄一息的老鼠，调侃道：我还真以为你捉住了一只大老鼠，原来这么小。

我不容置疑地说，捉到它时真的很大，它是这几天没东西吃饿小的。

阿宓质问我，你答应我处理它的，怎么还要等我？

我振振有词地说，我这不是处理了吗？我把它放在家门外示众，以儆效尤，让它的孝子贤孙知道擅闯咱家的下场，明白我们的厉害。

阿宓撇嘴道，你不要狡辩，自欺欺人，承认自己是胆小鬼吧。

之后半年多，我家再也没有老鼠出没，我得意扬扬地向阿宓邀功请赏：我的处理办法见效吧，而且是长效。

那只老鼠是怎么熬过那五个漫漫昼夜的，细思极恐。自己是不是太残忍？即使囚室里待处决的犯人也有一日三餐，可我连瞅都没瞅它一眼。也许，老鼠具有强大的忍饥挨饿基因。也许，有邻居小朋友把它当成宠物，在喂它饼干、花生、面包……就像我们喂那只流浪猫。

223

第一次在家里发现老鼠之前，我以为老鼠已经在地球上灭绝，至少已经被我们赶出了城市。有一段时间，我确实想不通，朗朗乾坤，灯火辉煌，光鲜亮丽的城市怎么会有老鼠出没？我是城里人，住的都是钢筋混凝土楼房，怎么还不得不与老鼠为伍？

事实残酷地向我证明：老鼠没有灭绝，而且在可预见的未来都不可能灭绝。更让我绝望的是，百度百科上的科考证明，老鼠历史远比人类历史悠久，即使人类灭绝了，老鼠也不大会灭绝。

我们家本来是可以没有老鼠的，原因有三：其一，咱家不是老鼠原产地；其二，平时只要做到严防死守，高度警觉就行了；其三，即使出现了老鼠，只要不择手段不计后果也能及时处置。恼火的是，因为老鼠产自家外，我们能管好家里的事，却管不了家外的事。

俗话说，老虎都有打盹的时候。我们不是老虎，当然不得不经常打盹，比如开窗时忘了关，没有及时发现空调外机管线松动。而老鼠好像随时在家外候着，等待机会乘虚而入。阿宓在厨房做饭时，多次看到老鼠在窗外的防盗护栏上虎视眈眈。阿宓出差那天，老鼠跑来家里，就是因为我没有关好厨房纱窗。

这几年，我们在家里多次发动"人鼠大战"，并及时总结经验教训，至今仍然有输有赢，难解难分。虽然干掉了好几只老鼠，却始终不敢宣布彻底胜利。第一场"人鼠大战"发生在"新冠"疫情暴发前两年。那是一场持久战。我们是正面战，老鼠是游击战。我们在明处，老鼠躲在暗处。如果我们不理不睬，它们就会肆无忌惮。我们关灯睡觉，它们就在咱家撒开脚丫子追逐嬉戏，毫不客气地把咱家当自家。

我们打算用鼠药对付它们，阿宓担心鼠尸烂臭在旮旮旯旯里。我们买的粘鼠板，只能偶尔粘住战斗经验不足的小老鼠，稍大一点的根本粘不牢，反倒让我们不小心踩在粘鼠板上，自己成了老鼠。

我们又网购了智能驱鼠器、电子驱鼠器、超声波驱鼠器等所谓黑科技产品，但是，既没有发现拖儿带女立即滚蛋的老鼠，也没觉得把老鼠赶尽杀绝了。最后，我们决定用鼠笼。事实证明，最原始、最简单、最便宜的鼠笼最管用。

第一次捉住老鼠，是在凌晨。我被一阵啪啪啪的声响惊醒，恍惚觉得鼠笼抓住老鼠了。我正要把这胜利的消息第一时间通知阿宓，突然发现身边无人。客厅里却灯火通明。啪啪啪的响声更大了。我躺在床上喊叫阿宓。阿宓应答着说她在厨房里。原来，阿宓在我之前已被笼住的老鼠惊醒了。躺在床上，我都听得见老鼠在鼠笼里挣扎出的啪啪声。难怪声响那么大，那是一只地道的硕鼠。

阿宓得意地说，她已经判处老鼠死刑，正在准备刑具，马上执行。

我还没来得及起床帮忙，老鼠已被就地正法：用开水烫死。

阿宓说，老鼠脏，用开水烫死，相当于给老鼠的临终洗礼，顺便给鼠笼消毒。

我也觉得老鼠罪孽深重，是应该有个临终受洗的重要环节。

阿宓叫我继续睡觉，现在才凌晨五点。

我心安理得地躺在床上想：很有必要召开隆重的家庭表

225

彰大会，授予阿宓"打鼠英雄"的光荣称号。

咱家的"人鼠大战"，主力军从来都是阿宓，我除了战前呐喊助威、陪她去买灭鼠武器，战前、战中、战后几乎都没怎么参与。安设机关的是阿宓，处理俘虏的是阿宓，打扫战场的是阿宓。阿宓经常叫我胆小鬼，我丝毫不敢反驳。

我擅自挪用某文学大奖颁奖词的口吻突然发声道：古有打虎英雄武松，今有打鼠英雄阿宓。

阿宓以为我在梦癫呓语，不屑道，我可不想当打鼠英雄，要当也得当打虎英雄。

既然确定了奖项，如果没人领奖，我颜面何在？为了把"打鼠英雄"这个奖颁发出去，我第一次给阿宓搞心机上手段，几乎是威逼利诱：我知道你有一身打虎本领，可现在没有老虎供你打啊，即使有老虎你也不敢打。时移世易。现在的老虎都是特级保护动物，打它们是犯法的。你还是先委屈一下当打鼠英雄，将来允许打老虎时再说。

我当然清楚，"打鼠英雄"这个奖项，虽然含金量堪忧，但毕竟是个奖，我相信，一旦对外公开，肯定会有无数人前来争抢……这个奖虽然不是诺贝尔文学奖，可有谁敢做萨特啊……

阿宓是打鼠英雄，我当然就是怕鼠之辈。我怕老鼠，不是跟老鼠有什么不可告人的秘密勾当，更不是想跟老鼠沆瀣一气。我也不是不想打老鼠，不愿帮阿宓打老鼠，而是我天生怕老鼠，就像我的恐高症，名医名药都治不了。

面对老虎狮子我不怕（当然是在动物园里、电视机前，而不是在野外），可遇到老鼠，我确实怕得要命。老鼠是一面镜子，照出了我的怯懦，也照出了阿宓的勇敢。

害怕老鼠，并没有让我感到特别羞愧和自卑。其一，老鼠面目可憎，神出鬼没，破坏力极强，打洞、咬坏家具、传播鼠疫、污染环境，有足够实力值得我害怕。其二，世界上怕老鼠的人不止我一个。据说，普鲁斯特就有老鼠恐惧症。1918 年，巴黎遭到德国人狂轰滥炸时，他跟人说，他害怕老鼠胜于害怕炸弹。其三，说我真怕老鼠也不完全准确。与其说我怕老鼠，还不如说我讨厌老鼠。想到它们长期在下水道阴沟里的黑暗生活，我就忍不住作呕。老鼠是个不堪的隐喻和形容词。看到那些贼眉鼠眼的人，我宁可敬而远之，即使他们得罪了我，我也不屑计较。

每次将入侵家里的老鼠消灭后，家里就会清静一段时间。自从捉住那只硕鼠后，一年多时间里没有再发现老鼠，我估计家里已经没有老鼠，即使有，不是胆子特别大的，就是特别愚蠢的。

在西郊河散步时，打鼠英雄说，成都的老鼠真愚蠢，不及绍兴的老鼠聪明。绍兴的老鼠一般不进屋，它们知道那里有人，有恨之入骨、欲置之死地而后快的人。成都的老鼠总是偷偷摸摸地跑进屋里去找死。

怕鼠之辈说，这说明了成都的老鼠比绍兴的老鼠勇敢。

打鼠英雄说，再大的屋子也没有屋外大，屋里的东西再多也没有屋外多。

227

怕鼠之辈说，老鼠就是老鼠，如果老鼠既聪明又勇敢，就不是老鼠了。

……

我们为绍兴老鼠和成都老鼠的异同争论了三条街巷都没有争论出一个统一结论，看到街头巷尾这么多人，我真想就这个问题搞个民意调查，第三方测评。

我和阿宓也时常纳闷：第一次发现家里有老鼠后，我们一直处于一级战备状态，紧闭门窗、坚壁清野，可它们还是进来了。它们是怎么进来的？难道它们喜欢我们、爱上了我们的家？难道有人专门在养殖老鼠？难道老鼠在欺负我们住五楼，而无能住高楼大厦？

早已厌战的阿宓跟我说：只要老鼠爱干净，不偷偷摸摸到处捣蛋，我们就把它们当宠物来养吧。大多数动物的足趾数都是相同的，只有老鼠是前足四、后足五，奇偶同体。物以稀为贵，老鼠完全有资格成为宠物。养老鼠比养猫养狗养金鱼划算，成本低得可以忽略不计，还不必担心它们吃喝拉撒睡，出差也不必为它们担忧操心……

我质问阿宓：你想休战？就因为你经常说这样的话，被老鼠听到了，它们才争先恐后地跑来咱家，才敢在我们家里胆大妄为。

阿宓好像成了老鼠的辩护律师：你不要老是破口大骂。老鼠也有尊严。古人把老鼠排在十二生肖第一，肯定是有原因的。你也知道那副千古绝对吧：鼠无大小皆称老，鹦有雌雄都叫哥。老鼠也不是一无是处。小白鼠为我们的教学和科研做出了杰出贡献和巨大牺牲。老鼠也是一条生命。它们也要生存……我们与老鼠和平相处吧。

难怪咱家老鼠不绝，原来是有人在发慈悲，想单方面休战。我紧握拳头高举双臂，仿佛顶天立地的英雄巨人，大声道：不。绝不。

我绝不与老鼠为伍。我要跟老鼠战斗到底。我不相信我一个大男人如此无能。这是我们的家。

我虽然干不过像老鼠一样的人，但有信心干掉老鼠。我要为人类尊严和荣誉而战。我要把老鼠统统赶出家门，彻底消灭它们……

我的头发已被阿宓剪短，否则，我将长发飘飘，说不定会成为一面高高飘扬的旗帜。

阿宓好像被我疾恶如仇的如虹气势给感染了，告密似的跟我小声道：老鼠多半藏在客厅的书山里。我敢肯定，它们爱好学习，读了不少书。那天清理客厅里的书时，我才发现我们都没看过的书，老鼠却认真啃过。我们应该善待它们，咱家老鼠可是有知识的老鼠啊。

我恍然大悟：难怪粘鼠板蒙羞，老鼠笼形同虚设，花生米之类的诱饵成了肉包子打狗。原来老鼠在昼夜读书。老鼠在运用书本知识跟我们斗智斗勇。

我查看了一下客厅里的书山，不得不羞愧地承认，那里的书绝大部分我都没读过。看来，要打赢"人鼠大战"，我还须多读点书才行！

我给阿宓讲了一个在网上流传的关于苏联时期的笑话：斯大林在办公室发现了老鼠。他跟加里宁省主席抱怨这事，后者想了一会说："你干吗不立个牌子上面写着：'集体农庄'？这样，一半老鼠会饿死，另一半则会跑掉。"

　　阿宓说，我相信咱们家的老鼠认识"集体农庄"这四个字，但它们能不能充分理解，我却没有把握。

　　老鼠读过书的证据之二是南瓜子。我和阿宓有天散步，买了一个黄灿灿的老南瓜。我把南瓜子抠出来装在瓷盘里，放在阳台的窗台上晾晒，准备晒干后炒来吃。可晒干后还没来得及炒，就被老鼠捷足先登了。让我惊奇的是，老鼠居然只吃瓤，在窗台上留下了一堆比较规范的皮，就像某高人磕的瓜子壳。

230　　望着瓜子皮和剩在瓷盘里的南瓜子，我脑海里禁不住浮现出这样一幅美妙的情景：一只饱读诗书的老鼠，因为思虑过度失眠了，或者因为写多了口水诗而灵感枯竭睡不着，起身夜游，发现我放在窗台上的一盘南瓜子，立即蹲在瓷盘边，用两只前爪配合尖嘴嗑瓜子，一边嗑一边望着天上的星星，漫漫长夜就这样被它嗑过去了……

　　我相信，它在优雅地嗑瓜子时，一定在琢磨"腹有诗书气自华"这句古话的深刻韵味，它不再觉得自己是个失意的诗人，而是星空作家，甚至认为自己不再是老鼠，已经蜕变了成了一只备受小朋友宠爱的可爱松鼠。

　　疫情发生前一个月的一天晚上，打鼠英雄再显神威，在家里干掉了一只小老鼠。那只可怜的小老鼠纯属自己找死。一周前，它就在书房里招摇，在我们眼前刷过一次存在感，好像在提醒我们：鼠年即将到来。我们当时都没太在意，反正家里这么大，我们的心胸也不小，完全容得下一只小老鼠。

有据为证：两个不同型号的鼠笼核潜艇似的摆在客厅里，我们宁愿它们蒙满灰尘也没有想过启动它。我们虽然拥有足够财力网购更先进的灭鼠武器，也没打算斥巨资军购。

那些没被我们严防死守的大米、花生、蔬菜、水果、肉皮等，足以让它一日三餐无忧，即便是啃书，也能活他个十天半月。这些足以证明我们的大度、宽容和慈悲。

阿宓天生没有攻击性，除非把她惹毛了。她素有慈悲心，连跟她没有一毛钱关系、遥不可及的阿富汗都能让她昼夜牵挂。只要这只小老鼠不太过分地招惹我们，即使想在咱家生儿育女，安享一生，寿终正寝，阿宓也会睁一只眼闭一只眼。

从偷吃的痕迹来看，这只老鼠个儿不大，孤单一个。我们按照"三重一大"的标准集体研究过，这只小老鼠很难在咱家发展壮大，养鼠为患这个最糟糕的结果不会出现。然而，昨天晚饭后，阿宓突然发现客厅的橱柜里一团糟，里面有不少老鼠屎、老鼠尿。她刚打开柜门准备清理，那只不知好歹的小老鼠刺溜一声蹿了出来，把阿宓吓得不轻。

这只可怜的小老鼠根本不了解咱家阿宓：阿宓特爱干净整齐，眼里连一丝一毫的小渣渣都容不下，岂能容它？面膜居然被它啃吃了。普洱茶被它咬得伤痕累累。口罩被它撕成了一堆纸雪（现在而今眼面前，啥都可以没有，就是不能没有口罩这个稀缺的防疫物资）……里面没有一件干净的东西。

这只小老鼠突破了阿宓的底线，预示着它的末日即将降临。

上床前，阿宓搬出鼠笼，擦拭干净，用油炸花生米做诱饵，调好鼠笼机关，放在客厅的橱柜边。深夜 11 点钟，我正望着电视机播放的一部正气凛然的电视剧昏昏欲睡，阿宓突然翻身起床：抓住老鼠了。

我还没啥反应，阿宓又飞快地从客厅回来向我通报：老鼠已成瓮中之鳖。就是下午从橱柜里跑出来的那只小老鼠。

我嘟囔说，明天早上处理它吧。

阿宓的气好像还没消完，斩钉截铁地说：马上干掉它。

阿宓的口气，好像在模仿电视剧里的台词：斩立决。

事后，阿宓向我坦白交代，看到那只老鼠盯着她看的样子，差点下不了手，还闪过一丝放了它的念头。我一点儿不可怜那只老鼠，却非常同情阿宓。

自古以来，在人类职业中，唯一没有女性的可能就是"刽子手"这职业了。当"刽子手"本来是我这个大男人的事，不该由好心肠的阿宓去做。

我暗下决心，为了不让阿宓的恻隐之心爆棚放过那些该死的坏蛋，我要勇敢起来，不怕老鼠，今后这些惩奸罚恶之事，都由我来干。

补记：

入住山居担心鼠患的事至今没有发生，这让我既惊奇又纳闷：最应该看到老鼠的乡村没有老鼠，最不应该出现老鼠的城市却经常发生"人鼠大战"。难道老鼠也讨厌乡下生活、迁居城市了？

难道乡村衰败到老鼠都生存不下去了？老鼠的去留是否增添了城乡二元结构的新内容？

这是一个值得在网上热烈讨论的话题，至少比那些娱乐八卦更有实际作用和意义。如果申报社科课题，应该具有一定的竞争力。

再补记：

自从疫情发生以来，家里再也没有出现过老鼠，我准备当"刽子手"的理想至今没有实现。但是，我们仍然不敢掉以轻心，始终在家里放着鼠笼，定期撤换粘鼠板。阿宓多次打算清除鼠笼、粘鼠板，它们在家里有碍观瞻，可都被我及时阻止了。

我说，没有老鼠痕迹的粘鼠板可以证明家里没有老鼠。我们就把鼠笼当灭火器，当警示标志，以防万一。

有一句话在我心里没有说出来：阿宓是打鼠英雄，鼠笼就是英雄奖章，必须存放好。

写完这篇小文，我就忐忑不安地请阿宓审阅，原因有二：其一，她是文中主角之一，亦是主编；其二，我不敢也不能请老鼠过目。

阿宓笑嘻嘻地看完后严肃地说：还行。但不能发表。原因之一，容易引起歧义和误解，有损城市和地方形象。你不歌功颂德也就罢了，可不能拿老鼠出气，更不能把老鼠随便当比喻和象征。原因之二，有损咱家形象。别人看了你的这篇小作文，还以为我们生活在十三世纪，天天在跟老鼠打交道。原因之三，家里跑进老鼠很正常，你这样大张旗鼓地喊"家有老鼠"就小题大做了。最重要的原因是，我嗅到了一种含沙射影指桑骂槐的味道……

　　我诚惶诚恐地辩解说，我写的是非虚构，我最近打算写点接地气的报告文学，准备先从老鼠写起，练练手，做点热身运动，而且，我既没有涂脂抹粉，也没有歪曲事实，更没有不良动机，我只是为了好玩、实话实说、就事论事……

　　阿宓站起身，一本正经地说，写者无意，读者有心。我当然理解你相信你，可他人就未必了。你只是作者，没有解释权，怎么解读是读者的事，能不能发表是主编说了算……

234

　　大学期间，我经常给杂志投稿，几乎石沉大海，因此落下了一块心病，大学毕业后几乎没有再给报刊投过稿。写完《打鼠英雄》时，我有点小得意，本以为把主编塑造成"英雄"，拍了个重量级马屁，加上近水楼台先得月，梦想治疗一下旧疾，结果只得了这番"退稿话"。主编审稿没通过，我只好把它束之高阁。自我安慰道：只要没有老鼠，发不发文章都是小事。

　　今天周末，在家晚饭后，我在电脑里溜达时看到这篇小作文，不无感慨道，老鼠好久没有光临咱们家了。阿宓随声附和道，应该有三年了吧。是不是因为疫情？我说，咱家有打鼠英雄，老鼠怎么敢来？

阿宓居然还记得我写的小作文，她笑嘻嘻地说，你写的《打鼠英雄》有点好玩，可以在网上发啊……

阿宓的这话让我突然有一种"解封""放开"的感觉。我兴冲冲地点开"今日头条"。

醉氧了

一整天浑浑噩噩，一件值得写成小作文的事情都没做。

早上迷迷糊糊地赶场买菜，下午懵懵懂懂地上街取快递，待在沙发上戳手机，打望紫荆花、三角梅、圆鼓鼓的柚子，走了 15817 步都没有把浑浑噩噩甩脱，晚上八点过，我就躺上床，好像病了。

阿苾问我哪里不舒服，我说，哪里都不舒服。

阿苾问我具体哪个部位不舒服，是怎么不舒服的。

我支支吾吾，老是说不清楚。

阿苾摸了摸我的额头，从头到脚把我打量了一番，煞有介事地为我把脉，好像电影《黄连厚朴》里的老中医。

她不容置疑地说：你不是病了，而是秋困，不，是醉氧了。我听小杨说过，她在这里，每天都睡不醒。我也问过度娘，山居每立方厘米有负氧离子 2.8 万至 3.5 万个，而咱们平常居住的地方，每平方厘米只有 100 个左右。

我问咋办。

阿苾说，所有的不舒服，睡睡就好了。

阿苾又说，我们住在这里，一是修身养性，二是清空自己，进入无我状态，三是蜕变出一个新的自我。

阿宓强调说，你得放下贪念，迷糊时就好好地迷糊，不必去贪图清醒。想睡觉就好好睡觉，不想做事就好好欣赏花呀草呀鸟呀，哪怕就是望着天空发呆也行。不争不抢，不紧不慢的山居生活，是我们的调节剂和减震器。

阿宓又强调说，你起来也干不了什么事，干吗不躺下？躺下感到舒服，干吗要起来？我们到山居，不是来找罪受的。在山居，你只管享受好了，什么都不要拒绝，来者不拒，才对得起咱们的山居……

我觉得阿宓不是在跟我说话，而是在给我催眠。我像山居一样进入了安静模式，窗外的路灯、地灯开始恍惚。

斜躺在床上，我决定放过自己。

人类从动物界脱颖而出，成为大自然的精灵，地球的主宰，清醒是最大的功臣之一。但是，人类也因此付出了巨大代价：痛苦。痛苦是清醒的必然代价。与其说人类比动物清醒，还不如说人类比动物痛苦。我们会看到动物的凶残、温顺、挣扎、快乐，但几乎看不到它们的痛苦。

为了摆脱和减轻痛苦，人类一直孜孜不倦地寻求良方。比如，道家的道。以为得道了，痛苦就解除了。比如，儒家的功名利禄。以为建功立业了，就没有痛苦了。比如，佛教的悟。以为顿悟了，痛苦就消失了。

摆脱痛苦的最好办法是：懵懵懂懂、迷迷糊糊、浑浑噩噩。

几乎没有一个关键决策、没有一件大事是在清醒的情况下决定和干成的。理性只能干小事。干大事的，必须冲动。

冲动有惩罚，却有大奖。改朝换代、建功立业是冲动的结果。冲冠一怒为红颜是冲动的结果。李白斗酒诗百篇是冲动的结果……

清醒是一种焦虑。

清醒的代价非常沉重，甚至可怕。

清醒的时间越多，痛苦就越多。懵懂的时间越多，快乐就越多。

我跟他人的差别也许就是我清醒的时间比他们多一点点。

我终于明白了：清醒是对一个人最残酷的惩罚，懵懂是对一个人最大的奖赏。人间清醒是有代价的。拒绝懵懂，就是拒绝快乐！

……

238 其实，我的问题也许是：懵懂得不彻底，清醒得也不彻底。

在我彻底入眠之前，我只希望明天继续醉氧。

你戒了吗

最近一段时间，几位老友相聚，"戒"成了热词，"你戒了吗"大有取代"你吃了吗"的趋势。

有人说戒烟，有人说戒酒，有人说戒荤，有人说戒色……酒喝得差不多的时候，还有人说戒生，不想活了。好像人世间太糟糕，根本不配他再待下去。

他们说的时候声情并茂，让我以为他们真的戒了。事实却是，放下酒杯，离开茶桌，他们依然故我，该干吗还是干吗。

当然，下次相聚，他们仍然慷慨激昂地说，要戒这戒那。

这不得不让我怀疑，他们说的是酒话、气话、空话、丧气话、没过脑子的胡话、微信话。他们不是被谁招惹了，就是故意要招惹谁。

特别是说要戒生的杰兄，如果真要他去死，他比谁都跑得快，会逃生。在我的朋友中，他最惜命，我们认识时他还不到三十岁，那个时候他就在养生，生活特别讲究，下馆子吃饭都自带碗筷，恨不得每天用酒精、消毒水把地球清洗一遍。

当然，也有真戒了的，因为肺部的阴影戒烟的，因为"三高"戒酒的，因为糖尿病戒大鱼大肉的，因为环境变了不得不戒色的。平时说话，铁钉子都咬得断的老王，不得不躺在病床上，像点滴那样悄无声息。他不再认为骨灰盒太小，装不下他了。

他们说戒，我理解，他们没有戒，或者戒过了而没有戒掉，我也理解。学会某个东西不容易，戒掉更不容易。因为喜欢才去学，要戒掉喜欢的东西，那需要多大的勇气、毅力和舍得精神，特别是长期形成的习惯和癖好。

我曾经说过一句豪言壮语：只要学会了的，坚决不戒。

现在才明白，戒与不戒，不完全取决于自己和自己的愿望，很多时候，跟所处的环境和条件大有关系。生了病，有些东西就得戒。进了某扇门，有些东西想不戒都不行。人生上半场做加法，下半场做减法，意思就一个字：戒。

我把戒分为两类：一类是自愿戒；一类是被迫戒。自愿戒大同小异，被迫戒却因人而异。

说戒这戒那最多的是中年人，有些东西年轻人不用戒，该戒的东西老年人早已戒了。他们说戒的时候，很有悲壮感。戒，是中年人的疼和纠结。他们因为自身的原因而戒，更因为身外的原因而戒。

有一天在山居散步，意外地碰到建总，我们在小区里边散步边聊天。我们认识多年，但来往很少。据说，他的生意做得不错。他比我早两年在这里买房。他在这里买房的目的居然就一个字：戒。他想戒烟、戒麻将，可戒了无数次都戒不了。他发现之所以戒不了，除了自身原因，就是难以摆脱的习惯了的生活圈和人事关系网络。

于是，他在这里买了一套度假房，麻友约他打麻将，不管在没在山居，他都说自己在山居，久而久之，麻友就不约他了。他已经戒烟两年多，现在几乎不打麻将。躲进"山居"成一统，管他冬夏与春秋。

他问我为什么戒烟，我哀叹道，我不想戒，可岁月不饶人。人到了一定年龄，总得向岁月表示某种尊重。向岁月表示尊重，最好的方式就是戒。每次听说某某戒了某某，我就有点心动。

戒有自愿戒和被迫戒之分。我虽然没有什么必须戒的，但为了尊重岁月，也得戒一样，我可不想让医生告诉我"你必须得戒某某了"，更不想让人把我带到"不想戒都不行"的某些地方。于是，我选择了自愿戒。

戒什么？我犹豫了很久都没有确定下来。我还想活着，肯定不能戒饭。我的肝胆肺脏都还行，戒酒戒荤不划算。我还想娱乐，当然不能戒麻将纸牌。戒色，我一个人说了不算。每年的常规体检，虽然查出了一些小毛病，可医生只建议我注意什么，没有要求我戒什么。

戒什么成了最新的人生难题。我认真梳理了一下，发现有的东西从我生下来就陪伴着我，有的东西跟随了我一二十年，要把它们戒掉，还真舍不得，狠不下心、下不了手。

我想按照时间长短来戒，选一样还没有形成习惯和癖好的东西，可我掐指一算，几乎没有新学会的东西。戒掉手机控、上网瘾，想想都感到生不如死。

戒熬夜，戒赖床，戒七情六欲……好像无法彻底戒掉。

我最后选择戒烟，是一种痛苦的、无奈的选择。我三十八年的烟龄，即使没把自己变成烟鬼，也活成了让自己讨厌的样子……

戒烟一年后，有一天在西郊河散步，我闻到从路人身上飘过来的烟味，突然感到恶心。我感慨地跟阿宓说，我抽了三十八年香烟，也就是说，我喜欢香烟三十八年，可短短一年多，就把它给戒了，戒就戒了，我居然开始讨厌香烟，闻到烟味就恶心。我这是不是一种可耻的背叛行为？

阿宓说：你这人就是这样，总喜欢把责任往自己身上揽，也不管是不是自己的责任、该不该自己负责任。你早就应该戒烟，你根本不需要为戒烟而自责内疚。

242　　无论戒什么，都有浓郁的悲壮色彩。

戒的含义不仅是戒除、改掉，还有防备、提防、警戒、使警醒而不犯错误。工作中有纪律，佛教里有戒律，结婚要戴戒指。

我经常在手机上刷到这类鸡汤网文："人过三十要戒天真""人过四十要戒糊涂""人过五十要做到'四个戒'""人过六十莫至两地"……

我总觉得这些鸡汤文有股"不见棺材不落泪"的暮气，为什么非到一定的年龄才戒呢？为什么非得有人强迫你才戒呢？有个官员退休多年也不戒，最后把自己贪进了另一个世界。

戒，应该贯穿于我们一生。有些东西，要趁早戒，戒迟了，即使最终戒掉了也没用了。

印度哲人克里希那穆提说过："人并不是去寻找爱，而是将生命中所有'非爱'的事物戒掉。"

戒，是一种清除，一种放下，一种跨越。

如果平时多问几次"你戒了吗"，我们的生活也许就变了，人生也许就不一样了。

远亲不如近邻

　　朋友请我们到成都市区的一家餐馆晚餐，我们只好恋恋不舍地离开了山居。刚过温玉路，阿宓就咋咋呼呼地叫我马上掉头回去，她忘了关山居的水和煤气阀门。我说，几分钟就上高速公路了，我们吃了晚饭再回去关吧。阿宓说不行，必须现在回去。

　　唉，阿宓就是改不掉这种"事不过夜"的做事风格。

　　我把车靠边停下，叫阿宓先跟玲姐联系，如果他们还在山居，就请她帮我们关一下。阿宓打了电话，玲姐正好在家，她立马去帮我们关了水和煤气阀门。

　　我禁不住感叹说：有邻居真好。

　　阿宓补充说：有认识的邻居真好。

　　我说：有邻居电话和微信的邻居真好。要是在成都的家里出现这种情况，我们只能打道回府了。在成都的家里，我们有邻居，但不认识。

　　当初买山居，最重要的因素就是"择邻而居"。古人云："居必择邻，交必良友。"买一套房子，外搭邻居好友，何乐而不为？

　　玲姐东哥是我们的邻居，我们是玲姐东哥的邻居。每次到山居，我们都会大声喊玲姐东哥，一旦听到他们的声音，我们就格外高兴。离开山居的时候，我们也会跟他们打招呼，说再见。

我和阿宓经常打赌，到山居前，赌玲姐东哥在不在山居。如果阿宓说他们在，我就说不在。如果阿宓说他们不在，我就说在。我们好像不是在打赌，而是在做选择题、抢答题。

第一次打赌，我要当绅士，请阿宓先选，阿宓赢了。如果我先选也会赢，因为事前跟玲姐联系过，她们要来山居。

第二次打赌，我要当君子，也请阿宓先选，阿宓又赢了，因为玲姐事前约过我们，只要东哥不出差就到山居。

第三次，我们没跟玲姐联系就决定到山居，我仍然大方地让阿宓先选，阿宓推让不过就选了，结果却输了。我发现她这次输了，反而比赢了还高兴。后来我才恍然大悟，她输了选择，赢了赌注。

之后，阿宓坚决让我先选，我没法推辞就先选了。再后来，我们不再互相推让，谁先选都无所谓，因为我们心照不宣地发现问题的关键所在：谁先选不重要，重要的是赌注。

为了公平公正，第六次打赌时，我们商定了赌规：谁先选，赌注就由对方定；谁定赌注，对方就先选。

因此，我们打赌，赢了的高兴，输了的也高兴。

我们赌过100块钱现金，赌过谁做早餐，还赌过喝不喝酒、到不到爱情大道散步、买不买叶儿粑、赶不赶场、去不去喜悦酒店喝咖啡、去不去凤栖山的健康步道溜达……

我们在四道街上住了近二十年，从来不清楚邻居在不在家，更没有为邻居打过赌。上下左右的邻居，我们一个都不认识。多年来，我们只跟楼下的邻居打过一次交道，但至今不知道他们姓甚名谁，他们也不知道我们姓甚名谁。

有一天上午，我一个人在家，一位中年男人来敲门，自我介绍是楼下邻居。看他样子，我觉得好像在小区里见过。他说他家书房的天花板在渗水。我请他进来看，没有发现我家有问题。他请我到他家去看，他家渗水的天花板跟我们家的地板的确是一体两面。水是往下流的，不会往上流，古代如此，现代如此，即便城里的水也如此。

我和邻居都有点困惑：没有明显证据表明那水是从我们家流下去的，我们家的书房没有水管，我没有在书房里倒过水，可我亲眼看到他家正在渗水，而且源头直指我们家书房。最后，我"居高临下"地建议他去请专业人士检查一下再说。

阿宓下班回家，我向她报告邻居造访的事。阿宓四处查看了一番也没有发现问题。我把我所看到的情形又详细说了一遍。阿宓再次走进书房，站在书桌旁，转来转去地打量，活像一位正在破案的大侦探。

突然，阿宓叫我打开空调，又叫我移开沙发。我刚把沙发移开，就发现墙边一汪亮晶晶的水，邻居家渗水的罪魁祸首终于被阿宓找到了。可这水从何而来？阿宓叫我去拿梯子，放在空调下方。她爬上梯子，扯下空调排水管，发现空调排水管被老鼠咬坏了。我立即飞奔下楼，买了一根空调排水管换上。

从此以后，邻居再也没有敲过我们家的门。

其实，换好空调排水管的当天晚上，我就想下去敲邻居家的门，说声对不起，告诉他，我们已经换好了空调排水管。我也希望邻居第二天来敲门，告诉我他家书房不渗水了。但是，我们至今都没有敲过对方的门，好像我们并没有住在同一个地方、同一栋楼里。

我不善社交，也不喜欢热闹，但是，每天出门回家，在小区里偶尔碰到邻居瞟我一眼，我就感到高兴；能点头致意，问声好，我就心满意足了；能站在一起评论一下天气，我就觉得我们是好朋友好邻居了。"今天的太阳好大啊！""今天有点冷。""这个鬼天气。"这是邻居之间的互相问候和关心。

不知道从什么时候开始，我们很少提到"邻居"这个词，也很少向他人介绍我们的邻居，好像我们生活在一个没有邻居的城市里，早已习惯了没有邻居的生活。

其实，不是我们没有邻居，而是我们无视邻居的存在。从地域来说，我们从来没有过如此多的邻居，一个小区的邻居，一座城市的邻居。

就距离而言，现在的邻居比以往邻居的距离都近，只隔着一堵几十厘米厚的墙壁、几米远的门、一部电梯、一个手机、几十级楼梯。西方史学家指出，我们开始无视邻居之时，大致就是不再聚在一起敬拜上帝之日。

有一次乘公交车，在拥挤的车厢里，我突然觉得这满车厢的人不是乘客，而是邻居，休戚与共的邻居，可过了两站路，我却突然感到了悲哀，大家一辈子同城生活，却没有任何联系。

更悲哀的是，拥挤在车厢里的人，亲密了几分钟便各奔东西，永远不再见面。我们那时候挨得是多么紧密，差不多要嵌进彼此的身体。

有一次乘地铁，我无所忌惮地盯着一位美女看，可她始终没有抬头看我一眼。这样的邻居还不如一部手机。我只好狠狠地盯着地铁车厢里鲜艳的"睦邻"公益广告：亲以共休戚，邻以助守望，皆人生应有之事。

小时候住在乡下，邻里之间喜欢凑在一起吃饭，哪家发生了什么事比回锅肉的香味传得还快。大人孩子总是一块儿玩，藏猫猫、滚铁环、踢毽子、学骑自行车、打篮球、用自制弹崩子打鸟儿……

进城居住后，邻居多了，来往却少了，门一关，各自生活，一年半载都打不了一次照面。家门对面隔壁、楼上楼下住的是谁，互相都不知道。在相隔几米远的地方住了十年二十年都没有打过一次招呼，这让我不得不重新审视"邻居"这个词的现代意义。

城市是生人社会，也可以说是西化了的社会，吵架之声可闻，却老死不相往来。乡村是熟人社会，也可以说是传统社会，守望相助。

邻居既有过去的邻居与现在的邻居，也有乡下的邻居与城里的邻居之分，更有山居的邻居与其他邻居之别。

248

城里的邻居，哪怕只有一墙之隔，也素不相识，老死不相往来，而山居的邻居，却是彼此生活的一部分。我们分享着彼此的花香和喜怒哀乐。只要玲姐东哥在，我和阿宓从来不为一日三餐操心。他们一离开山居，我和阿宓的生活品质立马下降，从小康变成了温饱。

在充满竞争和喧嚣的城里，即使上帝是我们的邻居，也多半互不认识。在城里，我们没有"远亲不如近邻"的意识，却有"各人自扫门前雪，莫管他人瓦上霜""生虎犹可近，熟人不可亲"的思想。有些邻居像两座山，老死不相往来。有些邻居像星辰，一旦接近，结果是毁灭。大多数邻居，就像火车上的邻座，打个照面，盯一眼，偶尔打个招呼，车到站，立马各奔东西。

"邻居是指家或者住处与另一人的家或者住处靠近或者邻近的人；住在隔壁另外一家或者附近的人。"百度百科对邻居的解释局限于地理空间概念，远远不及古人的豪迈和自信。

《列子·汤问》认为："山之中间相去七万里，以为邻居焉。"

诗人王勃说，"天涯若比邻"。

撇开狭义和偏见，地球上的每个人都是邻居，每个生物都是邻居，我们没有任何理由不关爱我们的邻居。令人不解的是，明争暗斗、暴力杀戮依然在这个满是邻居的蓝色星球上不断上演。

现代人的群体归属感和守望相助的邻里关系日益淡漠，

人与人之间的疏离和群体感的失落让我们倍感孤独寂寞，传统意义上邻居的作用和功能的弱化，也给了我们"不需要邻居"的错觉，生病了有手机打120，遇到麻烦了有政府和法院，但是，我们忽略了人是群居动物这个基本事实，没有一个人能真正做到离群索居。

很多时候，两个世界的距离并不遥远，也许只是一扇门、一堵墙、一句话，也许只是一位邻居。我们永远需要邻居，我们都是互相依存在地球上的邻居。虽然传统意义上的邻居在减少，但现代意义上的邻居却在增加。微信群、朋友圈、自媒体就是信息时代的邻居，他们让我觉得人世间还没有完全支离破碎、脆弱不堪。

250

戒烟记

有人说，能把烟戒掉的人都是狠人。

我不是狠人，但我确实把烟戒了。

戒烟两个多月时，我去医院做一年一度的体检。我问医生，戒烟是否能改善血液黏稠度？医生问我，戒烟多久了？我摆出一副准备接受表扬的样子说，六十多天了。医生用惯常的职业语气说，这不能算戒烟。

戒烟一百天时，阿宓要我写篇《戒烟记》，我没写，一是因为那时候整天昏昏沉沉的，想写也写不了；二是戒烟要谨慎，写戒烟文章更要谨慎。

戒烟半年，我还不敢公开宣布戒烟成功。自从成为烟民以来，我也不知道戒过多少次烟，但一直都没戒掉。这次能不能把烟戒掉，心里始终没底。

我所知道的能彻底戒烟的烟友凤毛麟角，大多只戒了几周几个月，有些戒烟两三年后又复吸了。我万一复吸，岂不留下白纸黑字的把柄和证据？

截至今天，我已戒烟整整两年，算是自我鉴定戒烟成功。不过，写这篇小文时心里仍然忐忑不安。有些事，有些感受和想法，只能点到为止。已经戒烟的、正在戒烟的、准备戒烟的、不打算戒烟的亲朋好友，只能自己去体会和感悟。

吸烟的原因大体相似，戒烟的原因却各有不同。

世上虽然没有天生的烟民，但要成为烟民却非难事。吸烟是极少数能够无师自通的事。也就是说，无须学习，有个吸烟念头就成。

我上高中时开始抽烟，那时候只觉得新奇好玩，偶尔跟同学一起偷偷地抽上一两支，但没有烟瘾。上瘾是需要经济基础的。那时候穷，想上瘾都没那条件。上大学后，我开始正大光明肆无忌惮地抽烟。没钱买烟时，就用饭菜票去换。

读大学时第一次接触存在主义哲学，非常亢奋。什么是存在主义，当时没大搞懂，即使现在也似懂非懂，但是，萨特叼着烟斗的形象至今在脑海里依然清晰。

我那时候觉得，抽烟不仅跟金钱有关，也跟哲学、智慧和形象有关。香烟就是存在主义者的标志。无论看书聊天，还是喝茶打牌，都得香烟相伴，没抽烟也得叼着烟，没叼着烟也得拿着烟，没拿着烟，身上也得有烟味……

长期以来，我都是一副烟不离手手不离烟的光辉形象，还曾大言不惭地说自己是香烟的活广告，可惜的是，我不仅没有广告收入，反而得自掏腰包。那时候，我相信世界上只有两类人：吸烟的人，不吸烟的人。现在，我把世人也分为两类：戒烟的人，不戒烟的人。

这次戒烟之前，我的人生可以说是烟鬼人生。我明白我享受过多少香烟，就知道要做多少戒烟的准备。告别香烟，过一种没有香烟的生活，我不得不咀嚼和身体力行这些成语：破釜沉舟、破茧重生、凤凰涅槃、置之死地而后生……

我戒烟的直接原因是重感冒。

我过去感冒，三五天就好了，而且从不找医生、不吃药、烟照抽。可去年那次重感冒，全身散了架似的，几近崩溃。正值新冠疫情防控最紧张的时期，阿宓冒险用她的身份证给我买了一大盒清热解毒颗粒冲剂，吃完了也无济于事。那次感冒与以往最大的不同是，我居然不想抽烟，闻到烟味就难受。

当天晚上，我鼓起残存的一点力气艰难地跟阿宓说："我要戒烟。"阿宓惊奇地望着我，用手摸摸我的额头，以为我发高烧，被烧迷糊了。

253

"我要戒烟。"我再次有气无力地说。确定我所言不虚之后，她兴奋得手舞足蹈，好像一直在等待我的这个伟大决定。

我当然理解阿宓的这种反应。凡是了解我的朋友都知道我是个烟鬼。听说我戒烟，他们的第一个反应就是不相信，以为我在跟他们开玩笑。还不忘关切地幽我一默：你是遇到了什么想不开的事，还是受到了啥刺激？在他们心目中，叫我不喝酒不打麻将可以，叫我戒烟是万万不能的。

尽管我再三说我已经戒烟了，他们仍然将信将疑。

我吸烟的最大受害者，首当其冲的是阿宓。家里没设禁烟区和吸烟区。家里的书房、客厅经常弥漫着浓浓的烟味。阿宓倒也宽容，她说，你能主动留下卧室这块无烟净土，也值得表扬了。

她警示性地嘲讽我，说我痰多，像个老头儿，说我在机场急吼吼找吸烟室的样子跟断奶的娃儿一样，说我在公众场合吞云吐雾有失风度缺乏教养……虽然我当时毫不在乎，却记在了心头。有时想起她的苦口婆心，我也感到愧疚。

我戒烟，导火索是感冒，其实是为了阿宓，为了我自己，为了阿毛和阿宓的世界，我同时决定，在《阿毛和阿宓的世界》里严禁吸烟。

国家虽然不准为烟草公司打广告，却没有禁止为吸烟受害者做宣传。随处可见禁烟的牌子。烟盒上都有明显的文字提示："吸烟有害健康。请勿在禁烟场所吸烟。"

254

我当然清楚吸烟有害健康，也看过烟盒上的骷髅、肺部病变惨状、烟雾里幽灵般的面孔等可怕的图片。

据说，我国每年有100多万人因为吸烟而死亡，超过因艾滋病、结核、交通事故、自杀而死亡的人数总和。我虽然不是贪生怕死之徒，却也不想为了转瞬即逝的袅袅青烟弄丢了自己的小命。

国内国外，基本上都把吸烟区设在偏僻的地方，在那里吸烟，有种被歧视之感。随着吸烟区的减少和禁烟区的扩大，我越来越觉得身为烟民的自己已经沦为不受待见的三等公民。

戒烟，好像箭在弦上，势在必行。

决定戒烟很容易，坚持戒烟却非易事。

感冒期间，我算是被动戒烟，感冒好了之后才是主动戒烟。

真正的挑战是从主动戒烟开始的。

第一周，戒烟比重感冒还难受。头重脚轻。头昏脑涨。手足无措。着急。焦躁。好像电影里遛鸟的少爷。走路是飘的。两耳是蒙的。说话没有底气。集中不了精神。稍不如意就想发火。看不了几行字就走神。写不了几句话就恍惚。茶不思饭不想。总觉得自己在他人眼里形象怪异，是个异类。

主动戒烟第二天，我的智商至少下降了80%。

戒烟第二周，依然难受。头昏。恶心。双腿乏力。吸烟的念头就像信号不好的电视屏幕，雪花乱舞。一旦看到有人抽烟就想抽烟。看书不到一页，脑袋里就会断片。想写点什么，写不了几个字就恍恍惚惚……

戒烟两个月，我也只能做些简单、低智、不动脑筋的事情，睡觉、散步、吃饭、喝酒、泡茶、看电视、戳手机……

有一天，我做了个梦，在梦里，我娴熟地拿起一支烟，咔嚓一声用打火机点燃，吞云吐雾，惬意地把整支烟抽完了。在梦里抽烟时，我根本没想到梦外的自己已经戒烟。

我发现，梦里梦外抽烟，效果差不多。从今以后，即使不能在梦外抽烟，也可以躲到梦里去过过烟瘾。

戒烟期间，我不断地找理由说服自己，就像过去找不戒烟的理由来安慰自己一样。实在忍耐不住时，我也打算放自己一马，告诉自己不要太为难自己，不要老跟自己过不去。人生苦短，要及时行乐。烟都戒了，活着还有什么乐趣？人都是要死的。吸烟也要死，不吸烟也要死。吸烟与不吸烟有什么本质区别？

阿宓看我可怜，怕我突然戒烟引发不可知的后果，建议我慢慢戒，今天抽三支，明天抽两支，后天抽一支。在吸烟问题上，我这人犯贱，欺硬怕软，故意反着来，像个叛逆期的初中生。阿宓要我慢慢戒烟，我偏不。我清楚，戒烟是生理上的问题，也是心理上的问题习惯性的问题。

戒烟最重要的是从心理上戒掉从习惯上戒掉。我长期吸烟，已经养成习惯。

据说，一个习惯的养成需要二十一天，但要改掉一个习惯，用一生的时间都不一定办得到。一个习惯会改变生活，甚至影响人生。吸烟跟从众、压力、依赖、环境等因素有关。

我明确告诉阿宓，最能动摇我意志的就是她。我要她帮助我，在戒烟这种特殊情况下，绝不能同情我、溺爱我，千万不要放过我，哪怕我秋后找她算账。

戒烟最可怕的是第十一周，整天魂不守舍，感觉自己四分五裂成了无数个针锋相对的自己，他们根本无视我的存在，在我眼前飘来荡去，互相争吵，大打出手，我都搞不清楚自己是谁，偶尔清醒的时候，我就极力劝说那些分崩离析的自己不要游离我，祈求他们归位，可他们依然我行我素，

256

弄得我痛不欲生，梦魇不断，耳朵里成天嗡嗡喔喔……

你就把戒烟当成生病，病好了就没事了。反正迟早都是要戒烟的，迟戒不如早戒。与其病入膏肓时让医生通知你必须戒烟，还不如趁健康时自己说服自己戒烟。戒烟最痛苦的不是你，而是烟草公司。烟民那么多，不缺你一个……你居然要戒烟？真是搞不懂。你可是一睁开眼睛就得点上一支烟，睡觉前得抽最后一支烟，饭前抽开胃烟饭后抽成仙烟，坐在马桶上抽香烟，喝酒、打牌、聊天、上班、下班……都抽烟，你是个做梦也不忘抽烟的家伙……

抽了四十年烟，你却打算不抽烟了，不可思议……戒烟是一个伟大壮举。有人说，戒烟比戒毒还难。当尼古丁进入了身体，它会在血液里留下记忆，让身体不断产生渴望，从而需要尼古丁源源不断地输入来获得满足和愉悦……

戒烟是自己在跟自己搏斗，自己在跟自己和解……戒不了烟的理由只是经受不住考验经受不住诱惑的借口而已……你不要再做垂死挣扎了。妥协吧，认命吧，跟香烟握手言和吧。你是戒不了烟的。没有人会把烟戒掉，除非死人，明天你就会重新吸烟……我早就适应了吸烟，练就了百毒不侵之身。戒烟，见鬼去吧……大作家都是烟鬼。你难道不想成为大作家？手持烟斗嘴叼烟，就是大作家的经典形象啊。吸烟能舒缓情绪、减压、激发灵感……

不不不！魏尔伦、萨特、雷蒙德·卡佛等大作家，不是死于肺病就是死于烟酒引发的高血压、糖尿病。鲁迅是长期的肺病患者，病逝时年仅56岁……你不要被表面现象迷惑了，能否成为伟大的作家跟抽不抽烟压根儿不存在因果关系……你难道不想用烟草味来武装自己，让自己更有男子汉大丈夫的味道……

你没有胆量跟世界对抗，更没有能力毁灭世界，你只能借助把一支支香烟变成灰烬，获得一种毁灭的快感……在家里吸烟、在公共场所吸烟、在美丽的地方吸烟，在清新的空气里吸烟，相当于犯罪……抽烟不违法……戒烟是好事……有人说，人到了一定年龄就要做减法，减法就是戒。人生下半场就是从戒开始的。现在戒烟，紧跟着就是戒酒戒麻将戒熬夜戒大鱼大肉戒色戒曾经的理想抱负……

有了戒烟这个开头，你就会一直戒下去，直到有一天戒食戒生……你能把烟戒了，说明你能做成任何你想做的事，因为你有决心有恒心有毅力……你不戒烟，你就是污染源……资深烟民都有不见棺材不落泪的刚强品质。你这么早就投降了，真他妈的窝囊废。你不是在戒烟，你是在堕落，你是在背叛。你还有那么多烟友。你不能如此无情无义，你不能抛弃与你一起几十年的难兄难弟……

只要能把烟戒掉，无论付出什么代价都值得。戒烟之后，你就是本味出场，你会比戒烟之前更受欢迎……烟草会使人免疫力下降，损伤细胞 DNA，提高患癌风险。二手烟更可怕，每年死于二手烟的人有 28% 是年幼儿童。长期吸烟给人体带来的伤害基本是无法挽回的……

你已经中毒，你已经有了烟瘾，你早没得救了。如果你真把烟给戒了，你就完蛋了。你难道没听说过这句话："永远不要和戒烟成功的人交朋友。"你是个冷漠固执的家伙。戒烟的人活该没有朋友……你真把烟戒了，你会更加自信、乐观、豁达，你会有更多的朋友……

不戒烟，我还真不知道自己中烟魔有多深。四十年来，我不是在吸烟，而是在跟烟魔打交道。戒烟，对我来说，相当于治病、治四十年的顽疾。

三个月是戒烟危险期，危险期一过，就是海阔天空。

戒烟之后，我才发现过去吸烟的自己是多么讨人嫌，只不过朋友们没有当面说破而已。戒烟之前，我无论怎样漱口洗澡，总觉得自己又脏又臭。戒烟之后，周姐表扬我时，我都觉得自己不漱口不洗澡也能出去社交了。我也终于搞清楚了为什么叫"香烟"，为什么不吸烟的人讨厌吸烟的人：吸烟的人闻到的烟是香的，不吸烟的人闻到的烟是臭的。

从烟民变成了良民，到任何地方，我都没有被歧视感，没有三等公民感。口腔清爽，不再咳嗽，痰明显减少。睡眠质量日益提高。早晨起来不再那么口渴，尿液不再那么焦黄。思维不再那么迟钝。记忆短路、思考断片现象在减少。注意力集中的时间在增长。周边环境变香变美了。我这个污染源消失了。我的牙齿变白了。我变得干净可爱了……

戒烟三个月之后，我感觉自己每天都发生着变化，有一种脱胎换骨、重新做人的感觉。

我能戒掉烟，原因很多，自我总结如下：

秋

一、我有比较坚强的意志力和忍耐力。学会抽烟只需要一个念头一个动作，而戒烟却需要排山倒海的意志和力量。

二、我有无比坚强的后盾阿宓，以及她无微不至的关心、鼓励、支持、表扬和监督。戒烟期间，阿宓对我百依百顺，陪我散步聊天，为我在网上下载戒烟秘方、戒烟的好处、戒烟后的身体变化，为我算戒烟的经济账、健康账、生命账……只要我坚持戒烟，我提啥要求她都不会拒绝，能办的马上办，不能办的创造条件也要办。

三、抵制诱惑，坚壁清野，及时清空家里的所有香烟和与香烟有关的东西，比如打火机、火柴、烟灰缸等。此谓眼不见心不烦。尽量减少社交，尽量不跟烟鬼在一起，尽量不去容易诱导吸烟的场合——超市、烟酒点、杂货铺，那里摆满了触目惊心的香烟，这些致命的诱惑，最关键的是，兜里还有钱，它们好像变成了钢镚儿，在兜里丁零当啷地嘲笑我……

四、端正心态，减小压力。我这几年过得从容自在，身心放松，工作生活都没有什么压力。我发现那些总是戒不了烟的朋友都有个共同点：压力山大。良好的心态就是自救。外力的作用有限，外力的作用只能通过自身体现出来。关键还是自己。只有自己能拯救自己。

五、戒烟是一种选择。能不能戒烟，愿不愿意戒烟，跟吸烟的好坏无关，跟戒烟的利弊无关，只跟你的选择有关。只要选择了戒烟，终究能戒掉。就像选择了吸烟，就能烟熏火燎。

六、环境。人是环境动物，环境对人的影响到底有多大，谁也说不清楚。在空气清新的山居吸烟，有一种污染环境的负罪感。人也是一种环境，最具影响力的环境。当阿宓行使严厉的监督权时，她就成了人文环境。

……

如果说戒烟有秘诀，我的戒烟秘诀就两个字：忍，熬。要继续戒烟就得继续忍、继续熬。从某种角度来说，生活的秘诀也是忍、熬两个字。这虽然有点悲观，却是事实。

有一天，我独自在家时问自己：什么才算戒烟成功？

我想了半天也不知道怎么回答。我打算请烟来回答，就翻箱倒柜地找，可从客厅找到卧室，从阳台找到厨房，烟没找到，却找到了好几个打火机，我试了一下，没有一个打火机能打出火来。我着急地打开炉灶，准备点烟，当我把烟伸到火里点时，一阵灼痛，我才发现火里的不是烟，而是我的手指。

我甩着手指来到门前，我相信家里没有香烟，家外肯定有香烟。

砰的一声打开门时，我才想起我已经戒烟。

站在门口，我好像找到了戒烟成功的答案：忘记戒烟这回事。

只有当你真正忘记自己在戒烟，也就无所谓戒不戒烟了。

戒烟过程，也是一种生活体验和人生感悟的过程。

写这篇《戒烟记》，我有三个目的：一、不给自己留退路，我要把戒烟进行到底，从此开启美好的无烟生活、无烟人生；二、请昔日的烟友理解，我不给你敬烟，只有一个原因，我戒烟了。我不接受你敬的烟，也只有一个原因，我戒烟了；三、以此证明阿毛和阿宓的世界曾经是个烟熏火燎的世界，以此来警示自己。

最后说句心里话，关于戒烟，我最大的体会是：戒烟不须要当狠人，但必须做个狠心的人。不狠下心来，别说戒烟，早晨起床都难。

262

做一个不被耳朵支配的人

我曾经以为人体器官最贱的是嘴巴。自小就经常被责骂嘴馋，馋嘴猫。父母经常告诫我要把嘴巴闭紧。犯了错误要掌嘴，好像所有的错误都是嘴巴犯下的，任何过错都要嘴巴来承担。打耳光多半是打嘴巴。嘴巴是脸面的俗称，可它时常给我们丢人现眼。我们自己也常常打自己的嘴巴。

每次战争都是由打嘴仗肇始。古人曰，祸从口出。今人道，死在嘴巴。错话、大话、空话、套话、废话都出自嘴巴。造谣诽谤的家伙被称为嘴贱。打胡乱说的家伙被称为"牙尖实怪"。满嘴跑火车的家伙被称为大嘴巴……这些都是以嘴巴为标准鉴定的没教养、自以为是、尖酸刻薄的代名词。

沉默是金，是对嘴巴的奖赏。可不少人的嘴巴老是不想做饭桶的替罪羊，不甘只体现吃饭呼吸功能，不到死就是闭不上那张臭嘴。

后来觉得——眼睛最贱，因为眼不见心不烦的眼睛喜欢偷窥，是窥阴癖的始作俑者。四肢最贱，懒惰得除了东摸西摸，只想躺平摆烂。鼻子最贱，只想打喷嚏、流鼻涕。鹰钩鼻、掀天鼻就更不招人待见了。肚子最贱，经常腹诽。脑袋最贱，胡思乱想，连睡觉都不消停地梦魇，阴谋诡计都是脑袋瓜干的。心最贱，喜欢作弄人，经常使我们心想而事不成。肛门、盲肠这些器官就贱得不用多说了。

那时候，觉得最不贱的就是耳朵。这边耳朵进那边耳朵出，从来不得罪人。逍遥自在，还身居高位。耳朵是享受清净的六根之一。耳朵是喧嚣、聒噪、杂音的天敌。

没有耳朵，就不知道世界的动静，享受不到丝竹管弦之乐。古人称耳为"窗笼""听户"，把耳朵大视为有福的象征。两耳垂肩是富贵的标志。佛的大耳垂最引人注目。连古代伟大的哲学家老子都姓李名耳。因此，我经常忘记耳提面命的痛，即使被叫招风耳、猪耳朵、耳目也算不了什么。

医学专家说，耳朵是人体的缩影，几乎所有脏器的变化都能从耳朵上表现出来。科学研究也证实耳朵的大小与人类的寿命有相当密切的关系。"耳者，肾之候。"（《白虎通·情性》）"耳者，心之候。"（《春秋·元命苞》）"耳目者，心之佐助也。"（《鬼谷子·权篇》）。到了耳顺之年，那就更不得了了，简直可以说国泰民安，人生圆满。那时的我，只想做一只耳朵。

昨天在山居散步时，因一件不足外扬的小事被阿宓批了一顿。虽然她没有揪我耳朵，也没有发狮吼功，但我仍觉刺耳，认为那些温言软语都是杂音，还想摇唇鼓舌地狡辩。事后一想，我做的那件事，确实不大光彩。而且，我惊讶地发现，这么多年来，自己成了一个被耳朵支配的家伙。

小时候，干了傻事错事，还听得进父母的骂声；长大之后，干了傻事错事，被提醒批评时还能想起"忠言逆耳利于行"的古训。也不知道从什么时候开始，提醒批评之声越来越小越来越少，及至中年，批评之声完全消失，好像我已不会再干傻事，也没有干过任何错事。不知不觉之中，我的耳朵进化出了屏蔽功能，被惯得越发娇贵，有时候还发点小脾气——装聋作哑。

每当想起自己的眼睛、嘴巴、脑袋、肠胃、四肢，就觉得过去误会了它们。无论如何，几十年来，眼睛让我看到了大千世界，嘴巴让我品尝了美味佳肴，双腿把我运载到了现在，脑袋让我拥有了那么多奇思妙想，心让我感受到了那么多爱和温暖，即使盲肠、肛门，也帮我驱除了无数的污秽。而耳朵却使我再也听不进逆耳忠言，一点点杂音都受不了，恨不得要我砍去四肢、抠去眼睛、干掉脑袋，只留两只独裁的耳朵。

我现在才发现：最贱的人体器官是耳朵。它只有立场，没有思想观念，只喜欢美言媚语，好像没心没肺的冷漠看客。

我老家有句俗话：只要话说得好，牛肉都可做刀头。

从古至今，只要听到好听的话，人就会像狗一样恭顺，管它是一根比鸡肋还无用、无肉、难啃的骨头。帝王将相、政治家，包括许多知识分子，深谙耳朵的特性，从来不说不顺耳的话。他们公开说的话，就字面而言，也确实正确美好，几乎没有一句不激动人心，甜蜜得足以糊弄所有人的嘴巴张不开。

劝谏是高危工作，风险系数极大。要说幸运的诤臣，非

"千古第一诤臣"魏征莫属，他遇上了开明的唐太宗，一个敢于"犯颜直谏"，一个肯侧耳倾听，于是就有了"贞观之治"，书写了一段史诗性的佳话。大多数"诤臣""谏臣"，命运多舛，甚至因"言"掉了脑袋。

这个世界，聪明人多不胜数，冒着掉脑袋风险直谏的"傻瓜"毕竟稀有。于是乎，我们的耳朵也被养得越来越娇贵，听不得一点杂音和刺耳的声音。

好话听多了，不好的话就不容易听进去了。假话听多了，真话就很难听到了。我们的耳朵受用了，也就不管累死累活的四肢、脑袋和心灵了，心甘情愿地在"好话"里被蒙骗、被侮辱、被奴役，成了被耳朵支配的家伙。好像耳朵听顺了，肺也顺了，脑也顺了，心也顺了，天下也就成了太平盛世。无数的贱耳朵成就了无数的贱人，无数的贱人成就了平安无事。

一个被耳朵支配的人是可怜的，一个被耳朵支配的民族是可悲的。

我的头皮屑

脑袋的重要性不言而喻，只要人不倒下，它始终处于人体最高位置，高高在上。因为脑袋的重要性，凡是与脑袋相关的东西就拥有了重要属性，比如，鼻、嘴、耳朵和脸面。比如，思想、观念、立场、留言、点赞和打赏。比如，洗发水、治秃头的药物。再比如，头发、头皮屑，甚至不排除与之有关的癞疮、虱子、臭虫等等。

自古以来，人们就喜欢品头论足，尤其是在自己的脑袋上，不惜大费周章，好像演员明星，随时随地都在精心修饰。

重视脑袋，首当其冲的是头发。

通常情况下，一个人的头发有 12 万根之多。头发每年要长 16 厘米。1 平方厘米的头发可承受重 5 吨以上的重物。小时候听大人们讲，剃头匠是一个了不起的职业，剃头匠叫你低头，你就得低头。头发成就了曾经的剃头匠，也成就了现在的美容美发师。互联网干掉了无数实体店，理发店却毫发无损。

自古以来我们就有"结发夫妻"的说法。很多男人因为一头秀发而诱发了爱情。汉武帝遇见美女卫子夫，第一眼就被她的秀发吸引住了。南陈最后一个皇帝陈叔宝相中年仅

10 岁的张丽华，就因为她有一头飘逸的黑发。秀发，也是现代美女的一大标志。

对多数人而言，头发不仅是生理层面上的东西，还是品相、修养和地位的象征，喜怒哀乐的标志。头发也是认知某人的重要依据。即使戴着帽子，也可能怒发冲冠。艺术家的头发是一件充满个性的行为艺术品。商人的头发是一种品牌。演员的头发总是变化无常，几乎淹没了他们的本相。政客的头发颇有讲究，几乎千篇一律，一望可知。普通人的头发，五花八门，足以眼花缭乱。

带着基因密码的头发，是人体最耐腐朽的东西。考古发现，人死了几千年，头发依然在暗无天日的地下活着。著名作家奥尔加·托卡尔丘克认为："它们虽然不再长长，但一直活着，一直在呼吸。它们跟人一样，人的身子可能不会再长高，但这并不意味着人已死亡。"

头发是一种纠结，不仅能影响人的生活，而且能影响一个时代。在不能主张男女平等的时代，"头发长见识短"是振振有词的歧视依据。剪了头发的假洋鬼子促成了阿 Q 人生难得的一次胜利。头发是需要清净的六根之一。电影里的头发被誉为神鞭。十九世纪诞生了辫子党。一百年前，因为头发，爆发了一场血雨腥风的革命。"留头不留发，留发不留头"的昭告，让头发达到了前所未有的崇高地位。

头发虽然被视为"剪不断理还乱"的烦恼丝，但它出身高贵，又是父母所赐，轻易动不得。除了聪明绝顶的家伙，普度众生的和尚，甘为艺术献身的艺术家，再大胆叛逆的人

268

也不敢随便斩草除根。芸芸众生只能在上面修修剪剪，涂涂抹抹，再辅之以五颜六色，使用摩丝发胶之类的东西，这样也就对得起父母所赐，无愧于自己的脑袋了。

多数人的头发，虽然已经告别癞疮虱子，但仍然与头皮屑纠缠不清。头皮屑是由马拉色菌引起的一种皮肤病，因为它主要通过头发彰显，往往给人一种头皮屑是由头发产生的错觉。

对付头皮屑，任你怎么做，都不为过，只要能够消灭它。

一般情况下，用水、洗发精、去屑剂就行了。但是，头皮屑是一种顽疾，有死而复生的本领，两天不打理，就会在头发上欺霜赛雪。必须每天关注它，清零它。有一天逛街子古镇，在横渠桥边上的一家中草药摊上，阿宓花了 20 元，买了一瓶像菜籽油一样的液体，名叫"姜汁无患子洗发液"，表明是用"天然植物油无患子加老姜熬制而成"，据说对付头皮屑非常见效。我对"据说"根本不相信，那么多医学专家、那么多大财团、那么多年都对付不了的头皮屑，一瓶用普通矿泉水瓶手工罐装的 20 元的液体能有用？但是，被阿宓强迫用了两次，它就神奇地干掉了长期困扰我的头皮屑。

其二，戴帽子，裹头巾。这种办法简单、成本低，有立竿见影的明显效果。但是，这种物理性的粗暴行为，有掩耳盗铃的嫌疑。

其三，剃光头。有些特别憎恨头皮屑的人，不惜把无辜的头发剃掉。这虽然达到了光鲜靓丽的效果，却有同归于尽的悲壮感。

其四，动用头衔、光环、定冠词之类的东西。比如，在姓名前冠上教授、企业家、会长、局长、市长、书记之类的头衔，再添加上优秀、杰出、伟大等修饰语定冠词，不仅能干掉头皮屑，而且能让头发旗帜般飘扬起来。如此这般，头发就不是一般的头发，头皮屑也就不是一般的头皮屑。爱因斯坦蓬松的头发，鲁迅钢丝般的寸发，玛丽莲·梦露金色的鬈发，都已不是头发，而是一种象征。

......

无论怎么样，都充分说明一个问题：脑袋是个大有作为的地方。因此，我相信，跟思想最密切相关的是脑袋和防护脑袋的头发。

每个人都在思想。只要你睁开眼睛，就会思想。即使你睡着了，梦也在替你思想。智慧是脑袋运转的动力，思想是智慧绽放的花朵和光辉。然而，思想的过程往往是痛苦的。它一旦诞生，就硬要挤进我们坚固的脑袋。在脑袋里安家之后，却想方设法地要冲破桎梏般的脑袋。思想常常会成为我们的一种负担和烦恼，它总是困扰着我们的身体，试图像头皮屑一样操纵四肢。我们的脑袋好像不应该生长思想。然而，我们却无法不思想，因为我们是人。人，是一种不得不思想的动物。虽然我们不可能都成为思想家，但人人都是思想者。思想很重，重得我们有时无法承受。思想很轻，轻得一缕空气就会将它驮起、飘走。

有人问我为什么要写作。

我说，人的脑袋上除了生长头发和头皮屑，应该长些理想和智慧之类的东西。思想是通过脑袋思考出来的。我把人分为两类：一类是有思考的人；一类是没有思考的人。我的理想、智慧、烦恼、希望、思想就像头皮屑，不停地在我黢黑的头发上长出来。我怕它们过早地染白我的头发，就用写作方式把它们拂下来，挪一个地方。写作，对于我来说，是一举多得的事情。

对我而言，写作是一种放下。喝了酒，写了诗，一切都放下了，一切都过去了。写作也是一种理解、一种抛弃、一种遗忘。每当写完一篇文章，我就有一种强烈感觉：我理解了一些人，我抛弃了一些事，我遗忘了一些过往。

我从来没有指望过我的脑袋光芒四射，也没想过用帽子、头衔、智慧、钱财、定冠词之类的东西罩住脑袋、糊弄头发，我只希望我的头皮屑少些、再少些。

冬

北方的冬天是白色的，山居的冬天从来就画不到白色。

山居的冬天是象征性的，还不如手机里的冰雪给我的感觉强烈。

　　山居的冬天不想低调，连在零下待一天都不愿意。整个冬天，平均气温估计比家用冰箱的果蔬盒温度还高。穿着羽绒服，在山居都不能走得太快。

　　北方的冬天是白色的，山居的冬天从来就面不改色。

　　有些地方下雪会成雪灾冰灾，山居下雪只是一种美丽的风景。

　　每年冬天，山居会下一两次雪，有些年，连一次都不下。即使下雪形成了雪花，也是昙花。结冰，那得看老天爷的心情。郁闷了结一次冰给你们看。可惜的是，整个冬天，它几乎没有郁闷的机会。

　　山居不是只有春天才有花开，冬天也有许多花想开。蜡梅就不用说了，红梅花从来没有怕过冬天。漫步在街子古镇上，不经意间就会见到蝴蝶兰、蟹爪兰、长寿花、山茶花、玉兰花、仙客来、海棠花……

　　落叶的水杉、银杏树和桃树，只是为了向冬天展示它们的筋骨。从掉光了树叶的枝丫间望过去的天空，有史前艺术的线条感。

　　早上看见车身上涂满了一层包浆一样亮闪闪的东西，我才知道山居的冬天有着金属般的质地。

　　冬天有雾，雾生百谷。

　　太阳一出来，山居的冬天就不见了，给我一种春天装扮的感觉。

时间开的花

　　进哥是一位可怕的书虫，凡是落入他手里的书，没有全身而退的可能。我翻看过他读过的书，真是惨不忍睹：里面的每个字都被他啃噬咀嚼过，每页纸都伤痕累累，除了封面封底，一部书从头到尾烙满了他浓墨重彩的手工痕迹：批注、感悟、索引、勘误、划线条、勾重点、作记号……如果我是一部书，也喜欢被他如此阅读，即使被他折腾得死去活来，也强于那些装饰性的、连撕开塑封的待遇都没有的纸质书。

　　在互联网、大数据、人工智能、电子出版物蓬蓬勃勃的时代，在纸质书的命运越来越令人堪忧的当下，进哥让我相信，世界上还有读书人，还有嗜好读纸质书的人。

　　二十年前，进哥在部队服役时我们就认识了，那时候交往，主要是因为工作上的交集。我调换工作后，来往就少了。他从部队转业后，我们近十年没联系过。半年前的一天晚上，我们突然在手机视频上相见了。他在当晚的饭局上跟我的表妹聊到了我，我才知道，进哥从部队转业后选择了自主择业。

　　我很好奇，一个转业军人、读书人，是怎么创业的。

　　当我们在喜悦酒店再次相见之前，我不知道这就是他多年前创建的民俗酒店。喜悦酒店在街子古镇上早已名声在外，节假日必须提前预订，很多人本来打算住一天的，可一旦住下来就不想走了，续住一周半月的人很多，不少人每年至少要来住一次。

喜悦酒店地处街子古镇的中心区域江城街上，古戏台旁边，以酒店大门为出发点，左侧向下20来个阶梯就到了味江河畔，100米左右是街子古镇标志性的建筑：横跨味江的瑞龙桥，银杏广场上的字库塔。酒店大门正对方向的右侧是凤栖山、左侧是笔架山，200米开外、从北向南依次有华阳国志馆、唐求祠、陆游诗歌园。

在山居过第一个冬天的一天下午，我和阿忞到街子古镇闲逛，无意中经过喜悦酒店门口，立马被吸引进去了，被酒店门口镌刻的"时间开的花"几个字吸引进去了。

当自动玻璃门缓缓打开的时候，一股亲人般的热浪率先迎接我们，随后是一位漂亮的小姐姐向我们问好，在确定我们不是来住店而是来参观之后，小姐姐甜美地请我们自便，有什么要求随时找她。

酒店大堂，温暖如春，弥漫着奇特的书香和墨香，缭绕着萨克斯背景音乐 *Going Home*。在温馨的旋律中，我觉得自己不是第一次来这里。这是我曾经住过的地方。这是我的家。我回家了。

放眼四周，最显眼的是书，有线装的、有精装的、有平装的，造型不一的书架上摆放着各种各样的纸质书，茶桌、茶几、吧台散落着纸质书，它们都是免费的享用品，客人随手拿起来翻翻，随手放下就成了装饰物。书是心灵相通的绿色通行证。我对酒店老板很好奇：为什么要把这么珍贵的空间让给纸质书？

我去过不少私人博物馆，发现它们有个共同点：奇珍异宝琳琅满目，可就是看不到一本纸质书。我也没弄明白，偌大的空间，为什么容不下一本巴掌大的纸质书？

我也去过许多民宿酒店，除了没给纸质书一点空间外，其他一切都无可挑剔。当"九漏鱼""奇书控""绝望的文盲"、缺笔漏画的书写现象大量涌现时，我忍不住要把它们与纸质书的阅读式微联想在一起。虽然有许多网民喜欢使用繁体字，喜欢诌几句古诗词，或者英文字母来装点自己的微信，却也藏不住他们捉襟见肘的知识库存。

什么样的人会做什么样的事，什么样的人会开什么样的酒店。当我知道酒店老板就是书虫进哥时，一下子就明白了为什么喜悦酒店会如此与众不同。

进哥一开始做的就不是单纯的酒店，也不是流行的民宿，他是要打造一家真正的有文化品味的"书香之家"。他认为，不能把酒店简单地视为落脚之地，否则，酒店就失去了魅力和意义。在野外睡帐篷，像流浪汉睡桥洞，也能过一晚。

从酒店的整体设计到房屋装修，从色彩灯光到物件摆放，都倾注了进哥的心血和智慧。极富诗意和内涵的房间名字，都是他从《诗经》《楚辞》等古典章句里撷取出来的：安歌，信芳，景云，燕媛，邦媛，辑熙，渥丹，望舒，玉

276

赞，淇琛，嘉树，怿心。他请书法名家用不同的字体把房名书写出来，张贴在大堂右边的整面墙上。在这样的房间里住上一宿，即使没能茹古涵今，也可以说腹有诗书了。

楼上楼下，房内屋外，白天晚上，仿佛一幅徐徐展开的卷轴。当我走进院子里，坐在下沉式茶桌旁，我就成了这院子的一部分。当我流连在走廊、楼梯、房间和窗前，我已与周围的书、字画、绿植、文创产品融为一体了。

喜悦酒店没有用餐服务，也没有打牌娱乐的地方。这里只供客人喝茶、歇息和做梦。一幅书画、一本书、一个盆景、一缕灯光、一段旋律都可能让客人坠入梦境，都可能是一个美梦的源头。

进哥认为，做酒店跟做人一样，纯粹一点好。

他跟我说，我真的喜欢读书，特别喜欢读纸质书。读书是灵魂深处的一种修为。每次读书，我都会先洗手，用酒精给笔消毒。晚上八九点钟，如果有人打电话找我，我的儿子都知道，这时候别打扰老爸，他在读书。

我觉得，这不仅是他对书的爱惜，更是对作者的尊重。看他读过的书，我总觉得他不是在读书，而是在探秘、解剖、研究，在与作者交流互动。有这样读者的作者是无比幸运的。

在与喜悦酒店重逢之前，进哥微信发了一张照片给我，我又不断从记忆里提取他昔日的英姿飒爽和豪情万丈，直到见面，他才立体地出现在我眼前。二十年的光阴不仅没有毁他容，反而让他更加饱满、精神、充满活力。如果要说他的

277

变化，我觉得他少了身着军装时的锋芒，多了生活的睿智和从容淡定。他脱下了军装，放下了过往。

我感叹道：想不到我们都经历过非典（SARS）、汶川地震、亚洲金融风暴、新冠疫情、百年不遇的高温……我们都是时间的幸存者啊。

"老朋友都是时间开的花"，进哥端起洁白油亮的陶瓷茶杯，以茶代酒，跟我碰了一下，金黄色的耕香白茶茶汤荡漾出一缕悠远的香味。

我们当场约定明天在山居喝"品味时间老酒"。不见不散。

御用理发师

今天早晨，我是被噼里啪啦的雨水惊醒的。躺在床上，我没有听到白头翁晨叫，却清楚地听到雨篷被雨水砸得砰砰啪啪直响。我从窗口望出去，灰蒙蒙的上同仁路上，虽然没有昔日的车水马龙，却已有不少撑着雨伞的行人，穿梭往来的车辆。乌云降低了姿态，接近房顶了。鸟儿怕雨，而人却不怕，因为有雨伞、有房屋、有车辆，因为不怕雨的人要养家糊口。

经过雨水的清洗，街道、楼面干净了许多，缠绕纠结的 电线变了颜色，树叶翠绿，空气清新，又是一个值得期待的周末早晨。

我寻思着，明天又可以去山居度周末了。

第一次在手机上查看成都气象台发布的天气预报——小雨转阴，无持续风向 1—2 级，17—23 度。生活气象指数：穿衣：衬衫类；出游：较适宜；洗车：适宜；感冒：少发。温馨提示：天气不好，也记得让心情保持舒畅哦。

也就是说，今天没有狂风暴雨，也没有阳光灿烂。

在单位开会时，我突然冒出一个念头：理发。

一个念头就像一次意外，连如此重要的会议都无法阻挡。

会议中途，我上洗手间，在镜子里发现我的头发还不算长，但是，不知道为什么，我就是想理发，一门心思想理发。理发的念头一直在我心里挥之不去，今天上班做了啥事也记不得了。这让我觉得，平时理发，多半不是该理发了，而是想理发了而已。理发与头发长短好看不好看没有必然联系。

下班后我没有急于回家，而是先到四道街的"白玉兰理发店"理发，花了十元钱。理发店临街，店面不超过十平方米，里面有两张理发椅，一面镜子，一个洗头盆。店里最显眼的是烫发的机器。理发师是一位风韵犹存的中年妇女，集店主、理发师、店员于一身。理发店跟我家的直线距离也就一箭之遥。我经常从理发店门口经过，可从来没有进去理过发，主要原因是理发店里总是客满。那天进去理发，唯一的原因是经过理发店时发现里面没有客人。

师傅问我怎么理。我说随便，又说，剪短点。

我从镜子里看到师傅娴熟地给我围上围布，却没有动手。我意识到自己说得有点含糊，是剪短点还是留长点，真有点为难理发师。

我问，除了光头，最短的发型叫什么。

理发师说，小平头。

我说，那就理小平头吧。

我本想理个光头的，但害怕被人误解成老板、演员、艺术家或者狱中人、街头小混混。

理发师端详了我一下就开始理发。不到十分钟就理好了。我从镜子里看了看自己，有点陌生感。除了小时候，我从来没有理过这么短的头发，但我很满意。付了理发钱，我又仔细看了看镜子里的那个人，禁不住傻笑起来。

　　我刚要抬脚离开，突然瞥见地砖上沾满的头发，立即收回即将踏上它们的脚步。它们有长有短，有黑有白，在微弱的灯光和淡黄色的地砖交相辉映下，仿佛秋风里枯萎的衰草，连一朵萎花都没有。它们中有我的头发，也有他人的头发。我分不出哪些是我的头发，哪些是别人的头发。那些正躺在地砖上的头发曾经跟我是一体，现在却因为理发剪和我的一个念头与我分开了。我不知道是我被它们遗弃了，还是我把它们抛弃了。但是，我一旦离开，就是跟它们永别。

　　告别我的头发，跨出理发店，我突然感到如释重负，轻松无比，好像理发师从我头上搬走了一座大山。真没想到，那些轻微的鸿毛曾经像山一样压在我头顶上。花 10 元钱，搬走一座山，太划算了。

　　回到家，阿宓开门看到我的寸头，眼神都变了，好像第一次见我似的。我的这副尊容，她确实是第一次见识。

　　我摸了摸有些扎手的头发，一本正经地说："新生活，从头开始。"

　　"你这头发，我都会理。"阿宓不屑地说。

　　"你当过理发师？"我是第一次听阿宓说自己身怀理发才艺。

"说不定我理得比这好看。"阿宓自信满满地指了指我的头。

阿宓会理发，我将信将疑。

放下包，我请她陪我去买凉鞋。

我说，今天，我要从头开始，还要从脚做起。大学毕业后，我开始每天用刮胡刀刮胡子，只准它们长一天，皮肉外的胡子从来活不过 24 小时。头发必须在我的掌控范围内，离开头皮稍远一点就报警。上班时间，绝不戴帽子、穿短裤、靸拖板鞋。还经常警醒自己的嘴巴：不准山吃海喝，不准胡言乱语。多年来，我没有再长高长胖长重，可能与这些束缚自律不无关系。

我决定，从今以后，不准剪子剃刀虐待我的头发胡子。

282　　　"你真的会理发？"在西大街上，我又问阿宓。

面对我的质疑，阿宓说，她今天跟余姐喝茶。余姐说她老公的头发都是她理的，只要一张围布、一把推子就行，梳子都用不着，而且随时可以理，一点儿不比理发店的师傅理得差。你这种发型，不需要多高的技术含量。全套理发工具可以网上买，两三百块钱，非常便宜。

原来如此。

为了让我答应她给我理发，阿宓煞费苦心地说了三条街的话：自从跟你在一起后，我再也没去理发店理过发，都是自己理的。我不染发不烫发，有一把平常的剪刀就行。理发很简单，没有什么技术难题，自学就成，手熟尔。你让我给你理发，我也让你给我理发，怎么样？全免费。哎，放心吧，我保证不给你丢人现眼。

"你想改行当理发师？理发可是头等大事。我不是小白鼠，不想当你的试验品，不要钱我也不干。"我直截了当地表明态度，激动得差点跟贴满小广告的电线杆拥抱。

"我不是要改行当美容美发师，我只是想给你理发。你想想，你有个专门的理发师，只为你一个人服务的免费理发师，多有面子。如果你觉得我干得好，我就一个要求，封我为御用理发师。"阿宓耐心劝我，还正儿八经地算了一笔经济账：你平均每月理一次发，每次十元钱，一年十二次，共计一百二十元。如果走错了理发店，十元钱是走不脱的，至少得三四十元，几百上千块钱也说不定。买全套理发工具，也就两三百块钱。我给你理发，你给我理发，这不节约了一大笔钱。节约的理发钱都归你，你想用来干啥就干啥……

不知是阿宓热心肠的蛊惑，还是我好奇心的驱使，也许是"节约一大笔钱"打动了我，我居然同意了。我清楚阿宓一根筋，她决定做的事，没有做成绝不善罢甘休。

回家路上，阿宓就在手机上网购了一套理发工具。

阿宓第一次在我头上试理发剪的那天，室外气温 17 度。我很少间隔三个月理发，主要原因是上次理得太短，当然也不排除对阿宓理发手艺的质疑。

为了给我理发，阿宓做了精心准备：地点选在山居。时间选在周末。提前一天开地暖。当我看到阿宓手持理发剪向

283

我逼近时，我突然担心起来。我跟普通国人一样爱面子，而面子，首要的是头发。

同意把头交给阿宓，我有点后悔了。

阿宓却很兴奋。为了这天，她已经准备了整整三个月，期待了整整三个月。

阿宓温柔地把我请进洗手间。

我故作轻松地说，理个发，还不至于被你吓尿吧。

阿宓解释说，理发室在洗手间。

我原以为阿宓的理发室即使不在小花园，也应该在阳台，或者在客厅，想不到居然在洗手间。

我忐忑不安地走进盥洗间，仔细打量了一番阿宓特别为我布置的理发室：地暖＋明亮而温暖的浴霸＋浴帘＋马桶＋独凳……洗手台上整齐地摆放着锃亮的推子、剪刀、梳子。

284

我刚在独凳上坐下，阿宓就叫我起来，要我脱掉衣服裤子，换上凉拖鞋。我问为什么。她笑嘻嘻地说，方便清理剪掉的头发。理完发就洗澡，这叫"裸理"。

我差点被阿宓的创意惊倒：如果这样开理发店，想不火都难。

事已至此，后悔也来不及了。

我乖乖地脱掉衣服鞋子，只剩一条裤衩，比三点式还少了两点。

理发师连围布都没给我围上就开始理发。虽然有浴霸和地暖的双重温暖，但我全身很快就变色发紫了，我变色，估计跟温度关系不大。我不得不怀疑理发师不可告人之企图：裸理，是为了防止我中途逃跑。

我小时候就知道理发师的厉害，叫你低头你就得低头，叫你不动你就不敢动。理发师手里拿的可不止剪子，还有锋利的剃刀。当然，一旦遇到大哭大闹死活不愿理发的小朋友，理发师也会感到无可奈何束手无策，非得小朋友的父母又诳又骂又抓又打地协助。

十分钟，理发师只理了左边的一小半。又十分钟，才开始转到另一半。半个小时过去了，理发师仍然在我头上又梳又剪，忙得不亦乐乎。好像她不是在给我理发，而是在我头上刺绣。一个小时过去了，我多次说好了，还不停抗议，可理发师根本不听我的。我觉得我的头发长得比理发师剪得还快，如此下去，永远也理不完。我几乎感到了绝望。可我只敢唠叨，不敢逃跑。古今中外的理发师做梦都没有想到"裸理"这招，看来，咱家的理发师前途不可限量。

285

在阿宓嚓嚓嚓的理发声中，我琢磨着，此时此刻，如果我一丝不挂地逃到大街上，即使不怕寒冷，不感到难为情，也担心被误认为是一只从马戏团脱逃的毛猴，因为我身上沾满了阿宓从我头上剪下来的发楂。我真希望我的头发足够长，请她把剪下来的头发嫁接到我身上，让我成为城市野人，当街狂奔成行为艺术家……

终于理完发了。谢天谢地。

我洗好澡，在镜子里把自己好好打量了一番，及时向理发师表示感谢：我没掏一分钱就已改头换面。整体有把握，细节有创新。并向理发师保证：如果有人说理得好，我就说是阿宓理的；如果有人评头论足说三道四，我就说这是理发店的小徒弟干的活。

　　第二天早晨起床后，我总觉得脑后生风，冷飕飕的。一摸头才恍然大悟，我的大部分头发已被冲进了马桶。

　　来而不往非礼也。第二天，我主动要求给阿宓理发。答应不"裸理"，而是围上围布正常理发。阿宓虽然最终同意了，可比我还紧张。她反复说，你要记住，我把脑袋交给你，需要多大的勇气啊。不知道是阿宓的头发太长还是太浓密，也不知道是剪短点还是留长点，我左看右看，半天下不了手。结果是顾客不太满意。好在我没收费，又是往来之礼，顾客也就不好再说什么。

286　　自从第一次成了阿宓的理发试验品之后，她总是跃跃欲试，恨不得每天在我头上做实验。只怪我的头发不争气，长得太慢，不能经常让阿宓大展宏图。

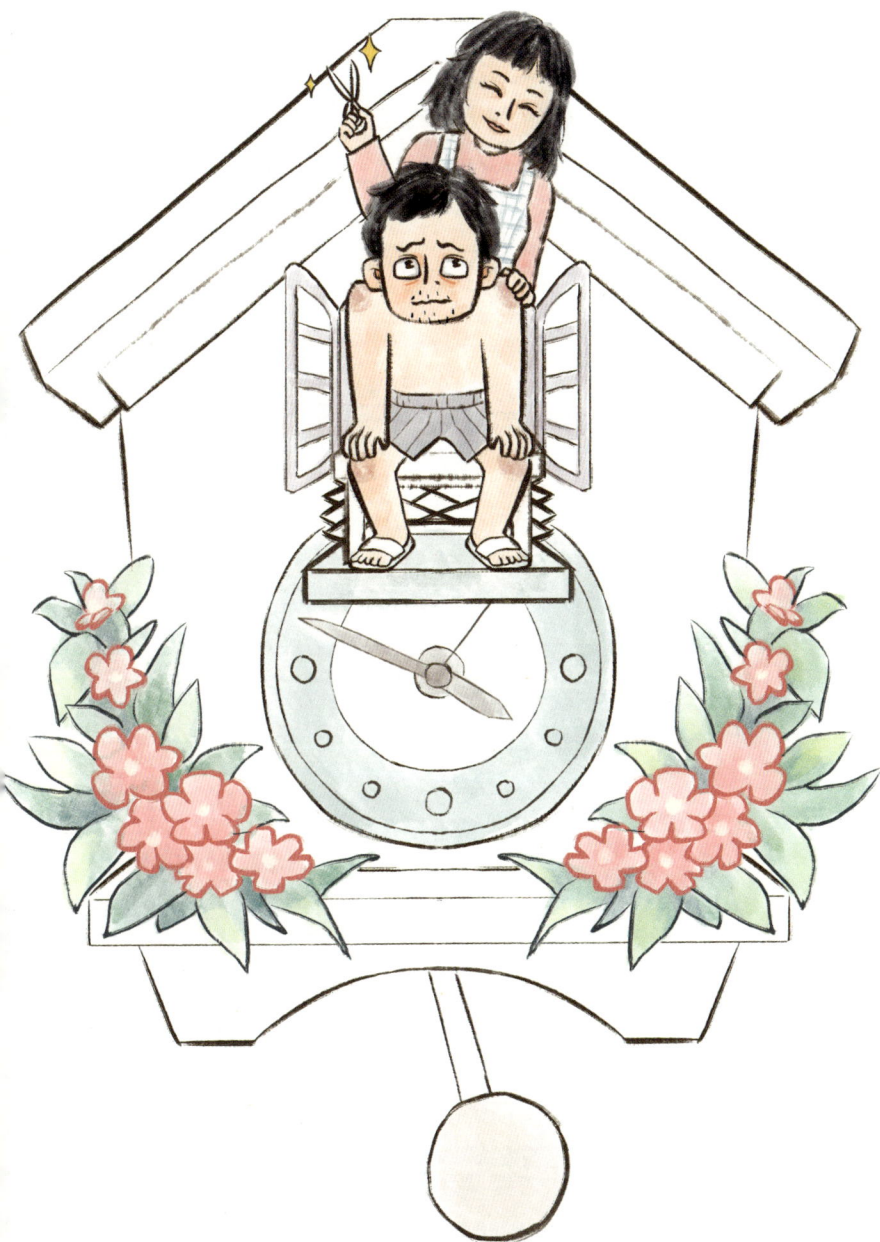

僭越边界让人着迷

当我们探索宇宙时，我们也在探索自己。

——卡尔·萨根

一

躺在山居的木地板上，想象自己是《面具》电影里的变相怪杰金凯瑞，向四周使劲伸展四肢，把脑袋像原点似的摆放在最舒服的位置，屏住呼吸，望着隔了一层玻璃的湛蓝天空，我感觉到天幕在向我张开，缓缓降落，带着阳光、温暖和不易觉察的微风。

闭上眼睛，我就看到了成都的天空。成都的天空，保守、矜持、一本正经，严重缺乏诗意和浪漫，经常灰着个无边无际的大饼脸，除了生产灰暗、雾霾、阴郁，一点儿不想有所作为。而山居的天空，开放、任性，随时随地都可能阳光灿烂、细雨霏霏、刮风、开花，大地上物产丰富，天空中也有丰富的物产——花样百出的云朵、斑斓的风筝、明亮的星星、凉爽的风、清新的空气、嗡嗡嗡的教练机、呜呜呜的无人机……

即使没有星舰和虫洞，也能来一次太空漫游和星际穿越，那里有黑洞、奇点、扭曲的星云、五维空间、时间的膨胀与压缩、引力波、红移、来自远古和未来的呼唤……

艾略特说："这世界轰然倒塌了，不是轰然一响，而是唏嘘一声。"

我没感觉过世界的轰然倒塌，却经常感觉到世界向我轰然扑来，悄然离去。

我相信世界。

世界是一个顽强的整体，即使倒塌了，也不会支离破碎。

人对世界的每一种解释都在无情地瓦解世界的完整性。

然而，世界毫不在乎。

世界是个大词，能装下一切，包括我和我的胡思乱想。

二

按照地球公转轨道线速度每秒 29.8 公里计算，地球自转一周的时间约为 24 小时，这样的速度，没有任何防护的我居然没被地球甩出去，而我看到的星辰好像亘古不变。为什么？

"躺平"是这几年居高不下的网络热词。有时候，我也颇感纳闷，如此庞大而古老的地球都没有躺平，而它上面却躺满了躺平的人。如果地球选择躺平，静止不动，那会怎么样？躺平的人想想也知道会发生什么。也许，地球的力量就来自它一刻不停地动，行动，以每秒 600 公里的速度飞奔……

　　我对世界的认知是动态的，至今没有稳定下来。

　　在母亲怀抱里时，母亲就是整个世界。学会走路后，我是个用脚步丈量世界的壮游者，自信地认为，我走到哪里，哪里就是我的世界。后来，我用眼睛打量世界，目光所及，都是我的世界。

　　有一天，我闯进网络世界、游戏世界、文学艺术世界。有一天，我突然发现世界被瓜分了，于是，我毅然加入了瓜分世界的队伍里。有一天，我知道了用脚步行走和用眼睛打量的局限。我动用脑袋和心灵来想象，想象中的世界无边无际。

　　那时候，我与世界频繁互动，能深切感受到世界对我点点滴滴的影响和自己日新月异的变化。有时候，我认为世界是空旷的，包容透明的，无障无碍的，没有任何束缚和边界，我能走多远，世界就会给我多远的空间，世界绝对不会阻挠我的前行。有时候，我觉得世界太大了，大得让我焦虑纠结，大得让我欣喜若狂。有时候，我是一个敢跟世界对着干的倔强家伙。有时候，我是一个悲观厌世的绝望者。

　　大学毕业多年后的一天，我带着欣赏的心情翻看昔日的照片，那是一张我站在嘉陵江边的礁石上拍的个人照，青春的稚嫩形象已经不重要，重要的是背后飘着云彩的天空、黛色山脉、静静流淌的嘉陵江水，以及流失的光阴岁月。它们还在吗？

　　我突然觉得，世界只是一种背景，清晰的或者模糊的背景。

三

认知世界的过程就像摄影师对焦、调焦、聚焦的过程。有时候，一下子就对上了；有时候，调了一辈子都没聚焦。

世界是一种客观存在，更多的时候却是一种主观感受。

当我发现世界不是我看到的那样，而是与我听到的、触摸到的、感觉到的、想象的世界大相径庭时，我就感到失望和恐惧。

我们的恐惧大多来自无知。我们渴望了解真相，知道一切，就是为了不再担惊受怕。

我偶尔会突然问自己这样的问题：没有我的世界会怎么样？没有世界的我会怎么样？

最可怕的是我们与这个世界失去了任何关联。

世界抛弃我们，干脆利落，一点儿不拖泥带水。而要我们抛弃世界，不咽下最后一口气，根本就死不了心。

世界是"不知之知"。

四

世界如此之大，大得让我经常怀疑自己是否参与过这个世界。

世界如此之小，小得只有我自己。

我不知道我与世界之间隔着什么，但我一直在苦苦寻找。

也许，世界只是我的一种想象。想象是对现实的否定。现实与世界好像隔着一块遥远的空间。

我们的恐惧大多来自想象。想象让我们有一种踏空感。普鲁斯特说，现实让他失望。因为唯有不在场之物才能成为想象的对象。

世界也许是一种客观存在。当我在描述和思考世界时，世界却成了我主观意识的表达。存在和活着是描述和思考的证据。

从某种意义而言，我是因为表达而拥有了这个世界。

世界这个词蕴含的意义比世界这个词所表达的内容更重要。

没有事物能大过人类词语，包括世界。

世界本来是客观的存在，有了主观的理解和阐释之后，世界就更加千姿百态了。从这个角度来说，世界是理解的结果，是阐释的结果。

世界的根本意义是：世界没有末日，每个人却有末日。世界末日永远不会出现，因为没有任何人能活到世界末日。

五

我始终认为，世界是用来被认知的，更是用来享受的。可人们往往重视前者而忽略后者。

我不大喜欢知识性地认知世界，那样太枯燥乏味。我更喜欢情绪化的认知世界，让世界成为我的直觉，这样才有趣好玩。也许，这就是文学、艺术、影视、游戏……存在的价值和意义。

世界太大了，必须有自己的书面语、别名、绰号、变体（宇宙、无限、辽阔、浩瀚、全部、所有一切、大自然、寰宇、时空……）

还有"我"。

我是宇宙的中心。山居是宇宙的中心。

这不是开玩笑，也不是我狂妄。从理论上讲，以山居为出发点，可以抵达宇宙的任何地方，因此，说山居是宇宙的中心一点儿没错。依此类推，我也是宇宙的中心点，无限的宇宙中的任意一点都可以被看作宇宙的中心点。

我找不到宇宙的边缘，却可以指认宇宙的中心。

六

有一天，我突然感到世界停摆了。

我曾经以为到过的地方越多，见识过的事物越多，占有的东西越多，我的世界就会越大，世界越大就越好玩。现在发现，我越了解世界，我的世界反而越小，它们在自顾自地萎缩，慢慢安静。

也许，这都是我的感觉或者错觉。

世界永远都是那个样子，从来没有变大，也没有变小。

我佩服那些至今还敢跟世界较量、敢跟宇宙对视的人。

他们已经出离世界，跟宇宙平等了。而我，一直在世界里面，一直都是世界上一个微不足道的草芥。

毫无疑问：我们都在世界里，包括世界本身也在世界里。

世界是头大象。

在大象面前，我是个睁眼瞎，只看得见一点点东西的盲人。

但是，自从有了山居，我和阿宓的世界都变大了，空间不是变大了 81 平方米，而是变大了 70 公里，从四道街的家到山居家有 70 公里的距离。回家时间也发生了变化，从成都开车到街子古镇，正常时间需要 1 小时 20 分钟。

七

世界又回到了我的眼前，就像小时候躺在地上仰望星空。

只有人这种动物既把世界当作一个整体来看，又把世界用人为的标准支离破碎成局部——城市、乡村、陆地、海洋、爱情、艺术、小说、科幻、想象等等。其他物种眼里的世界基本上是固定不变的，比如，老虎、狮子、迁徙鸟等等。因为人一直在成长，既有生物性的成长，又有眼界、认知等精神性的成长。

这个世界其实是一分为二的简单：家与家外，屋与屋外，地球和地球外，山居和山居外……我与他人，此时与彼时，知道自己的 DNA 的人与不知道自己 DNA 的人，电视机与电脑手机……这个世界没有哲学家眼里的复杂，也没有诗人眼里的浪漫。

物理世界，即使"中国天眼"也望不到边界。精神世界，也只能靠我们的幻想去感触。当然，任何遽下的结论都很危险，尤其对世界这样的大家伙而言。古今中外，多少睿智之士对世界皓首穷经，最终也不得不感到遗憾。

八

没有比世界更大的东西。

世界是一个无与伦比的大词。大词减少了无数人为的麻烦。大词把所有的问题一笔勾销。大词让我们做到了：一锤定音，一了百了。

何为大？最好的阐释也许是《中庸》第三十章："万物并育而不相害，道并行而不相悖。小德川流；大德敦化。此天地之所以为大也。"

能活在世界上，我已满足。对世界知多知少，完全无关紧要。

这个世界不是它本来的样子，而是被解释的样子。尼采认为，这世界"不存在事实，只存在诠释"。

我拉开窗帘的一刹那，世界就是我随意打开的一本书，我想起父母时闭上的眼睛，我松开刹车时油门的轰鸣声，阿宓的笑容，电量充足网络信号良好的手机，你恍惚的背影……

世界需要想象。

一般人喜欢在场，因为一般人缺乏想象力。

正如让普鲁斯特失望的现实，他认为"唯有不在场之物才能成为想象的对象"。

九

人类技术改变着人类，改变着世界，但是，再强大的技术，也有改变不了的东西，至少在可预见的未来改变不了，比如，人性、世界的基本形态、星球等等。

在我看来，世界是弹性的存在。当我有所行动，展开想象的翅膀，世界就会变大。当我静下来，世界就会缩小，甚至静止。世界的大小取决于我自己。

世界是可以创造的。

有、无、创造，是构成世界的基本元素。有形的物质，无形的东西，生生不息的创造。世界再大，我只能偏居一隅。世界再小，也有我容身之地。也许，每个人都有过这样的经历：世界从小变大，从大变小，从无到有，从有到无，从拥有到放弃，从放弃到拥有……反复无常，瞬息万变……也许，摆脱这种纠结的最好办法就是创造。创造让世界不断更新，创造赋予了人存在的意义。

295

十

想到世界的大，我就来气。

想到世界再大也不够我想象，又高兴起来。

我的脚到达不了的地方，我的脑袋也要到达。用脚走路，终究有限。到远方，必须用脑袋。

星星的魅力在于：它们在太空中闪烁着神奇的图案、符号，它们可以变幻成万事万物，包括人。

一位心理学家说："如果不将世界切割成概念性的碎片，我们就根本无法认识世界。"

我们创造了海量的词汇，不仅没有把世界解释清楚，反而让世界更加模糊。

如果世界可以理解，世界就会索然无味。

296

世界是雌性的，雄性永远搞不懂。

十一

我曾经以为世界没有边界，即使有，也遥不可及。

第一次发现边界，我愤怒不已，一门心思要打破它、跨过去。之后发现边界无处不在无时不在，我就开始被动适应、主动接受，直至成为习惯。

一句话、一个眼神、一个手势、一首诗、一本书、一条警戒线都可能成为无法逾越的边界，手机、电脑、汽车、飞机、篱笆、栅栏、道路、桥梁、河流、海洋、爱恨情仇、一花一叶、风霜雪雨、日月星辰、黑暗、光明……这些被我们命名的万事万物都是一种边界。

"旅行者一号"看到的无疑是已知物理空间的最遥远边界，我们的思维局限是离我们最近的边界。换个思维，给个限定词，从另一个角度来看，任何结论都有其合理性。世界再大，也有其边界。最大的边界也许就是人类发明的限定词。

边界是一种禁锢，也是一种保护。当我在视频里看到悬浮在太空中无依无靠的地球时，我认为，边界是世界的支柱。

世界可以没有尽头，但人类需要边界，边界之外是无底洞，是绝望的恐怖。

十二

世界是有边界的，死亡是最后的边界。我相信世界是多维的，只要越过死亡边界，我们就能到达另一个世界。

没有边界，世界就会泛滥，宇宙就会坍塌崩溃。

随着科技的发展进步，边界在慢慢后退，世界在向我们展现其无穷无尽的魅力。因为有边界，世界不再单一，世界因此而多维、丰富多彩。因为边界，世界成了叠加、多重、繁复的形态，世界的本质成了"一切皆有可能"。

边界不是局限，不是隔绝我们的墙壁、堤坝和山脉。边界不是用来封闭、阻挡和孤独的，而是用来进入的。只有跨过边界进入另一个世界，我们才真正了解这个世界。

逻辑、常识、真理，说出来的每个字每个词每句话都可以称为边界。闭上眼睛，一切边界就会消失。我们的心是没有边界的。我们的灵魂不受任何边界约束。日月星辰是我们视线的最远边界，但是，我们的心灵可以超越他们，直达无限。

世界是一个无限的整体。

边界是欲望撕裂的罅隙。

僭越边界让人着迷。

世界的存在，世界这种说辞，都基于其局限性。如果世界是由一点出发向四周无限延伸的空间，那每个开始延伸的地方，也就是局限，就是进一步认知世界的台阶。

我们因此发明了"灵魂"这个东西。发明"灵魂"时，我们对它最有创意的设定就是：没有边界。

赫拉克利特说，你永远找不到灵魂的边界。

柏拉图认为："如果我们欲获得纯粹知识，我们必须摆脱躯体并用灵魂来沉思。"

十三

宇宙并没有那么不可思议，不可思议的事情恰恰经常出现在我们身边。据说，一张纸对折 103 次，宇宙就装不下了。

古人早就有了明确的世界观、宇宙观。

《庄子》曰："奚旁日月，挟宇宙，为其吻合。"

《尸子》曰："四方上下曰宇，往古来今曰宙。"

中国古代哲学家惠施曰："至大无外，谓之大一；至小无内，谓之小一。"

宗教家认为世界"如梦幻泡影"，哲学家认为世界是"无"，作家诗人认为所有活着的人只不过是"空幻的影子，虚无的梦"，现代科学家猜测"整个世界都是假的"……总之，他们都在怀疑世界的真实性。我不敢肯定世界是真是假，但我相信世界之所以有趣好玩，在于它亦真亦幻。

西方人对世界认知的第一次飞跃，始自哥白尼的"日心说"，因为"日心说"让人类不再拘束于地球。

人类对宇宙世界的总体认知，也就近两百年左右的事。

现代人认知世界，有一部智能手机就够了。

世界并没有因为显微镜和天文望远镜的出现变得更加清晰，也没有因为其丰富性复杂性而让我们拥有更多。

世界如此之大，而如何安置自己的眼睛和自己的人生，却是最迫切的问题。2015年，一位中学老师因为一封辞职信成为网红。她的辞职信就一句话："世界这么大，我要去看看。"

仅仅是"看看"两个字，就可能耗费我们一生。

十四

深夜十一点半，万籁俱寂，蟋蟀在小区花园里唧唧唧唧，水池边传来一阵阵蛙鸣。

我轻手轻脚地走进阳光房，关掉所有的灯光，躺在上午躺过的木地板上，仰望浩瀚的星空。我这才发现，白昼的天幕不是在降落，而是在拉开，慢慢拉开，在夜深人静时终于拉开了一个星空世界。若隐若现的星辰好像在向我靠近，又像在渐渐离开我。我突然觉得，这个世界变得跟我一样渺小了，渺小如闪闪烁烁的星辰。

我惊讶于永恒的星空和人类的渺小居然并存于我的注视中。我感觉到我与世界从来没有这么零距离地相处过。

躺望星空，时间越久，我对世界的认知越模糊。闪闪烁烁的繁星把我带走了，带到了一个完全陌生而神秘的世界。

星空一无所有，为什么却让我如此迷恋？

步步紧逼的未来，仿佛一团不可知的恐怖阴影。

此时此刻，我相信后羿射日和嫦娥奔月的故事。如果后羿没有张弓搭箭射掉九颗太阳，就不可能有这样的夜晚，没有这样的夜晚，嫦娥就不可能飞上月亮，没有嫦娥的月亮将暗淡无光。

只有静不下来的心，没有静不下来的世界。

什么样的生活既简单又丰富

什么样的生活既简单又丰富?

我的答案是:旅游。

没有钱,可以穷游。去不了远方,在卧室里也可以畅游天下。

旅行界有一个伟大的发明:卧室旅行。

"室内旅行只需要一套粉红色和蓝色相间的睡衣。"

据说,尼采和乔布斯都喜欢"卧室旅行"。

网友总结了四项最高回报的投资——

读书:去别人的灵魂里偷窥

旅游:去陌生的环境中感悟

电影:去银幕里感受别人的生活经历

冥想:去自己内心跟自己对话。

这四项投资,在山居都可以轻而易举地实现,而且有溢出效应:健康、快乐、美的享受……

努力工作六天的目的,是一天周末;努力工作五天的目的,是两天周末;努力工作一年的目的,是春节;努力工作

冬

一辈子的目的，是退休。

周末、春节、退休有个共同点：休假。

休假当然就是去旅游，不旅游，休假干吗？

傍晚是一天的旅游，周末是一周的旅游，节日是一年的旅游，退休是一生的旅游。

也许，奋斗一生的目的就是休假，就是自由自在地旅游。

每一次旅游，都是自己对自己的一次奖赏。

世界是多元的，也有人不喜欢旅游："如果一头驴子去旅游，并不意味着它回来就能变成马。"

为了能变成马，就不能敷衍旅游——走马观花，到此一游。上车睡觉，下车拍照，到了目的地打麻将……这样的旅游，即使到过再多的地方也不算旅游过。

302　　旅游，形式上是行走，本质上却是停止——停在旅途，止在目的地。

旅游的两大目的就是：游和玩，止和思。

旅游的表面意义是吃喝玩乐，深层次意义是停下来，歇下来，静下来，欣赏、思考、想象。旅游的丰富多彩，离不开思。没有思，再美的风景都显得单调无趣。

人生是一次充满无限可能的漫长旅行。

《西游记》写的就是一次长途旅行。文艺作品所表达的都是人生旅行中的所见所闻所思所想。

在网络时代，我们更需要旅行。旅行让我们尽可能地走出虚拟世界，让我们在行动，让我们脚踏实地，让我们不再虚无。

我们之所以痛苦纠结，归根结底在于没有放下。旅游就是放下，放下忙碌的身影，放下习惯了的生活，放下一切过往。

旅行，有地理旅行，时间旅行，人文旅行，心灵旅行……

旅游是双向来回，从起点到目的地、从目的地到起点的过程和经历。从一个地方到另一个地方，无论待多久，都得回到来的地方。这也是我们为什么要一次又一次旅游的原因。

有人说，旅游就是从你待腻了的地方，来到别人待腻了的地方。这是对旅游的调侃，不懂旅游本质意义的人的肤浅看法。

旅游是对习惯了的生活的一种扬弃，渴望新生活的一种勇敢行动。

所谓的"行万里路"就是一种主动旅游的行为。

我喜欢看山，而不喜欢爬山。

山的存在，不是要我去攀登，而是在提醒我该歇息了，该停止了。山河、大地、天空、日月星辰都是人类的共有，不会激发我征服占有的欲望，可它们却像磁石一样吸引着我，因为旅游。

旅法作家边芹说："在地理的旅行之上，有时间的旅行，时间的旅行之上，还有人文的旅行，人文旅行之上，便是心灵的游荡，那是不需要签证的。"

旅游，是一条滋润大地万物的千古不息的河流。

喜欢蜗居家里不愿外出的人，既不知浪漫，也不懂生活。

每次到山居，我都把它当作一次旅游的落脚点，又一次旅游的开始地。

经常滚进同一条河流的家伙

阿宓评判一个人，全凭直觉和本能。她的依据既不是黑字白纸的材料和图章证明，也不是滔滔不绝声情并茂的自我介绍。她既不过问他们的过往，也不探寻他们的秘密。她的评判异常快速，几乎是看一眼、喝一次茶、吃一顿饭就出结果。她的评判结果也很简单：好或不好，值得交往或不值得交往。阿宓的评判虽然简单快速，可比 CT、彩超、核磁共振、脱氧核糖核酸、天眼和微信 AI 检测还要准确和节约费用，而且十年二十年过后仍然有效，好像那些被她评判过的人都在积极配合她，共同证明"江山易改本性难移"这句古老的俗话。

阿宓的评判原理，她说不大清楚，我至今也没有参悟出一二三。但是，我对阿宓的评判既不是根据相关资料，也不是凭直觉和本能，而是基于经验和大量事实。

阿宓是个情绪控。情绪不好的时候，什么事都像一座大山，而且打死不去翻越。情绪好的时候，天大的事都不算事。即使喜马拉雅山挡在她面前，她把自己变成鸟儿也要飞过去。她是直性子，心思和肠子都不会打结，为人做事一根筋，不知变通，不懂圆滑，善恶分明。对谁好就从一而终，讨厌谁就一棍子打死，阴晴圆缺让人一望而知，桌椅板凳都能察觉到她的情绪变化，花草树木都能洞悉她的意识形态。我一直替她担心，害怕她无意中得罪了人。可她满不在乎，经常笑嘻嘻地说：世上这么多人，不拿些来得罪，我怎么应付得过来？我就直来直去地说说话而已，又没有歹心恶意。跟人说几句话都要深思熟虑，你不觉得做人太累了吗？

在运用评判结果方面，我跟阿宓完全不同，她不会利用评判结果来博名谋利，被她评判为好人的就交往，评判为不好的人就绝交，绝不拖泥带水。而我，就像某些体检中心，一旦检查出了毛病，就想医治。特别是对被我检查出有"毛病"的阿宓，我就变成了总想通过病人来发财的贪得无厌的庸医。多年来，我免费的苦口婆心谆谆教诲毫无效果，阿宓还是原来的阿宓，绝望的我不得不求助绰号这根稻草，指望

绰号能像标签和口号一样随时提醒她警示她。

自古以来，我们就有直呼其名的忌讳。因为要忌讳，我们不得不给自己多预备些名字。稍有头脸的古人，除姓名之外，还有字、号。如果把自己取的、别人赐的、上级封的、生前死后的姓名和绰号凑在一起，并不比欧洲贵族姓氏的字数少。即使庶民百姓，也得有个乳名小名。《水浒传》里的108位英雄，没个诨名绰号，都不好意思行走江湖。

互联网时代，我以为喜欢给自己取字、号的人日渐式微，殊不知有过之而无不及，网名、博客名、QQ名、微信名、笔名……满天飞。即使查看身份证，也不一定知道其真名实姓。明星、演员、歌手、诗人、艺术家、主播、网红，

306

如果没有响亮的艺名网名，想要火起来都难。

无论网名怎么取，都没人比得上《资治通鉴》的作者司马光，这部光耀千秋的大作的每一卷开头都是司马光的头衔和名字："端明殿学士兼翰林侍读学士朝散大夫右谏议大夫充集贤殿修撰提举西京嵩山崇福宫上柱国河内郡开国侯食邑一千八百户食实封六百户赐紫金鱼袋"。因此，九百多年前的司马光无疑是微信签名的鼻祖。

在我看来，除了父母取的姓名，所有的名号都是绰号。

我是个资深的轻微怀疑论者，相信人心不古，哪怕地球上只剩下两个人都会发生战争，即使只有一个人也会跟自己过不去。我虽然相信无意中说的一句话就能得罪的人心眼小、不值得交往，但是，谨言慎行也算一种传统美德。阿宓有时经我反复提醒，也觉得自己有时候没管好自己的嘴，答应痛改前非。可下次又故态复萌，我不得不叫她"滚进同一条河流的家伙"。我经常吓唬她，还引经据典地说，古希腊哲学家赫拉克利特早就说过："人不能两次走进同一条河流。"她也满不在乎，依然心直口快。多年来，我惊奇地发现两个事实：其一，阿宓虽然经常滚进同一条河流，至今没被淹死，看来是我多虑了。其二，我私底下无数次有意无意地搞民意测试，阿宓受欢迎度比我高得多。我估计，发明"本性难移""杞人忧天"这些成语的人的老婆，肯定跟阿宓一样只有一根筋。后来想想，阿宓能以一己之力干翻一条哲学箴言，也值了。

阿宓是个热心肠，总以为世界上的人都没有她过得好，

307

谁都需要她鼎力相助，该帮不该帮，值不值得帮，有没有能力帮，她都义无反顾地助人为乐，"赞花""赞灵子"这些成都土话当然非她莫属。我经常说半截话，她立马补充完善，天衣无缝，不是"巫婆""魔法保姆麦克菲"是谁？比如，有一次我突然问阿宓，什么风最大？她不过脑子脱口而出，枕边风。好像是我们预设好的台词。我怀疑她时刻蹲在我的脑袋里，我想啥、说啥、干啥，她事先都一清二楚。

为了报复，她也经常给我取绰号。有段时间，我应酬多，饭局、喝茶、打牌忙得不亦乐乎，她就叫我"交际花"。我抗议说：我给你取了那么多绰号，加起来都不如你给我取的这个绰号恶毒。虽然我确实配此绰号，可"交际花"这个绰号太过毒辣，因为你把我变性了，我乃堂堂六尺男儿，怎么能用女性专用的花来形容我？我求她稍作修饰，"交际男"更准确，"交际果"更对称，而且有诗情画意，还有互联网智能思维。可她死不悔改，依然叫我"交际花"，真是拔不掉的"一根筋"！

我给阿宓取绰号，大多触景生情、灵感爆发，也可以说，她和那些绰号算是名副其实，相得益彰，完全没有污蔑她。绰号，是一种娱乐性的幽默评判。但是，我有时候也觉得自己有点过分。随便取绰号虽然不算家暴，但有污名化倾向，涉及语言环境整治等大问题。好在我们互相特指，只限于在阿毛和阿宓的世界里使用。

阿兰·德波顿的这段话让我彻底释然了。他说："在私人生活的领域内，语言的个人印记是再明显不过的了。我们对某人知之越深，便越觉其通用名似不敷用，总想给他另立新名，这才可见我们对他的了解不同一般。"

有了依据，我给阿宓取绰号就更加肆无忌惮了。她推辞不掉为朋友写书评，我就叫她"马屁精"。她补牙时，我就叫她"缺牙巴""大峡谷"。她失枕了，我就叫她"机器人"。她口无遮拦时，我叫她"大嘴巴"。她跟人掏心掏肺时，我叫她"玻璃人"……

我归纳了一下给阿宓取绰号的主要原因：

一、为了阿宓的人身安全。江湖险恶，人心难测。据说，列宁一生有 140 多个化名。周树人可能是古往今来用笔名最多的作家。鲁迅只是周树人的笔名之一，他一个字的笔名有 16 个，两个字的笔名有 117 个，三个字的笔名有 37 个，四个字的笔名有 5 个，五个字的笔名有 7 个，六个字的笔名有 1 个，叫作"上海三闲书屋"。据说，这是鲁迅先生能在残酷的暗杀中活下来的原因之一。

二、为了喊叫方便。在家里叫大名，感觉有点别扭。像老外那样直呼其名，又觉得不礼貌、有点没教养的嫌疑。

三、为了教训阿宓"不要滚进同一条河流"，过一把导师瘾。

四、为了解我心头之"恨"。阿宓我行我素的行事风格，经常让我一不小心就坠入心灵鸡汤，差不多把我逼成了可以行走江湖的"生活导师""说教者"，随时处于"教唆犯"边缘。

五、为了暗藏心底的自私。叫她丫头，我当然就是老爷。叫她"一根筋",我当然就比她至少多了一根筋。

六、为了好玩。夫妻之间,最无聊、最无情的莫过于合同制式的相敬如宾,举案齐眉。

……

一天下午,我在微信群里看到"你的人性检测单",就和阿宓在手机上玩了一下,意外得到两个最新绰号。

阿宓的属性是"神仙下凡"。

人性:知晓世间万般邪恶,依然保持内心温柔。指数:100%。

兽性:与生俱来的道德感,做事不走歪路讲良心。指数:0%。

妖性:率性但不任性,骄傲却不骄矜。指数:0.1%。

神性:以圣人的标准要求自己,以凡人的标准体谅别人。指数:爆表!

魔性:待人有礼有节,行事张弛有度。指数:0%。

佛性:情丝只为一人缠,红尘从不去贪恋。指数:99.99%。

评语:本是天界仙人,奈何坠入凡尘,心中一方净土,藏尽人间纯良。

我的属性是"魔王临世"。

人性:重情但不感情用事,深情但不迷失自我。指数:37%。

兽性:成熟理性且克制,从不逞一时之快。指数:0%。

妖性:气质黑暗又冷清,不腻不作不矫情。指数:1%。

神性：心如明镜全都懂，却能看透不说透。指数：999%！

魔性：想做的事情必须得实现，不达目的决不罢休。指数：爆表。

佛性：看似喜怒不形于色，实则谋划深藏于腹中。指数：51%。

评语：头脑跟得上心计，实力配得上野心。

之后很长一段时间，我总是恶作剧地叫她"仙女"，她也幸灾乐祸地回应喊我"魔王"，使得我们都说不清楚咱们的山居是地狱还是天堂。

冬

你的房子是你更大的身体

房子对人的重要性不言而喻。

如果把人比作乌龟，那房子就是人的乌龟壳。

互联网上有个测试：一个人最少需要多少面积的住房就可以体面地生活？

专家的答案是："12平方米。"

我不否定，也不苟同这个答案，因为这不仅关系到房子和房子面积的问题，而是涉及"体面地生活"。如果"12平方米"与"体面地生活"可以画等号，那就得重新定义"体面"，或者重新研究公摊面积政策。

体面是一个与时俱进的词，不同时代有不同时代的体面，不同环境有不同环境的体面，不同个体有不同个体的体面，不同思维观念有不同思维观念的体面。

房子本来是空间概念上的建筑物，被赋予社会属性后，就有了浓烈的世俗色彩，内涵自由与约束、宽敞与狭窄、贫穷与富裕、城市与乡村、安全感、身份地位、婚姻爱情、安居乐业等等。

人是空间动物。自由度与空间大小成正比。人一辈子大多时候生活在房屋、汽车、火车、飞机之类的空间里，死后还要给自己弄个有空间感的棺材、坟墓，最夸张的就是埃及金字塔。没有自由的空间是可怕的。"12平方米"的自由，很容易让人联想到囚室。

作为居住生活的地方，"12平方米"很难用宽敞来形容。除了特殊地区特殊地段，"12平方米"也无法与财富地位相提并论，反而与廉租房、公寓房、旅店房间、办公室等有关了。处对象时，"12平方米"的房子根本无法吸引对方。

"12平方米的体面生活"是有前置条件的，凡是有前置条件的都算不得真理。数字虽然有精准的长处，也有冷漠、没有感情的短板。与"12平方米"的说法相比，我更喜欢黎巴嫩诗人艺术家纪伯伦所说的：你的房子是你更大的身体。这是个充满诗意和哲理的说法，诠释了房子的本质、人与房子的关系，想象空间巨大。

江兄是我的老朋友，精明的生意人，曾经狂热过好一阵子的诗人，20多年来，他在全国各地购置投资房、别墅、公寓房、度假房、养老房、商铺、办公房等等，如果把这些房产凑在一起，差不多算一个小型楼盘了。我开始以为他在投资，后来觉得他有"恋房癖"。他常年在各地奔波，一是为了做生意，二是为了巡视他的房产。这些房子，就像皇帝的妃子，一年能被他宠幸一晚都得磕头烧高香。大多数房子，只能享受被他盯一眼、抚摸几下、打扫卫生的待遇。

有次喝茶，他感慨万千地跟我说，我现在才发现，我大半生都为房子忙乎，我的诗意人生全都被房子给耽误了。我虽然不像一些年轻人那样被房子绑架成了房奴，可我更悲惨，我不是一套房子的奴隶，而是无数套房子的奴隶。好在我还有自己的事业和追求，没有被某套房子固定在某个地方。其实，人与房子的本质关系是居住，是房子在为人服务，而不是人在为房子服务。

以住宿功能为标准，只要比你身体大的房子就行，也就是说，房子是用来栖身的，栖身之外的房子，理论上均属多余。《增广贤文》曰："良田万顷，日食一升；广厦千间，夜眠八尺。"

有一年，我去菲律宾拜访何先生，从他家里出来时，我最感慨的就是他带泳池的独栋大别墅。何先生是菲律宾华人，他和夫人经常在外忙生意，他的孩子也有各自的事做，没有跟他们住在一起。偌大的房子，主要是他请的六个菲佣在居住。他请他们，好像不是为他们服务，主要是为了看护房子。六位菲佣分别负责花草养护、游泳池清理、室内卫生、做饭、洗衣洗被等，每个人的工作量都不大，六个人的活其实两个人都能干完。何先生无奈地说，他们都不愿意多干活，也不想多拿钱。

有时候想起来，菲佣们的生活比何先生幸福多了，干完自己的活就可以去午休、去发呆。

房子当然是好东西。买第一套商品房时，我就有一种无法言说的奇特感觉，好像拥有了无限世界的一部分。但是，对房子，我从来就感到满足。我一点儿不羡慕那些住别墅的有钱人。我跟阿宓说，我从小住的就是"别墅"，带菜地、花园、果园和林地的"大别墅"，能装下蓝天和星辰的

"大别墅"，它是现代民宿的前身，真正的民宿第一代。现在的别墅，有几栋能容下一棵百年大树栖身的？读高中时八个同学住一间宿舍，读大学时六个同学住一间宿舍，我都很满足。工作后分到一间单身宿舍，六个平方米左右，只容得下一张单人床、一张写字桌、一只木凳，我很满足。后来，买了一套117平方米的商品房，我也很满足。买山居这套房最划算，我们不仅买了一套房，还买了一种健康快乐的山居生活方式。正如纪伯伦所言："它在阳光下长大，在夜的寂静中入睡。它有时做梦。"

有一天跟高大姐喝茶闲聊，高大姐问我什么房子最贵。我说别墅最贵，高大姐说回答错误。我又说大房子最贵、地段最好的房子最贵、高楼大厦最贵、宫殿最贵，都没得分。

高大姐说，最贵的是心房。

我恍然大悟。

每天躺在床上闭上眼睛睡觉时，房子的大小贵贱已经不重要，是谁的房子、房子在哪里也不重要，重要的是：睡不睡得着觉。

陆游：中医造诣最高的宋朝文人

当我发现陆游是一位著名郎中、养生专家时，吃惊之余，也得了一个警醒：不要随便给人贴标签。

给人贴标签，有简单明了、黑白分明、容易记住的好处，也有"一叶障目不见森林"的错觉，甚至有走极端、陷入简单粗暴的单一性思维模式的风险。过分标签化，就像过分脸谱化、符号化，难免狭隘和浅薄。现在的网络喷子、主观臆断的恶评、阴谋论、罔顾事实只有结论的武断……都可归为贴标签式评判这个大圈内。

人是不能被标准化的。只有可以无限复制的商品才需要标准化。每个人都是具有七情六欲的生命综合体，真实的、鲜活的、动态的、滋润的、可感可触的，并不是贴几个标签、下几个定义就能了解和诠释。特别是对那些留存于世的资料和线索本来就有限的历史人物，如果再给他们贴标签，很可能落入误读、错读的陷阱。即使不得不贴标签，也不能随便给人下定义。

陆游的祖上就是医学世家，有数代相传的《集验方》（又称《陆氏集验方》）留存于世。陆游从小熟读医书，还喜欢读《尔雅》和《离骚》，认识很多草木，懂得它们的特征、药性、药效。出仕之前，他已经在给近邻乡民看病。

陆游在《跋续集验方》中说："予家自唐丞相宣公在忠州时，著《陆氏集验方》，故家世喜方书。予宦游四方，所获亦以百计，择其尤可传者，号《陆氏续集验方》，刻之江西仓司民为心斋。淳熙庚子十一月望日，吴郡陆某谨书。"他撰写的两卷《续集验方》虽然散失了，但从他众多的诗文中，仍然可以找到他很多关于中草药的识别、治病救人案例、养生方法等内容。

1174 年，范成大任四川制置使兼成都知府、陆游担任锦城参议官期间，成都暴发疫病，很多人无药可医，只能等死。陆游查看病人症状之后，亲自配药施药，在街头大缸熬煮，免费供病人取用，救活了很多人。

"我游四方不得意，阳狂施药成都市。大瓢满贮随所求，聊为疲民起憔悴。"（《楼上醉歌》）

陆游出蜀东归后不久，再次被贬官回乡。归隐田园后，他种药、采药、开药铺，悬壶行医于乡野村镇之间。

"驴肩每带药囊行，村巷欢欣夹道迎。共说向来曾活我，生儿多以陆为名。"（《山村经行因施药》之四）。

陆游以药会友、以药济世、以药养生，不仅自己受益，更是惠及了身边及周围的人。据史料记载，他施药救活了很多人，村民们为了对他表示感激，生的孩子多以"陆"为名。

在《隔了八百年的遇见》里，我臆测乱说陆游不干"正事"，不务正业，到处吃喝玩乐、风花雪月，完全误解冤枉了陆游，他不是在游山玩水，而是在不辞辛劳地跋山涉水，寻找治病救人的良药，寻找救国救民的良方。

"不为良相，便为良医"，是古代文人士大夫的济世理想。汉代贾谊说："吾闻古之圣人，不居朝廷，必在卜医之中。"《国语·晋语》就有"上医医国，其次疾人"的说法。这种良相良医的济世理念，在宋朝达到了巅峰状态。

宋太祖赵匡胤会针灸，在领兵打仗时还能为士兵看病开药。

宋太宗赵光义在当皇帝之前，就收集了"名方千余首"，而且都是灵验可靠之方。当皇帝后，非常重视医学，下诏命王怀隐等人编著大型方书《太平圣惠方》100卷，收录中药处方 16834 个。

宋真宗赵恒经常给臣子开药，医好了不少得病的臣子。

318　宋仁宗赵祯也会开药，他尤其对针灸很感兴趣，专门命医官铸造了两具 1 : 1 的针灸铜人，编修《铜人腧穴针灸图经》。

宋徽宗赵佶亲自主持，历时十八年，完成了旷世巨著《圣济总录》200卷，集宋以前中医药文化之大成，是医学上的一部百科全书，收集了诊断、处方、审脉、用药、针灸等各方面的理论和实践成果。《政和本草》共介绍各种药材 1746 种，其中新增加 628 种新药，是一部完备的药物学著作。他自己还写了一本《圣济经》，10卷。宋高宗赵构，在前辈的影响下，亲笔写下了真草《嵇康养生论卷》。

皇帝尚且如此，陆游成为"名医""养生专家"也就不足为奇了。欧阳修、范仲淹、苏轼、辛弃疾、陆游这些大文人，不仅能写精彩的诗词文章，也在中医和养生领域都有所造诣，其中造诣最深的当属陆游。他有深厚的家学传承，又有长期的实践总结。在他的诗文中，有大量的采药、赠药、求药、食药和看病、开方子的内容。他认为，栀子以果入药，能清热泻火，主治热病心烦、目赤、黄疸疮疡等症。石菖蒲以茎入药，能开窍、豁痰，主治痰厥昏迷、癫狂、惊痫等病。他经常将茯苓、枸杞、灵芝、石芥、蒌蒿等草药当药膳、美食来吃。

"盘餐敢辞饱，满箸药苗香。"（《访野人家》）

"松根茯苓味绝珍，甑中枸杞香动人。"（《道室即事》）

"从公游五岳，稽首餐灵芝。"（《姚将军靖康初……》）

"旧知石芥（石蕊）真尤物，晚得蒌蒿又一家。"（《戏咏山家食品》）

陆游虽然有过打死猛虎的壮举，但并非生来就体魄健壮。恰恰相反，他年少就体弱多病，30岁有了白发，40岁有了明显的老态，时常药不离手，不敢吃生冷的东西。还患有消渴病、龋齿、肺病、头痛等疾病。

俗话说，久病成医。陆游就是通过对中医药的研究、自己给自己治病、调理日常饮食，使身体慢慢好了起来。古稀之年不但齿牢目明，且能登山、荷锄，"才智不足狂有余，此身老健更谁如？齿牢尚可决干肉，目瞭未妨观细书。"他84岁时还能"筋骸胜拜起，耳目未盲聋"。

陆游活到那个年代罕见的85岁，更是得益于他药食同源的养生法。

陆游的很多养生之道，与道家的养生法不谋而合。

他一生写了600多首养生诗。他认为，养生最重要的就是养好自身的"元气"，"元气为寿命之本，健康之根，若元气虚败，则根本动摇。凡猝然死亡，或百病由生，或寿命将尽，或久治乏功，归根到底都是元气之不足。"

在他的诗中，还多次提到他向青城道人学习炼制丹药的事。"药鼎荧荧卧掩扉"（《秋思》）、"五云霞鼎金丹熟"（《与青城道人饮酒作》）、"金鼎养丹瞰海日"（《待青城道人不至》）、"淘丹云间冷，采药乳穴幽"（《自咏》）、"白头始访金丹术"（《秋兴》）。

陆游还有一个有趣的养生法：梳头。这是他每天必不可少的功课。真没想到，梳头不仅是理妆，还有养生作用。

青城山中有一座药王山，山上有一座药王庙，每年的农历四月二十八，川西坝子的善男信女们都会云集药王山，祭祀药王孙思邈。据传，孙思邈晚年云游至青城山，发现这里是药物宝藏，深感以前所著《千金要方》尚不完备，遂决定编写一部《千金翼方》，以弥补《千金要方》之不足。他还在这里发现了具有多种神奇功效的名贵中药川芎。川芎不仅能行气开郁，祛风祛湿，能治头痛眩晕、胸腹胀痛、经闭、难产、痈疽疮疡等症，且还能入食制成药膳，延年益寿。

逛街子古镇，我和阿宓最喜欢在这几个地方逗留：横渠桥头江城街上的中草药店，真武街上的中草药铺，在街头巷尾零售新鲜野菜药菜的流动摊点。这些充分享受了阳光和雨露的药草药菜，即便枯萎了，仍然散发着迷人的香味。大多数的野菜草药，对我们来说，闻所未闻见所未见，比如，清热解毒、可治眩晕头痛的"昏鸡头"，清热、利水消肿的橙黄色的"红姑娘"。只要看见新鲜的青蒿、蒲公英、马齿苋、荠菜，我们就抱着"有病治病、无病当蔬菜吃"的态度，买些回家，没吃完的就洗干净晾晒起来泡水喝，或者和在面粉里煎馍、做馒头。

像街子古镇这么大规模的中草药铺，在我所游历过的古镇中绝无仅有。它让我想到了陆游。陆游到街子古镇，登凤栖山、青城山，有个重要目的就是识别中草药、收集民间偏方，因为街子古镇是地道中药材杜仲、杏梅、川芎、芍药、野生山药等的原产地。陆游曾经在自己开辟的荒地上种过玉芝（别名鬼臼）、金星（别名金钏草、凤尾草）、申椒、白术、川芎等中草药。

每次仰望凤栖山、笔架山，我就认为山也是一个生命体，就像人一样有高矮胖瘦美丑善恶之分，山也要吃东西，山也需要营养。有中草药的山，长得一定健壮美丽。贫瘠的、光秃秃的山，就是缺乏营养的缘故。那些生产中药材的山都是近水楼台、自产自食。吃过冬虫夏草的山与没有吃过冬虫夏草的山就是不一样。凤栖山、笔架山，一年四季都饱满、圆润、美丽，因为它们生生不息着无数地道的中药材。

在了解陆郎中的过程中，我基因里的血脉被唤醒了，他让我对传统中医和中医药有了脱胎换骨的认知，让我懂得了老祖宗留给我们的天、地、人三者之间应该融会贯通的道理，也让我懂得了人与大自然"天人合一"的关系。

我在长篇小说《九十九个方子》里写的最后一个方子就是"茶灵谷山居"，我认为最好的医生就是"山居"，吴守之的病就是由"山居"治好的，在"山居"生活，所有的疑难杂症都会不治而愈。

每个中国人都可以说是医生，多少都懂些中医药知识。

小时候，我们兄弟姐妹哪里不舒服、头疼感冒生了小病，根本不用上医院找医生，我妈给我们弄些草药来吃，实在不行就用点民间偏方，很快就好了。什么叫养生？养生就是让自己懂些中医药常识，让自己养成良好的生活习惯和生活方式。

最好的医生是自己。身体有什么不适，自己最清楚，如果随便交给医生去处理，遇到好医生还好，万一遇到庸医，就成了牺牲品。

322

再说了，动物都会给自己看病，何况是人呢。猫狗得了肠胃病，如果在野外，它们会自己去找鲜嫩青草吃。水獭吃多了鱼蟹，会吃紫苏草，以解鱼蟹之毒。狗被蛇咬伤了，会去找一种叫半边莲的草来吃。

人是大自然的一分子，解决身体问题的办法都隐藏在大自然中，只是有些我们还没有发现而已。

有个酷爱养狗的"铲屎官"，腿受了外伤，打着钢钉，走路一瘸一拐的，他养的狗狗先是学着他瘸腿走了走路，然后一溜烟跑到野外，抓了一个金边土元放到他面前。

"铲屎官"一开始不理解狗狗的意思，于是上网查了一下，发现金边土元竟然是一味名贵中药，治疗跌打损伤、消肿止痛、通络理伤、接筋续骨有明显疗效。他毫不犹豫地将金边土元打成粉吞了下去。

第二天，狗狗又给他抓来两个金边土元，"铲屎官"又磨成粉吃了下去。没过多久，"铲屎官"的伤腿竟然奇迹般地好了。狗狗都知道吃什么能治什么病，何况我们人呢？我们即使不能有陆游的中医造诣，至少应该有狗狗的中医水平吧！

冬

网购太阳

刚到山居门口，门就自动开了，迎接我的是笑眯眯的阿
宓，以及直往我鼻腔里钻的香喷喷的年糕香。

年糕是阿宓的最爱。她每次从老家回来，嵊州年糕都是
必带品。这种年糕与我印象中的年糕有很大不同，陈年酱酒
一样的淡黄色，外形像长方形的磨刀石，比纯糯米做的年糕
硬得多。

阿宓说，这是用较糯的晚稻米做的，是嵊州特产。根据
各自口味，可做成炒年糕，或者年糕汤。先切成细长条，再
配以冬笋、肉丝、雪菜、嫩豆腐炒制，起锅时加煎蛋丝、葱
花等调料，不仅色香味俱全，吃起来也极其鲜美。

对阿宓来说，年糕既是一道菜，又是一顿饭，更是一种
思念和乡愁。

阿宓平时做年糕，一般有两种情况：遇到了特别高兴的
事，有求于我的事将要发生。

看她的神情，我还把不定即将发生的事是让她高兴的
事，还是有求于我的事。享受年糕美味时，无论我怎么旁敲
侧击声东击西，也没有从她嘴里套出是啥事。急性子的阿宓
变了，居然藏得住话了。

吃完年糕，我自告奋勇要去洗碗刷锅，阿宓温柔地请我让开：你累了，去书房休息，我来洗碗。

恭敬不如从命。我准备像平常一样靠在厨房门口，"监督"阿宓洗碗，阿宓却霸道地把我赶到了书房。

受宠若惊的同时，我更倾向于阿宓有求于我的事即将发生。

云走雾散的山居安宁、淡然、从容不迫，越来越多的星星聚集在山居的夜空。在这样的夜晚，发生任何事情都不足为奇。

阿宓半掩上窗户，打开电脑，笑嘻嘻地跟我说，我教你网购哈。

我再次断然拒绝。不是我不好学，而是我有正当理由和难以启齿的苦衷。我胆小，用自己合法所挣的钱到实体店面对面购买东西都心惊胆战，怎敢到汪洋大海般的互联网里去网购？我怕没把东西购上来，先把自己弄下了海。我太笨，有"恐科症"，我读书时的理科成绩从来就一塌糊涂，我还本能地害怕使用高科技电子产品。我能用"一指禅"在电脑上敲出文字，已经尽力了。凡是需要用手机和电脑处理的事，全靠同事和阿宓帮忙。我是"太阳底下无新鲜事"的忠实信徒，老古董加固执己见。在网上，一切好像在自己的掌控之中，事实却是，一切都近在眼前远在天边，触手可及的只有屏幕。我从来不喜欢购物。我是最没有价值的客户。世上最讨厌我的一类人，我敢肯定是销售员，至今还没有一个推销员直接从我身上赚过一分钱……

我说，你教我网购，还不如教我打电子游戏，据说王者荣耀、魔兽世界很好玩。

阿宓说，你知道我不会玩电子游戏。

我说，那就算了。

阿宓说，网购没有你想象的那么复杂，非常简单，比打王者荣耀魔兽世界好玩得多。

我说，你知道我有心理障碍。

阿宓说，学会了网购，治好了"恐科症"，一举两得啊。现代人不会上网，多丢人啊。

我说，你会就行了啊！

阿宓说，都是我网购，哪天你把我的手剁了咋办呢？

我这才恍然大悟，阿宓教我网购，是怕我剁她的手。

326 咱家的所有东西都是阿宓买的，她为家庭建设呕心沥血功勋卓著，我怎敢剁她的手？怎么忍心剁她的手？我剁了她的手，最受伤的是我？我再三保证不剁她的手，发誓加倍爱护她的手，还说要为她的手买保险。

阿宓笑嘻嘻地说，网上你想买啥都有，只要你敢想，你就能买到。据说，俄罗斯情报员花 3000 美元网购了一个乌克兰坐标，说是一个军火库。俄罗斯发射导弹一检验，果然是真的。

我说，现在是冬天，我想买个太阳，网上能不能买到？

阿宓不假思索地脱口而出：没问题。你说，需要什么型号规格的太阳。

我瞪着她人畜无害童叟无欺的样子，不得不相信她开了一家生产太阳的秘密工厂。

能网购太阳？我立马来了兴头。这么冷的天，网购个太阳，不仅仅是取暖的问题，说不定一夜之间就成了网红。想到上次求她帮我网购弹弓的事，我就不再犹豫了。那时候，我就有了学习网购的念头。

我丢下书，凑在电脑前，跟着阿宓的鼠标开始畅游网络世界。

阿宓一边带我到处闲逛，一边导购似的给我解说。网络世界真比上帝创造的世界丰富多彩。上帝只造了一个实实在在的平行世界，而网络世界，却是人类独创的多维世界。只要有钱，啥都能买到。你想买飞机都成，不是飞机模型，而是真飞机。上次电视机的遥控器坏了，我跑了两条街都没有买到。阿宓戳了一下手机，两三天遥控器就到家了。逛商场半天，想买的东西找不到，白白浪费时间和精力，而在手机上一搜就会出来一大堆，随便选。你尽可以货比三家，择优选取。没有比较就没有伤害。同样品质的东西，网购价格比实体店的价格便宜很多，而且挑选余地更大，质量比商场的更有保证，因为有网评，网商最怕网络差评，买得不合适，还可以"七天无理由退货"。实体店商场的东西价格高也可理解，老板要赚钱、销售人员要赚钱、工作人员和保安要领工资奖金、打广告需要钱、门店需要钱、税费需要钱……实体店商场的成本肯定比网络商场的成本高得多。互联网把生产厂商与消费者画了一条物流直线，方便快捷、价格低廉。互联网确实改变了现代商业模式……

"坐在家里把钱挣了，也把钱花了。"阿宓经常这样说。她网上买过的东西，衣服鞋包算是最普通的，大到家具家电、小到日用品，每隔一段时间，她还在网上购买新鲜的野菜，什么茵陈、荠菜、蒲公英之类。她跟我说，春天吃些茵陈可以养肝保肝，而且茵陈必须初春的嫩芽最好，平时多吃点新鲜蒲公英可以消除身上的结节，荠菜有健脾、利水、止血、明目的功效……为此，我戏谑她是中医大师，从哪学的这么多草药知识。她说，你想了解的知识网上都有，就看你想不想学习研究、会不会辨别取舍。

阿宓认为这就是互联网时代的特征。她真希望我融入这个时代，否则，被时代抛弃了还不晓得。后来我才明白，阿宓教我网购只是要我融入互联网时代的第一步。

逛了一大圈，眼花缭乱，我也觉得网购确实好。至少没有唾沫飞溅的讨价还价。讨价还价是信用问题，互相不信任才讨价还价。某些不良商家为了实现利益最大化，以次充好、以假乱真，消费者不想被欺骗，害怕买到假货，花冤枉钱，不得不讨价还价。实际上，这个社会没有绝对的商家和消费者。从某种角度来看，人人都是商家和消费者。商家和消费者互不信任，人与人之间就无法顺畅沟通，社会成本就会增加，这是一种巨大的浪费。没有信用的社会是一个互害社会。如果商家都明码实价，大家都讲信用，何必浪费口舌砍价？信用社会，不仅大家方便，而且社会成本会大大降低。社会的复杂，其实是人的复杂。

消费维权之所以难，维权成本太高是主要原因，而网购，如果买到假货、次货，在网上晒出来，或者点评一下，商家就会吃不了兜着走。互联网时代的消费跟传统时代的消费，颠了个个儿，现在的消费者即使不能维权成功，但可以网上泄愤。没有一个商家敢冒"恶评"风险。

"你看，我们今天买了这么多东西，好像没花一分钱。"阿宓得意地大声说道。

"小声点。网上有耳。"我小声道。

三天后下班回家，阿宓得意扬扬地说，你网购的太阳到了。

我大吃一惊，我那天说网购太阳是在跟她开玩笑，说完之后就忘了。我不是后羿，即使天上有一万个太阳，也与我无关。想不到阿宓还当真了。

我惊恐万状地打开窗户，看了一下天空，太阳果然不见了。难道太阳真被阿宓买回家了？

阿宓剪开一个大纸箱，从里面拿出一个"蓝天灯"（太阳光模拟器）说，这就是你网购的太阳，只要装在屋顶上，我们任何时候都在蓝天白云和阳光照耀之下。

我拿起"蓝天灯"，左看右看，终于想起来了，有一年在澳门赌场看到过这种东西，这东西能让人丧失夜晚的概念。

你可以随便欺负我

到海南的第二天，我的智商开始断崖式下降。我不知道这是从山居的冬天突然降临到夏天般的海南必须付出的代价，还是逃离街子古镇寒冬的惩罚。在智商跌落谷底之前，我跟阿宓漫画式地说，你现在可以随便欺负我，这可是个难得的机会哦。

阿宓窃喜，好像在书香小镇捡到了一把尚方宝剑，从早到晚，理所当然、无微不至地关心我照顾我，一出家门巴不得把我打包随身携带。我不得不萧规曹随，亦步亦趋。去三亚时，她不准我带钱包，理由无可辩驳：在电子时代，有手机就行，现金没啥用。潜台词是，我已经保护不了自己的钱包。

阿宓收缴我的身份证，我没啥说的。上次到海南，过高铁安检通道时才发现身份证不见了，折腾了大半天都没找到，也不知道是怎么弄丢的，只好退了高铁票，返回机场办了张临时身份证，然后打网约车回家。第一次也是唯一一次弄丢身份证，让我深刻体会到，没有身份无所谓，没有了身份证就麻烦了。想到宦海里的繁文缛节，我宁愿不要身份证一辈子待在海南。这也让我真正知道了海南的厉害和魅力，明白了为什么那么多人蜂拥到海南：只要在海南，别说身份，连身份证都可以不要。

阿宓收缴我的手机，也是应该的，像我这智商，已经保管不了手机，估计看懂手机都难。她不准我带外套，让我无法确定是因为天气热用不着，还是怕我把衣服给弄丢了。一路上，她再三嘱咐我必须始终与她保持触手可及的距离，无论做啥都不能脱离她的视线……

阿宓说一件事，我立马"嗯嗯嗯好好好"地答应一件事，好像我是一个低级别的机器人，被设置了程序似的只能反复说这六个字。我很清楚，就我现在这智商，能应答这六个字，做到逆来顺受已经费了我不少所剩无几的智商，就像那些可怜巴巴的海南蚊子。

昨天傍晚到家时，阿宓查看了阳台上尸横遍野的蚊子后坚定地认为，它们是饿死的。打扫卫生时，没饿死的蚊子向我们发起了猛烈攻击，它们终于等来了两个美食，以为可以大快朵颐，饱餐一顿，却没想到我们奋起反抗，根本没把它们放在眼里，打蚊子也没耽误搞卫生。

我手舞足蹈，一抓一个准，比武侠小说里用筷子夹苍蝇的绝世高手还厉害，很快地，蚊子就被我赤手空拳打死了一大片，又被我虎虎生出的掌风撂倒了一片，我正得意自己武功了得，阿宓说，这些蚊子真可怜，全都饿坏了，一个个瘦弱不堪，有气无力，被我无意中撞到地上的蚊子，飞都飞不起来，没有一点儿血……

我安慰阿宓说，别担心，人类不是它们唯一的食物。

事后暗思：智商真是好东西，特别重要的好东西，没有智商，渺小的蚊子都要欺负你。

看完《三亚千古情》出来，阿宓问我要手机，我摊开双手说，我的手机在你那里啊。她说，看表演时我把手机给你拿去拍照了。我说我拍完照又被你收回去了啊。她说我没有给她。我说我给了她。她说她手里没有手机。我说我手里也没有手机，身上也没有。她搜遍了我全身，果然没有。她立马惊叫起来，完了完了完蛋了，你把手机弄丢了。我也紧张起来。身份证弄丢了可以挂失补办，手机弄丢了如果找不回来，后果不堪设想。她手忙脚乱地拨打我的手机，当我们同时听到那熟悉的旋律，才发现我的手机在她包里。

阿宓从包里掏出我的手机，不好意思地说，对不起。

我突然有一个可怕的预感，阿宓的智商也在下降。如果我的预感准确，那我们就是同病相怜，我当然应该原谅她。但是，我还是有点生气。这不是明摆着欺负我吗？我的智商虽然下降了，可还没下降到智障程度。我还知道生气，就是证明。

我也活该被欺负，不仅智商下降，体力也在下降，洗了几件衣服，肌肉就拉伤了。到海南的当天晚上，我有点兴奋，明明阳台上放着洗衣机，却自告奋勇地要手洗衣服，可没洗几件就腰酸背痛，连短裤薄衫都无力拧干。之后好几天，拳头都握不紧。不过，这让我搞懂了"手无缚鸡之力"到底是啥感觉。

在海南一周，我整天迷迷糊糊，脑子像被汗腻了似的一点儿不好使。没兴趣看书，看了下句忘了上句。睡不踏实。没心思写作。好不容易写点东西也乱七八糟不堪卒读。散步时经常迷路，连大海、沙滩、椰子树都分不大清楚。跟东哥玲姐打"双扣"玩，我频频出错牌，幸好我们玩"双扣"从来不赌钱，否则，我早就破产了。刚开始我还不明就里，后来觉得，罪魁祸首多半是阳光。

海南的阳光，灿烂、热情，两层窗帘都遮挡不住，明晃晃地照进梦里，好像是为了驱逐郁积在我梦里的寒冷和黑暗。在空调房的窗前打望万里无云的湛蓝阳光，就一个字，爽。可一到室外就难受。原以为太阳普照天下，绝对公正公平，现在才发现太阳也有偏心。同一颗太阳发出的阳光，就有海南的阳光和成都的阳光之不同。

海南的阳光不会晒蔫植物，却会晒蔫人。成都的阳光会晒蔫植物，却晒不蔫人。海南的植物不怕晒，越晒越精神，不像成都的植物，晒久了就像人一样会受伤。海南的植物毫无节制，如果没人干预，说不定哪天就泛滥进茫无际涯的大海。海南的动物却没有那么幸运，躲在阴影里也不敢肆无忌惮地长。据说，海南岛上很少有大型动物。海南土著大多瘦小，可能与阳光有关。也许，"橘生淮南则为橘，橘生淮北则为枳"的罪魁祸首也是阳光。

窃以为，海南适宜植物生长，因为植物智商不高。智商越高，越不适宜在阳光下生活。强烈的阳光会晒化所有的东西，包括智商。

回到成都，我和阿宓直奔街子古镇，好像被烧红的铁块，急需到山居降温淬火，当然也想尽快恢复智商。

离开海南的头天晚饭后，我主动申请洗碗，理由是我的智商还没有完全恢复。打"双扣"时，东哥玲姐是一对，我和阿宓是一对，结果没有太出乎意料：我们输得一败涂地，还没出门就被戴了一顶"帽子"。唯一的原因当然是我的智商没在线。

阿宓当时没有责怪我，回到成都一周后，她才一本正经地说，我现在才发觉，那天打"双扣"不是你的问题，而是东哥不对，他到海南还不肯让自己的智商下降。休闲玩耍需要低智商，高智商是很难享受到休闲玩耍的真正乐趣的。

我深以为然。

334

补牙记

阿宓拔了一颗烂牙，我便不失时机地给她取了个绰号：缺牙巴。

阿宓虽然不满，却也无可奈何。有图有真相，她想赖也赖不掉。她牙疼了好几天，才在我的威逼利诱下到附近医院检查、拍牙照、预约拔牙时间。

因为一颗烂牙齿，"缺牙巴"备受打击，居然开始怀疑人生，好像怀疑人生能包治百病。

俗话说，牙疼不是病，疼起来要人命。我也经历过牙疼，知道牙疼的滋味难受。在阿宓痛苦不堪的时候，提议去山居，我说，山居也不是万能的，至少山居不会拔牙。

趁阿宓躺在沙发上的时候，我又开始摇唇鼓舌，百般安慰，动员她去医院拔牙：多年前我去拔牙，几秒钟就搞定了。打了麻药，一点儿不疼。补牙就更简单了……机器用久了也会出毛病，何况是身体。身体是灵魂的栖身之所，每个部分都必须得到应有的尊重、爱惜和保护。身体的维护修理很平常，必要的维护修理费应该支付。别担心家庭财政，这点维护修理费不会让我们破产……廖医生跟我说过，过去的中医是这样拔牙的。给牙龈抹上麻药，用一根细绳，一头系

冬

住烂牙，一头拴在病人的脚趾上。拴好后，医生突然说好了，病人立即站起来，细绳一绷紧，烂牙就掉了。病人都不知道牙齿是怎么没了的……现在拔牙先进多了，不疼痛、不出血……哼，拔掉牙齿，我看你还敢不遵守老祖宗的遗训：笑不露齿……我唯一担心的是，你90岁时，把牙齿笑得满地都是。那时我可不敢保证，我还有没有力气帮你把牙齿捡起来……

我本想逗阿宓笑一笑，不要把补牙当回事。躺在沙发上的阿宓没有搭理我，我说得激动时也就瞟我一眼。无论我怎么插科打诨，手舞足蹈，她都把嘴巴闭得紧紧的，好像在诠释沉默是金的深刻含义。我担心继续这样表演下去，不得不改行说相声演小品，便自讨没趣地出门买菜去了。

平时买菜，基本上都是那几样菜。可今天不一样，阿宓牙疼。在我不知道买啥才能安抚阿宓那颗受伤的心灵时，恰好碰到一位热心肠的阿姨。她耐心地教我说，牙口不好，最好是喝稀饭。还详细教我如何熬皮蛋瘦肉粥。因为非洲猪瘟，我本来打算买牛肉的。阿姨说，用猪肉熬皮蛋瘦肉粥更好吃，牛肉膻腥味重，熬粥不香。加上肉铺老板热心地跟我解释非洲猪瘟不传染人，他们一直在吃猪肉。我就果断地买了一斤碎猪肉，又买了六个皮蛋。回家后，我大刀阔斧地熬了一大锅皮蛋瘦肉粥。望着"缺牙巴"吃得香香的，我放心了大半。遗憾的是，没有像平常那样收到阿宓的满口表扬。

拔牙那天，阿宓异常紧张。她一路上都想转身回家。幸好有我运钞车般的押送，她才没机会逃走。我一直抓着阿宓的手不放，好像医生的合伙人，在招揽生意。

牙医是一位帅哥，白大褂、白医帽、口罩都掩藏不了他的帅气。他温和而充满耐心地问阿宓，过去补过牙没？阿宓说补过，但没有拔过牙。医生打完麻药，叫她坐在一边等麻药见效。

为了转移阿宓的注意力，我肆无忌惮地捏她鼻子、揪她耳朵、扯她头发、摸她的手，还调侃说：我想检查一下你的鼻子、耳朵、头发是不是假的，你是不是完全的原生态……

阿宓终于咧嘴一笑，艰难地咕噜道：都是真的，我没整过容……

阿宓的话还没说完，我就被医生赶走了。

我突然感到莫名其妙地紧张，好像拔牙的不是阿宓，而是我。我来到大街边上，点上烟，吞云吐雾。大街上，车辆行人若无其事地来来往往。时至初秋。今天的成都，有难得的艳阳和蓝天。街对面的梧桐树，每有一辆车驶过，就有一片树叶飘落。我多么希望阿宓的那颗烂牙就像刚离开树枝的树叶。

我掐灭烟蒂，走进诊所，拿出手机，继续翻看那篇《中国人民志愿军与武装到牙齿的美军较量》的手机文章，现在需要转移注意力的人是我。可我还没看到一半，医生就把阿宓的烂牙拔掉了。我问从手术室出来的阿宓疼不疼，她摇了摇头。

一周后，我陪阿宓去补牙。

补牙比拔牙耗时间，但阿宓不再那么紧张了。

"缺牙巴"真是"祸不单行"，刚治了"烂牙"，又落枕了。"缺牙巴"一开始还无所谓地问我，她像不像棵歪脖子树。我说，如果你成了歪脖子树，我就在上面吊死。第二天，她坐也不是，躺也不是。我给她轻轻按摩、抹活络油都不见效。我要她去医院，她死活不去。

　　那几天，我总觉得家里有个无声无息的影子在晃来晃去。定睛一瞧，原来是缺牙巴——脖子僵硬、起坐端正、顾盼小心、行动迟缓。我不失时机地给她取了个绰号：机器人。也许，阿宓觉得机器人比缺牙巴更现代、更有科学味道，便悄无声息地接受了。

　　今天早晨气温骤降，我想穿双厚袜子上班，可放在客厅的那双厚袜子前天莫名其妙地不见了。我问机器人哪里有厚袜子。机器人说，卧室的抽屉里有。可我拉开抽屉，翻找半天，只有内裤。

　　机器人移步卧室，艰难地蹲下身，拉开塞满厚袜子的衣柜抽屉，冷冷说道：你真笨。袜子是穿在脚上的，怎么有资格放在床头柜的抽屉里？

　　我心里嘀咕：不愧是机器人，放袜子的地方都如此讲究。

　　机器人好像探测到了我的心里话，临出门，咕噜噜地甩给我一句好像被初级程序员编辑过的词语：我是机器人，也是智能 Chat GPT……

后记：都是为了感谢

这几年，我经常感到两种难以抗拒的力量向我袭来。一种是锤打我的力量。它们来自四面八方，来自过去和未来，来自我的内心。我像被生活烧红的铁块，被反复锤打着。我不知道自己最终会被锤打成什么模样。一种是驱赶我的力量。它们仿佛锥子尖刺，始终不让我停下来、躺平下来、静下来。可我不知道它们到底要把我赶往哪里。

直到我来到山居。

一个人是被自我和外部环境共同塑造的，自我和外部环境同时在起作用，它们有时候是同频的、相容的，有时候是相对的、相反的、互相排斥的。在山居的时候，我觉得那些锤打我的力量、驱赶我的力量全都变小了，甚至消失了，意想不到的是，我感到了第三种力量——创作的力量，它驱策着我阅读、思考和写作，这就是《时间开的花》这本散文随笔集的由来。集子里的每个文字，就是那些锤打我、驱赶我的力量的证据和烙印。这些文字之所以凑集在一起，都是因为山居。即使与山居没有直接关系，也有间接关系。它们要么写的是山居生活，要么是在山居写的、在山居修改的。

在互联网信息时代，知识在不断贬值，价格趋近于零，因为获取知识的途径越来越简单快捷，别说智能机器人和脑机接口，只要一部智能手机就能让我们无所不知。这本来是大好事，但对知识创造者来说却是一种无情打击。文化产品越来越廉价，如果不改头换面，根本无法换取等值的钱财。而生活方式的价格却越来越高。世上最贵的东西，或者说最有价值的东西，也许是生活方式。生活方式是无价的。它是塑造一个人一群人的模具。它在潜移默化中为我们的身体和心灵塑形。我经常乐观地认为，我们选择的生活方式会让我们成为最想要的自己。

大多时候，现代人生活在各种各样的有形无形的空间里，工作在稀奇古怪的高楼大厦里，行走在健身房，出没在网络虚拟世界，进出于盒子般的汽车、火车、轮船和飞机，几乎被包裹着、处于悬浮状态、难以接地气。

每个人都渴望拥有一个好地方。一个好地方，就是任何人都可以做自己的地方。一个好地方，就是能够让我们放松和放弃的地方。一个好地方，就是能让我们暂时放下手机的地方。在我看来，山居就是这样的好地方。

大多数人无法过上富豪生活、大佬生活、明星生活，但是，不能说无法过上有品质的生活。生活方式有雅俗之分，却没有高下之别。山居生活方式是自我实现的一种途径，也是普通人能够自主选择的一种生活方式。它是一个人的心智、思维、态度、修养、希冀等综合性的具体体现。它既是生活目标，又是人生成就；既是努力追求的结果，又是一种修炼和养成。

山居生活方式，不是简单的乡村生活方式、田园生活方式，也不是旅游度假的生活方式，更不是遁世隐逸的逃避现实、远离城市的生活方式。在某个地方生活只是一个表象，怎么样生活才是关键。山居生活方式，首先是山居生活理念，其次是山居生活的具体内容和形态。

健康、绿色、生态、环保、自在、自然、开放、洒脱、快乐……这些山居生活理念的关键词，衍生出了摇曳多姿的生活形态。在城镇化率达到 70% 左右的当下，山居生活理念也许就是"绿水青山""不忘乡愁"理念。被城市驯化了的都市人不应该忘记还有美好的山居生活。城市的喧嚣、骚动和焦虑，可以被山居隔离、屏蔽和治愈。对久居城市的人来说，山居是家园，是乡愁，是诗意的栖居，到山居是回归，身体的回归、精神的回归。

我有一个异想天开的想法：一旦普及了山居生活方式，或者说树立了山居生活理念，可能会解决大部分地球危机。如果我推崇山居生活方式有什么美好的想法，这应该算一个。

我的写作词语只有一种颜色：绿色。或者，我只想用"绿色"这种颜色来写作。绿色，是我的文学追求。绿色，代表着真诚和美丽。绿色也是山居的主色。

在中药方子里，"药引子"很重要。如果环境能养生治病，山居就是"药引子"、就是最佳保健品。这几年，山居对我的影响和改变不仅是皮相的，也是心灵的、刻骨铭心的。没有人会一成不变地活下去。我们在影响环境，环境也在影响我们，我们与环境始终处于互动状态。这就是我所理

341

解的"活着"。

在山居，大多数时候只有我和阿宓两人，但是，我们从来不感到孤单，不觉得远离世界，也没有进入与世隔绝的信息茧房，因为我们有手机、有电脑、有充足的网络信号，有越来越多的朋友，有不离不弃的阳光、春风、纯洁的山水和花草树木。我过去认为世界只有一个中心，而且还得去寻找，苦苦寻找，往往寻而不得，互联网智能时代让我觉得自己就是世界的中心，我在哪里，哪里就是世界的中心。

我到山居，不是要退圈，也不是要逃离城市，归隐山野，我只是不想一直过着按部就班的日历生活，不想让手机里的天气预报打扰我，不想被忙碌的都市生活裹挟着，我只想"忙里偷闲"，让金黄的银杏叶告诉我秋天来了，让雪花提醒我冬天到了，我只想用山居的风吹掉一些身上的红尘，用山居的空气替换掉一些肺里的浊气，让我眼里多一些花草树木和青山绿水，把辽阔高远的星空植入心里，在林地山巅颐养浩然之气。我只想在山居暂停下来，享受每天早上六点半鸟儿免费提供的叫醒服务，在奶油般的晨曦里悠然醒来。在山居，我不再以指纹打卡、人脸识别和觥筹交错、交往应酬来证明自己的存在。

山居让我和阿宓活得越来越清醒和明白，可以说是我们的"知乎所止"。我们经常在同样的地方散步、溜达、打望、闲聊，经历春夏秋冬，乐此不疲。相比大自然教给我们的东西，人世间的智慧、洞见、人情练达、功名利禄、阴谋诡计、成败得失……不值一提，只值一哂。

人世间是个令人愉快的地方，但不全是岁月静好，气候危机、环境污染、贫富分化、战争频发、疫病不绝、人心不古……科技和文明不仅没有消除这些危机，反而有加剧之势。这些危机，对普通人来说无能为力，但是，并不是说不能有所作为。应对危机，人人有责，只要我们有所行动，哪怕是微不足道的、暂时还看不出什么效果的小作为，不仅是应该的，也是必要的，最终是有用的。古人云"止于至善"。比如，选择生活方式，改变生活方式。

马克·吐温说："人生最重要的两天，是你出生的那天，和你明白你为什么活着的那天。"明白了为什么活着之后的关键是，在哪里活着？山居就是我"在哪里活着"的选择。

通往山居的最佳入口是春天。红梅花、迎春花、海棠花、油菜花是春天的一扇扇窗户。跟着蜜蜂、蝴蝶就不会迷路。只要嗅到了李花、桃花、结香的馨香，山居就到了。

山居有缥缈的雾岚，却没有迷惘。有风霜雨雪，却没有寒冷。有枯萎，却没有萧瑟。有宁静，却没有寂寞。有门，却没有锁。有围墙，却没有铁丝网碎玻璃。有长夜，却没有梦魇……

每个人都有自己的生活方式，都有一个属于自己的山居，即使它不在山里、不在河边、不在乡村、不在小镇、不在城市、不在书里、不在影像中，也一定在各自的心里。

写《时间开的花》，写这篇后记，都是为了感谢。

人活得越久，需要感谢的对象和事物就越多。主要原因也许是，人的依赖性越来越强，依赖对象越来越复杂，人与人之间难分彼此的互助和依靠越来越多。可以肯定地说，现代人要独自在人世间生存下去，比以往任何时候都不容易。也可以这样认为，一个人如果没有感谢意识，往小里说，不够哥们、不懂感恩，往大里说，忘恩负义，几乎不配活着，或者根本活不下去。

我经常有一种感谢不过来的惶恐。给我生命的父母应该感谢，给我提供衣食住行的人应该感谢，给我带来快乐的人应该感谢，给我带来痛苦和伤害的人应该感谢，爱过我的人和我爱过的人应该感谢，喜欢我的人和讨厌我的人应该感谢，感谢我的亲人、朋友和同类，感谢空气、阳光、日月星辰、水、大地、动植物、手机、电脑、互联网、汽车、火车、通信网络信号、电、煤气、城市和乡村……离开他们，即使活着也活得没啥意思。我唯一不感谢的是我的对手和敌人，因为我至今没有。世上所有的存在都应该感谢，值得感谢，必须感谢，包括我们自己。

感谢本来是件好事，可也暗藏玄机，仅就感谢对象的排序就令我头疼。每次请客吃饭，一旦超过三个人，安排座位时我就感到左右为难。也许因为大家都是好朋友，他们对我安排座位时的失误和错误，要么不计较，要么睁一只眼闭一只眼。想到及时雨宋江，我就好奇，他是怎么排位三十六天罡七十二地煞一百零八位叱咤风云的英雄豪杰加兄弟姊妹的？仅就这件事来说，宋江就有资格当大哥，值得我万分佩服。

写下这些文字时，我突然觉得自己好像拿到了一块免死金牌，听到了从电视机里传来的"恕你无罪"的金口玉言。

在感谢之前，我要声明：我所感谢的人，排名不分先后，不以姓氏笔画、英文字母、年龄大小、职务高低、财富多寡、出生地、学历、家庭背景、名声、籍贯、历史、国籍等等作为排名标准。我表达感谢的真心实意也没有任何浓淡亲疏之分。我的感谢名单，完全是兴之所至，既没有严格遵循国际惯例，也没有瞧不起风俗习惯。若有失误，非得要谁负责，那就是胡义明勾调的"品味时间老酒"。我是喝了一瓶100毫升的"品味时间老酒"之后才开始写这篇后记的。

写到这里，我好像突然明白了困扰我多年的一个问题：宋江安排一百零八位好汉位次的秘诀多半是酒，至少跟酒有关。俗话说，酒后吐真言。无酒不成席。酒壮英雄胆。排位时，酒量小的，没有资格和机会说话。酒量大的，喝酒时已经把话说完了，相当于也没有话说。不是宋江大哥排定的座次，而是酒。那些想收买视死如归的仁人志士的，啥手段都用上了，就没想到上酒，难免有点遗憾。我也明白了为什么行刑前要给死囚喝酒。只要有酒喝，谁会在乎生死？喝了酒，胆子大了，也就敢向死而生了。人类的文学艺术成就，功不可没的名单上一定有酒。

我这样写后记，当然也是因为酒。酒让我不得不酒后写真言。酒还帮我找到了我要感谢的第一个对象——酒！第一个感谢对象确定后，就像确定了餐桌上谁坐主位这样的首要大事。

345

感谢酒。

感谢田小爽老师再次做我的责编。

感谢阮紫静女士妙趣横生的插画，让我的文字有了形象，鲜活起来。

感谢阿宓在生活中与我相濡以沫，在这本书里积极配合。

感谢老朋友、新朋友和未来的朋友。

感谢伟大的爱国诗人陆游。

感谢读者。读者是作者的近义词、同义词。读者与作者一体，就像硬币的两面。读者是作者的唯一知音。

感谢山居。山居让我发现：有一种生活方式叫山居生活方式。

感谢那只穿灰色毛衣的猫邻居。

346 感谢猪坚强。

感谢街子古镇。

感谢汉字汉语，让我一定程度地实现了自我表达。

谢天谢地。

终于轮到感谢我自己了。

我要好好感谢自己，跟阿宓一起去山居，让天空的湛蓝、空气的清新、山风的任性犒劳我们。

2024 年 10 月于山居

图书在版编目（CIP）数据

时间开的花 / 毛国聪著 . -- 北京：作家出版社，
2025.4. -- ISBN 978 - 7 - 5212 - 3261 - 5

Ⅰ. I267

中国国家版本馆 CIP 数据核字第 2025QM9959 号

时间开的花

作　　者：毛国聪
责任编辑：田小爽
装帧设计：李　一
插图绘制：阮紫静
出版发行：作家出版社有限公司
社　　址：北京农展馆南里 10 号　　　邮　　编：100125
电话传真：86 - 10 - 65067186（发行中心）
　　　　　86 - 10 - 65004079（总编室）
E - mail: zuojia@zuojia. net. cn
http: // www. zuojiachubanshe. com
印　　刷：河北京平诚乾印刷有限公司
成品尺寸：130 × 185
字　　数：215 千
印　　张：11.25
版　　次：2025 年 4 月第 1 版
印　　次：2025 年 4 月第 1 次印刷
ISBN 978 - 7 - 5212 - 3261 - 5
定　　价：68.00 元